Elke Hilsen

High Five

Ein Deutschlandkrimi

Elke Hilsen

High Five

Ein Deutschlandkrimi

Bibliografische Information der Deutschen
Nationalbibliothek:
Die Deutsche Nationalbibliothek verzeichnet diese
Publikation in der Deutschen Nationalbibliografie;
detaillierte bibliografische Daten sind im Internet über
http://dnb.dnb.de abrufbar.

Coverdesign: Sabine Logeswaran

Herstellung und Verlag: BoD – Books on Demand,
Norderstedt

ISBN: 978-3-7568-2823-4

Dieses Buch beruht nicht ganz auf wahren Begebenheiten

.

FEBRUAR

Seine einzige Gesellschaft bestand aus einer Ratte mit kleinen Äuglein und einem langen Schwanz, die ihn aber völlig ignorierte. Ihm war heiß. Das Fieber stieg wohl immer noch, dazu der Nährstoff- und Flüssigkeitsmangel. Arme und Beine fühlten sich ganz leicht an, als ob sie unter seinem Körper hervorfliegen wollten. Es gab nur wenig Licht. Der Beton war feucht, fleckig und hässlich. Durch die Leitungsrohre dröhnte das Wasser, und er bekam Kopfschmerzen. Lange hielt er das nicht mehr durch. Von den Rohren flossen kleine Tropfen von Kondensflüssigkeit zu Bächlein zusammen. Der Raum war warm und von Dampf erfüllt, ohne den er wahrscheinlich schon gestorben wäre. Mühsam drehte er sich von einer auf die andere Seite und blieb erschöpft liegen. Finsternis verdunkelte den Horizont und sandte Nebel aus, der auf dem Boden entlangkroch, sich um Steine wand, die Mauern empor. Eine Welle von Verzweiflung erfasste ihn.

***

In einem kleinen Dorf stand in einer Seitenstraße ein kleines Einfamilienhaus zwischen Gemüsebeeten, Wiesen und Feldern. Martin blieb zu Hause. Er war wieder krankgeschrieben, weitere sechs lange Wochen. Ela, seine ihn stets umsorgende Gattin, seufzte schwer. Sechs Wochen, dabei kein Ende in Sicht.

Professor Martin Lehmann war um die sechzig und lehrte Geschichte an der Universität Kalmensburg, das lag etwa eine halbe Stunde von Untertriblingsbach entfernt, wo er mit Ela,

Eleonora Maria Lehmann, die in den frühen Fünfzigern war, in dem kleinen Einfamilienhaus wohnte. Er hatte sich vor einiger Zeit sehr aufregen müssen, weil er glaubte, von der radioaktiven Bausubstanz in seinem Büro an der Universität verstrahlt worden zu sein. Und dann hatte noch sein wissenschaftlicher Mitarbeiter, Herr O., ohne Vorwarnung gekündigt, was bedeutete, dass er sämtliche Vorlesungen und Seminare wieder selbst abhalten musste. Das alles hatte ihn schwer mitgenommen, und so landete er schließlich mit einem Nervenzusammenbruch für eine Weile im Krankenhaus. Nun arbeitete er zu Hause und schrieb an einem Buchmanuskript. Das war bisher sehr gut gelaufen, denn er hatte sich die letzten Jahre zuverlässig vom Dissertationstext seines Mitarbeiters inspirieren lassen. Aber der fiel jetzt weg, und Martin war inhaltlich plötzlich auf sich allein gestellt. Zu dieser ungewohnten Situation kam erschwerend hinzu, dass die Ärzte im Krankenhaus aus ihm nicht nachvollziehbaren Gründen jegliches Vorhandensein radioaktiver Verstrahlung leugneten, und die Universitätsleitung dementierte rigoros eine mögliche Gefahr im Zusammenhang mit radioaktiv verseuchten Wänden, Decken o.ä., obwohl er mithilfe eines Geigerzählers persönlich und eindeutig Strahlung ermittelt hatte. Unfassbar! Sein Vertrauen in die Universitätsleitung und in Ärzte im Allgemeinen war zutiefst erschüttert. Also ließ er sich krankschreiben, sein Nervenleiden war schließlich noch nicht ausgeheilt. Außerdem kam sein Haarausfall nicht von ungefähr, und die anderen Zeichen, die Hautblasen, Geschwüre und Nekrosen, die würde er garantiert nicht abwarten. Er würde sich auf alle Fälle weiter krankschreiben lassen, denn in dieses Büro kehrte er keinesfalls zurück, und von Studenten hatte er vorerst genug. Verärgert über seine Schreibblockade schob er seine Notizen auf dem Schreibtisch hin und her und setzte seinen schallschluckenden Kopfhörer auf, weil einer der Nachbarn Holz sägte.

Ela bereitete währenddessen in der Küche das Mittagessen vor. Gedankenschwer blickte sie durch das Fenster. Jeden Tag ist Martin jetzt zu Hause. Jeden Tag will er mittags, und abends sowieso, etwas zu essen haben, und immer etwas anderes, mir fällt bald nichts mehr ein, dachte sie genervt. Für Ela bedeutete das mehr Arbeit. Das war aber nicht das eigentliche Problem. Wesentlich schlimmer fand sie es, dass sie sich dann nicht mehr so einfach mit Matetus treffen konnte.

In Untertriblingsbach wohnten nur wenige Menschen. Neben vier Bauernhöfen gab es einige Ein- und ein paar mehr Zweifamilienhäuser, eine Kirche mit Friedhof und eine Schenke, die Dorfschenke hieß. Außerdem lag auf dem Grundstück von Theresa Unterbacher noch die ehemalige Schmiede, die seit dem Tod ihres Mannes nicht mehr genutzt wurde. Resi war eine Witwe Mitte Siebzig und recht rüstig. Sie half aus, wenn es Probleme gab, und immer wieder kam der eine oder andere Nachbar einmal vorbei, um bei einer Tasse Kaffee oder einem Likörchen mit ihr zu plaudern, denn sie wusste meist am besten Bescheid über alles, was gerade im Dorf passierte. Der Friedhof nördlich der Kirche war um das Pfarrhaus herum angelegt. Bis vor kurzem hatte das Dorf auch eine Tierarztpraxis gehabt. Aber der Veterinär ging in Frührente, und seither war sie geschlossen. Romantisch veranlagte Menschen würden Untertriblingsbach als malerisch und verträumt bezeichnen, weil es von vielen Weiden, Wiesen, Feldern und Waldstückchen umgeben war, einem gelegentlichen Bächlein, einem Weiher. Man könnte es eventuell aber auch als langweilig und trist bezeichnen. Vielleicht war das der Grund, warum es viele ältere Menschen gab und nicht so viele junge Familien. Auch bei den Lehmanns waren die beiden Kinder, eine Lehrerin und ein Bankangestellter, fortgezogen. Ela würde ebenfalls am liebsten gehen, aber vielleicht wurde es auch von allein wieder besser. Allerdings konnte sie zu diesem Zeitpunkt nicht ahnen, wie bald sich ihr Leben ändern würde, und zwar nicht nur ein bisschen.

***

Fahrenzburg lag etwa sieben Autostunden von Untertriblingsbach entfernt. Die Einwohnerzahl ging langsam Richtung 900.000, und dies erfüllte den Oberbürgermeister mit Stolz. Seit nunmehr zwanzig Jahren sorgte er dafür, dass die IT-Branche florierte. Immer mehr Firmen ließen sich nieder, Menschen zogen dazu, Wohnraumverdichtungen im Stadtinnern und neue, groß angelegte Siedlungen konnten mit dem Bedarf kaum Schritt halten. Die Stadt war sehr modern mit etlichen Kaufhäusern, einem eigenen Bankenviertel und einer relativ großen Universität mit Universitätsklinikum.

In der kleinen Seidengasse im Ortszentrum standen mehrere große Mehrfamilienhäuser, die alle sehr alt waren und irgendwann einmal Feuertreppen an den Fassaden zum Innenhof bekommen hatten. Fahrstühle gab es nicht. Vor einiger Zeit hatte man begonnen, einige der Gebäude zu sanieren. Die verschiedenen Renovierungsarbeiten zogen sich bereits etliche Jahre hin und mit ihnen die Geräuschkulisse. Viele der Fassaden waren bereits gereinigt und neu verputzt, die Fenster gestrichen oder erneuert. Die Gegend wirkte gepflegt. Das Haus Nummer 7 bestand aus einem Keller und aus fünf Stockwerken mit jeweils drei Wohnungen, nur im Erdgeschoss waren es zwei. Die Bewohner waren vorwiegend Rentner, allesamt halbwegs freundlich und ruhig. Sie hießen meist Meier, Müller etc. Das führte zu einer optisch eintönigen Klingelschildkollektion. Nur im Zweiten links wohnte noch ein (relativ) junger Mann, einer der wenigen Nichtmüllermeiers, Nikolaus Neubach, 35. Er hatte die Wohnung von seiner Großmutter übernommen, die vor kurzem verstorben war, und wohnte daher noch nicht so lange in der Seidengasse. Niko gehörte irgendeiner Protestbewegung der Gothic-Szene an und trug für gewöhnlich dunkle Kleidung in Leder mit Nieten und Löchern, schminkte sich die Augenränder schwarz und das Gesicht kalkweiß, färbte die Haare dunkelrot oder violett und hängte sich klumpigen Schmuck und schwarze Lederbänder um. An den Armen prangten Tattoos von einem Totenkopf, einem Herz, zwei Drachen und etwas, was nicht genau auszumachen war. Es schien wie mit Kugelschreiber gemalt. Farblich war fast alles in Schwarz-Grau-Tönen gehalten. An den Händen hatte er zwei klobige Ringe mit Kunstedelsteinen und viele Piercings in den Ohren und in der Nase. Heute baumelte ihm ein silberner Totenkopf um den Hals. Niko redete wenig, interessierte sich allerdings sehr für die Angelegenheiten anderer Leute. Weil Haustiere verboten waren, hatte er seine Ratte dem Zoo geschenkt.

In der Seidengasse 7 waren die Bäder und Toiletten der Wohnungen jeweils getrennt und übereinander angeordnet. Das Heizungs- und Wassersystem zog sich gerade durch alle Etagen durch von unten nach oben, und man konnte über die Leitungen oft hören, dass jemand im Bad darunter oder darüber war. Manchmal ließen sich ganze Gespräche verfolgen, was Niko nicht uninteressant fand. Die akustischen Informationen aus den Toiletten waren verständlicherweise undelikat.

Im Erdgeschoss der Nummer 7 rechts wohnte die einzige Familie, der Hausmeister Sornig mit Frau und zwei Kindern, die beide noch zur Schule gingen. Die zweite Wohnung im Erdgeschoss stand leer. Sie war die größte im Haus und lag unter den mittleren und linken Wohneinheiten. Vor kurzem war sie modernisiert worden, neues Bad, neue Toilette, neue Küche, neue Böden, neue Fenster, und daher teuer. Die großzügige Terrasse führte in den Innenhof mit Rasen, Beeten, Pflanzen in Töpfen, zwei Bäumen und einem Vogelhäuschen, das das ganze Jahr hindurch die verschiedenen Vögel mit Futter versorgte. Der Innenhof ließ sich von außen durch eine Einfahrt zwischen Hausnummer 3 und 5 erreichen. Die beiden Hausmeisterfrauen, die für die umliegenden Mietshäuser zuständig waren, gaben sich viel Mühe und kümmerten sich liebevoll um diese Anlage.

Gerlinde Müller, eine sehr höfliche und angenehme Witwe aus dem dritten Stock rechts von etwa 65 Jahren, kam vom Einkaufen zurück. Sie war klein, zierlich, hatte graues, lockiges Haar, das sie hochgesteckt trug, eine Brille und viele Lachfältchen. Von weitem wirkte sie wie eine gewöhnliche Frau. Wer sie aber näher kannte, wusste, wie klar ihr Verstand war. Luzius Lundermeier, genannt Lutzo, wohnte zwei Etagen unter ihr. Er schlurfte wie üblich um diese Zeit vor dem Haus herum, ohne Ziel, einfach nur so. Er schwankte bei jedem Schritt gefährlich, fing sich aber immer wieder. Es handelte sich hierbei um ein ca. 55-jähriges, total versifftes und verwahrlostes Individuum, das sich offenbar nie die Haare kämmte oder wusch, immer unrasiert war und aussah, als käme es direkt von der Müllkippe. Lutzo trug ständig die gleiche schlampige, ausgeleierte Trainingshose und ein uraltes, löchriges T-Shirt, wobei man froh sein musste, dass er überhaupt etwas trug, die Wampe wollte keiner sehen. Lutzo war emotional verkümmert. Er bewegte sich nur langsam und in Trance, grüßte niemals, sein Blick richtete sich meist in unbekannte Fernen, und er roch. Die Zigarette, die gewöhnlich schief links im Mund hing, verlor er allerdings nie. Offenbar war die Feinmotorik zumindest rudimentär noch vorhanden, was man von seinen Geistesgaben nicht behaupten konnte. Im ersten Stock links schrie Benno Brauer irgendetwas, seine Frau Barbara schimpfte lautstark, ein Glas zersprang, dann hörte man sie weinen, und Benno schloss das Fenster. Benno war vierzig Jahre alt, leicht übergewichtig, Raucher und Vielbiertrinker, die restlichen Haare ließen noch ein Dunkelblond erahnen. Barbara war 38, hellblond gefärbt mit gerade wieder breitem schwarzem Haaransatz. Sie hatte den Kampf um die gute Figur seit längerem aufgegeben. Auch sie trank gern ein Glas zu viel. Eine junge Frau von gegenüber marschierte mit einem schwarzen Hund vorbei, der offenbar Emiliana hieß und immer etwas falsch machte.

»Emiliana Fuß! Fuß! Nein! Hier! Fuß! Hierher! Fuß! Nein! Nein!«

Noch ein Hund. Zwei.

»Emiliana Fuß! Nein! Liana! Emmy! Nein!«

Gerade verteilte der Briefträger die Post in die jeweiligen Kästen und wünschte Frau Müller und Lutzo noch einen schönen Tag, Frau Müller wünschte lächelnd zurück, Lutzo zeigte keinerlei Reaktion und blickte ins Nirvana. Emmy oder Liana pieselte an einen Elektroroller, der auf dem Bürgersteig stand.

***

Er dachte wieder an die leeren Nächte. Jeden Abend, wenn er ins Bett ging, rollte er sich unter der dünnen Decke eng zusammen und lauschte. Manchmal drang Musik unter der Zimmertür an seine Ohren, oder der Fernseher lief. Aber wenn nichts zu hören war, wusste er, dass nichts mehr in Ordnung war. Wenn es ruhig war im Haus, würde er mitbekommen, wie die Schranktür im Wohnzimmer geöffnet würde. Er wusste, dass sein Vater dann die Schnapsflasche herausnahm. Er hörte fast schon, wie es gluckerte, wie er über den Boden schlurfte und irgendetwas fand, um mit der Mutter zu streiten.

Die unheilverkündende Stille knotete seinen Plexus Solaris zu einer festen Geschwulst zusammen.

***

In Untertriblingsbach hatte Martin Lehmann nun seit einer halben Stunde Papiere und Stifte hin- und hergeschoben, ohne auch nur eine einzige Zeile geschrieben zu haben. Ihm fiel absolut nichts ein. Zum Essen war es auch noch zu früh. Mit sich und der Welt unzufrieden begab er sich in die Küche, um den Status des seit längerem angekündigten Rinderbratens zu überprüfen. Aber da es noch lange nicht zwölf war, machte er sich keine großen Hoffnungen, jetzt schon etwas zu bekommen. Stattdessen verwickelte er seine Frau in ein Gespräch über Essensgewohnheiten im frühen Mittelalter in Süddeutschland. Obwohl der Begriff *Gespräch* deplatziert wirkte, da sie sich nicht beteiligte. Dann begann er, über seine desolate Situation zu klagen. Ela blickte auf Jahrzehnte solcher Ausführungen zurück und zeigte sich unbeeindruckt.

»Wenn es dir hier zu langweilig ist, geh wieder an die Uni, da kriegst du dann auch neue Ideen.«

Kopfschüttelnd schälte sie eine Karotte, zerkleinerte sie und warf die Stücke zum Braten, der im Ofen garte.

»Du weißt genau, dass mein Büro dort lebensgefährlich ist.«

Ela klapperte noch lauter mit den Töpfen und Tellern. Sie holte Besteck aus der Schublade und legte es klirrend auf dem Tisch ab, schaute im Ofen nach dem Braten und donnerte die Tür wieder zu.

»Wenn du nicht in dein Büro zurückwillst, dann geh doch in ein anderes.«

»Mir wird kein anderer Raum zugewiesen, das habe ich schon versucht. Die Leitung ist stur und gewissenlos. Seit Jahren sterben die Leute an strahlungsinduziertem Krebs, aber das wird völlig ignoriert. Was soll noch alles passieren, bis sich etwas ändert?«

Tatsächlich waren in den letzten Jahren einige der Mitarbeiter an Krebs erkrankt, was in manchen Fällen tödlich ausgegangen war.

»Dann geh an eine andere Universität!«

»Also wirklich, man kann nicht so einfach mir nichts, dir nichts die Universität wechseln, ich bin Professor! Ich will es ja nicht laut sagen, aber manchmal bist du wirklich etwas dumm.«

Es krachte, als ein Kochbuch aus dem Regal fiel und ihn an der Schulter streifte. Irritiert schaute sich Martin um.

»Aber da bringst du mich auf eine Idee. Ich werde gleich einmal in der Liste mit den Austauschprogrammen nachsehen, vielleicht ist irgendwo etwas für Geschichte dabei.«

Zufrieden verließ er die Küche.

»Ich würde den gern mal verprügeln«,

meinte Matetus.

»Untersteh dich!«

Matetus war der Haus-Alien. Unsichtbar für jeden, nur nicht für Ela. Anders als der klassische Haus-Elf machte sich Matetus allerdings nicht im Haushalt nützlich, im Gegenteil, er trieb ständig Unfug. Er gehörte zur Spezies der Plugismonier, die schnell Langeweile haben und gern Wetten abschließen. Matetus war vor wenigen Monaten im Rahmen eines Umsiedlungsprojektes von Plugismon zusammen mit einigen hundert seiner Artgenossen auf die Erde gekommen und anschließend in diesem Dorf gestrandet. Gleich zu Beginn der Umsiedlungsphase steckten sich die restlichen Plugismonier, die alle in den Städten geblieben waren, mit einer besonderen Corona-Mutation an und starben. Plugismonier waren eigentlich für die menschlichen Sinne nicht zu erfassen. In diesem Falle hatte es sich aber herausgestellt, dass Ela Kontakt mit einem sehr seltenen radioaktiven Stoff hatte, der sich auf Metabolismus und

Sinnesapparat auswirkte und sie in der Folge alle Plugismonier wahrnehmen konnte. Matetus lebte jetzt schon einige Monate bei den Lehmanns, hatte eine Vorliebe für Süßes entwickelt, kannte sich im Dorf und in allen Häusern und Höfen bestens aus und litt, wie üblich, unter der Eintönigkeit der dörflichen Idylle. Er war der einzige seiner Art weit und breit und hatte niemanden zum Wetten. Daher konnte es passieren, dass er es mit seinen Späßen manchmal zu weit trieb. Und er liebte Ela, seine Ersatzmutter. Matetus selbst gehörte laut eigener Aussage in die Kategorie Jugendlicher und agierte daher auch nicht zwingend vernünftig. Vor allem vertrug er die bösen Sprüche ihres Mannes nicht besonders. Deswegen hatte er das Buch aus dem Regal geworfen. Nur leider schlecht getroffen. Ihm fehlten die Gespräche mit Ela, die durch die permanente Anwesenheit des Professors schwierig waren. Der musste weg.

Ela musterte skeptisch den Himmel. Er wollte und wollte die Sonne nicht freigeben, so dass sie ständig fröstelte. Es wurde bald Frühling, eine schöne Jahreszeit, sie freute sich schon darauf, aber jetzt im Februar war es noch etwas zu kühl, obwohl die Sonne relativ kräftig war, wenn sie denn schien. Gerade war wieder lautes Gezwitscher zu hören. Die Spatzen hatten die neuen Meisenknödel entdeckt. Was will ich hier eigentlich? Immer dasselbe, Unkraut, Blätter, Rasen mähen. Und dann auch noch frieren. Der einzige Grund, warum Ela sich trotzdem im Garten aufhielt, war, dass Martin ihr nicht folgte. Er war gegen alles Grüne, auch beim Essen übrigens. Aber *einzig* stimmte nicht ganz, denn es gab einen zweiten Grund. Hier draußen konnte sie leichter mit Matetus reden, ohne dass jemand ihre »Selbstgespräche« mitbekam. Die Austauschidee fand sie gut. Irgendwie musste sie Martin endlich loswerden, vielleicht konnte Matetus helfen. Er kannte sich in Internetdingen bestens aus.

Die Vögel suchten schon intensiv nach ihren Unterkünften, die Blaumeisen hatten ihr Nest bereits gefunden, Winterlinge blühten, Krokusse und Schneeglöckchen nahmen gerade Anlauf. Eigentlich gab es im Garten einiges zu tun. Sie begann, eines der Beete vom Laub des letzten Jahres zu befreien, dabei hörte sie zu, wie Matetus ihr die neusten Tratschereien aus dem Dorf erzählte. Morgens trafen sich meist einige Nachbarn vor Resis Küchenfenster auf dem Weg zum Friedhof oder beim Rundgang mit dem Hund und plauschten. Matetus gesellte sich gern zu ihnen und hörte zu. Aber es war schon lange nichts mehr Interessantes passiert. Manch einer wunderte sich, dass so wenig Tulpen kamen, ein anderer vermisste Zucker oder andere Dinge, die an den seltsamsten Orten wieder auftauchten. Matetus war im Jahr vorher aus Versehen in diesem abgelegenen Dorf gelandet. Er hatte sich irgendeinen Scherz im Zusammenhang mit einer Wette ausgedacht und war in ein Auto gestiegen, weil er dachte, ein Stück mitfahren zu können. Er kam aber dann erst in dem Dorf wieder heraus und war geblieben. In Martins und Elas Haus gefiel es ihm. Eine ganze Weile hatte er sich mit der Fütterung von Wühlmäusen die Zeit vertrieben, wozu er die Tulpenzwiebeln benötigte. Als Ela auf dem Friedhof bei der Grabpflege mit dem radioaktiven Stoff in Berührung kam und ihn daraufhin wahrnehmen konnte, freundeten sie sich nach beidseitigem Schreck an.

Ela sah sich vorsichtig um, um sicherzugehen, dass sie nicht beobachtet wurde.

»Meinst du, das wird was mit diesem Austausch?«

Matetus zuckte mit den Schultern.

»Keine Ahnung, woher soll ich das wissen.«

»Kannst du nicht etwas nachhelfen?«

»Wie denn?«

Er schob mit dem Fuß die Harke unter das Laub.

»Guck doch mal im Internet nach, ob irgendeine Uni einen Geschichtsprofessor braucht. Und hör auf, mir die Harke zu verstecken. Gehen dir die Ideen aus? Hilf mir lieber!«

Matetus hatte keine Lust. Zu nichts und zu etwas Produktivem schon mal gar nicht. Er seufzte.

»Meine Güte, geht es dir schlecht.«

Ela konnte sich ein Kopfschütteln nicht verkneifen.

»Ja.«

»Das tut mir jetzt aber leid.«

»Das sagst du nur so.«

Missmutig schob er die Harke wieder aus dem Haufen heraus und ging zurück ins Haus.

Der Nachmittag verlief zäh. Ela säuberte mehrere Beete von Laub und Unkraut, bis sie Rückenschmerzen bekam. Sie brachte drei Eimer Biomüll zum Kompost und beschloss, lieber wieder ins Haus zu gehen. Matetus hatte sie bereits seit einer ganzen Weile nicht mehr gesehen. Sicher war er drinnen. Er bewohnte das Gästezimmer, das Martin nie betrat. Ela hatte für eine Zimmerpflanze und für Bilder an den Wänden von Autos, Traktoren und Motorrädern gesorgt. Auf dem Bett lagen mehrere Kissen verstreut. Ein ausgedienter Computer mit Internetverbindung stand auf dem Tischchen in der Ecke. Martin brauchte für sein Home-Office schnelles WLAN. Matetus konnte also unabhängig im Internet surfen und recherchieren. In einem Nebenraum war außerdem ein kleines Labor eingerichtet. Matetus hatte nämlich einmal bei einer seiner frühen Entdeckungstouren durchs Haus im Flur neben seinem Zimmer eine mit Tapete beklebte Tür gefunden, die daher kaum auffiel. Sie war schlecht beleuchtet, außerdem standen rechts und links Regale. Hinter dieser Tür entdeckte er dann ein kleines Zimmer. Ursprünglich sollten dort irgendwann einmal, noch zu Lebzeiten der Tante, die Ela seinerzeit das Haus vererbt hatte, alte Koffer, Kleider und überflüssige Möbelstücke deponiert werden, aber es geriet in Vergessenheit. Unter dem Kniestock, zwischen Innen- und Außenwand des Hauses, verlief außerdem ein schmaler, niedriger Gang, der das Gästezimmer mit dem Raum verband und jeweils kleine Türen hatte, denn auch dort sollten einmal unbrauchbare Gegenstände verstaut werden. Wenn er sich klein machte, konnte Matetus von einem zum anderen Zimmer gelangen, ohne dass es jemand mitbekam. Mittlerweile nutzte Matetus seine Chemieutensilien kaum noch, sondern surfte lieber im Internet.

Inzwischen war es Zeit, das Abendessen vorzubereiten, darum ging Ela erst ins Bad, dann in die Küche. Kurz vor sechs erschien Matetus in der Tür. Breit grinsend klärte er sie über das Ergebnis seiner nachmittäglichen Internetrecherche auf.

»Rruhaa! Ich habe etwas gefunden und gleich weitergeleitet.«

***

»Du hast gesagt, dir schmeckt die Suppe nicht.«

Barbara war nach einem kurzen Abstecher ins Café, wo sie die Jobangebote am weißen Brett geprüft hatte, weiter zu einem der Nachbarn gegangen, für den sie einmal die Woche die Wohnung reinigte. Besonders gut gefiel ihr die Putzerei nicht, aber so kam sie wenigstens mal unter Leute. Auf dem Nachhauseweg kaufte sie für das Abendessen ein.

Es ging Richtung Abend. Noch immer spiegelte sich etwas Sonnenlicht in den Fenstern, doch die Dämmerung rückte näher. Die Dächer mit ihren Antennen und Schornsteinen warfen lange Schatten, und bald schon würden die Laternen angehen, eine nach der anderen. Barbara und Benno Brauer stritten. Das kam in letzter Zeit immer häufiger vor. Beide hatten schon etwas getrunken. Die Diskussion wurde heftiger. Das Fenster stand wieder offen, wie meistens, wenn Barbara kochte.

Deswegen drehten einige Passanten die Köpfe nach oben. Die beiden hatten seit Längerem Geldsorgen. Benno bekam als Lagerarbeiter nicht einmal 1.900 Euro brutto, Barbara war arbeitslos und verdiente unter der Hand mit Putzen etwas dazu, das reichte aber nicht für Miete, Essen und Auto. Allmählich wurde es eng, ein Grund mehr zu trinken. Jeden Abend und reichlich und manchmal auch mittags. Barbara hatte schon als junge Erwachsene melancholische Phasen gehabt. Die Sorgen ums Geld, die Arbeitslosigkeit und der Alkohol deprimierten Barbara immer mehr, sie schlief kaum noch und war dann um so gereizter. Wenn dann Benno auch noch am Essen herummäkelte, geriet sie sofort aus der Fassung. Wie jetzt gerade. Angeblich war die Suppe nicht in Ordnung. Dabei fand Benno, er hätte bloß ganz harmlos um Salz gebeten.

»Gar nicht, ich habe gesagt, gib mir doch mal das Salz.«

»Genau, dir schmeckt die Suppe nicht.«

»Doch, ich brauch bloß noch Salz.«

»Also schmeckt sie dir nicht, sonst würdest du ja kein Salz brauchen.«

»Doch, die Suppe schmeckt. Die Suppe hat einen guten Geschmack.«

»Wonach schmeckt sie denn?«

Das brachte Benno aus der Bahn, und er stockte.

»Du weißt gar nicht, wonach sie schmeckt? Du weißt gar nicht, was für eine Suppe das ist?«

Es wurde gefährlich, das spürte er.

»Lauch?«

»Lauch?«

Barbara explodierte förmlich.

»Was sagst du da? Lauch? Mann, dann müsste die doch grün sein. Das ist eine Champignoncremesuppe.«

»Ja, aber das ist doch ganz ähnlich. Und sie schmeckt sehr gut.«

»Wozu brauchst du dann Salz?«

Barbara brüllte. Benno brüllte zurück:

»Dann gib mir wenigstens den Pfefferstreuer.«

»Das ist ja noch viel schlimmer, vielleicht brauchst du auch noch Ketchup?«

Gute Idee, aber das traute er sich jetzt nicht mehr zu sagen. Benno war schwer genervt und musste sich zusammennehmen, um nicht mit der Faust irgendwo dagegen zu schlagen. Unten meinte Herr Sornig zu Frau Sornig, eine Champignoncremesuppe hätte es schon länger nicht mehr gegeben, die fände er auch ganz gut. Sohn Sven wollte lieber Ketchup, Tochter Sara nichts, sie achtete auf die Figur. War aber sowieso hypothetisch, weil Frau Sornig die Woche bereits fertiggeplant hatte. Vor der Haustür lungerte immer noch Lutzo herum, in der Hand eine Kippe, der Blick irgendwie verträumt, so als sähe er etwas Wichtiges in weiter Ferne, und bekam auf einmal Hunger.

Die Seidengasse mündete in die Leinenweberstraße, in der es ein Café, ein Internetcafé, eine Apotheke, eine Bäckerei und einen Lebensmittelladen gab. Das Café hatte einen Hauptraum mit langem Tresen, an dem man sitzen konnte, dazu einige Tische, serviert wurde schon um sechs, Frühstück, später Kaffeegetränke und Kuchen. Ein junges Mädchen stand hinter dem Tresen und wischte über verschiedene Stellen, andere ließ sie aus, dann sah sie ausdruckslos auf, um eventuelle Kundschaft zu bedienen. Im Nebenraum standen zwei Billardtische. Außerdem hing an der Wand ein weißes Brett, an das man Mitteilungen pinnen konnte. Auf den großen und kleinen Zetteln wurden Putzhilfen, Gelegenheitsjobs, Nachhilfe für Englisch oder Klavierunterricht, Babysitter oder gebrauchte

Kleidung gesucht oder angeboten. Eine Firma benötigte einen Gehörlosen für regelmäßiges Laubblasen. Der Ortsverein gab sein aktuelles Programm bekannt. Diverse Bands luden zum Zuhören ein. Eine Yogalehrerin informierte über ihr Kursangebot. Die Universität gab eine Vortragsreihe bekannt zu Themen wie »Ästhetik des Kriminalromans«, »Kleine Poetik des Schreibblocks« oder »Till Eulenspiegel im Spannungsfeld von Literatur, Religion und Gesellschaft«. In farbenfrohen Buchstaben meldete der örtliche Kindergarten sein nächstes Fest an und rief alle, die wollten, auf, zu kommen. Wenn jemand die Türe öffnete, flatterten die Zettel im Luftzug, und manchmal wehte einer davon weg. Barbara Brauer hatte hier schon den einen oder anderen kleinen Putzauftrag gefunden, aber in letzter Zeit war nichts mehr dabei gewesen.

Marlies Meier befand sich auf dem Weg zu ihrem Vater, Matthias Meier. Der siebzigjährige Witwer wohnte in der Seidengasse 7 im vierten Stock. Marlies ging mit ihrem neuen Freund, den sie ihrem Vater gleich vorstellen wollte, an Apotheke und Café vorbei und betrat die Bäckerei, um Kuchen für den Nachtisch zu kaufen. Sie war etwas nervös, vollkommen albern mit fast 40, aber es war nun einmal so. Kurt Kaufmann, 50 Jahre alt, und sie hatten sich vor ein paar Wochen bei einem Fantasy-Event kennengelernt, bei einem der Turniere. Dabei verkleidete man sich als Goblin, Troll, Elfe oder Ork und kämpfte gegeneinander. Es ging aber mehr um die Kostüme als ums Gewinnen. Marlies war eine Elfe mit einem durchsichtigen Kostüm aus alten Gardinen und viel zu kleinen Flügeln und spitzen Ohren, Kurt ein Goblin in schmutziger Fetzenkleidung, großen Ohren und verfaulten Zähnen. Das sah furchtbar ekelig aus, aber sie wurden als Kampfpartner ausgelost. Marlies erinnerte sich noch, wie die Umstehenden gebrüllt hatten, um die Illusion einer Schlacht zu erzeugen, wie sie wieder und wieder mit ihrem Elfenschwert *Rosalinda* angegriffen hatte.

Mit unglaublicher Genauigkeit zielte das Schwert blitzend auf das Herz ihres Gegners, aber jeder Hieb wurde vom Schild abgeblockt. Noch einmal schlug sie zu, drängte ihn in Richtung Grenzlinie ab, aber er blieb einfach stehen, holte irgendwann mit seinem Schild aus und traf sie am Kopf. Sie fiel hin und blieb atemlos liegen, mit aufgeschreckten, weit geöffneten Augen. Er beugte sich vor, lächelte sie an, fragte, ob sie sich geschlagen gebe, was sie sofort bejahte, obwohl sie das gar nicht meinte. Zu spät. Kampf entschieden. Kampf beendet. Anschließend kamen sie ins Gespräch, mehr oder weniger, da sie hauptsächlich diejenige war, die redete. Er fand sein Kostüm im Grunde nicht so toll, Ork wäre noch gegangen. Aber Elf wäre mit dem Bauch nicht glaubwürdig rübergekommen. Das fand sie insgeheim auch, behielt es aber für sich. Sie aßen zusammen eine Pizza. Kurt musste nicht viel sagen, sie verstand ihn auch so. Und schon bald beschlossen sie, zusammenbleiben zu wollen und suchten nun eine größere Wohnung, um dort gemeinsam einzuziehen.

Marlies trug eine Jeans in Blau und ein einfaches T-Shirt unter der Jacke, ein buntes Baumwolltuch leger um den Hals geschwungen, Kurt eine schwarze Hose, ein graues Sweatshirt, graue Baumwollsocken und schwarze Schuhe. Er wog zu viel, sein Bauch wölbte sich etwas über der Hose. Die kurz geschorenen Haare hatten einen grauen, verblichen aschblonden Ton, die Augen schimmerten stechend blau. In jungen Jahren hatte er noch Sport getrieben, man sah den athletischen Körperbau in Ansätzen, trotz der Fettpölsterchen. Er war groß und wirkte stark, aber die besten Jahre hatte er hinter sich.

»Was hätten sie denn gern?«

säuselte die Bedienung freundlich-plaudernd. Viel war nicht mehr da.

»Willst du vielleicht den Erdbeerkuchen probieren?«

fragte Marlies mehr in die Luft, weil Kurt sowieso nicht antworten würde. Er sprach nur, wenn es absolut nicht vermeidbar war. Gerade das zog sie magisch an, hatte was von einsamem Cowboy allein auf dem Pferd in der Prärie mit Indianern und Bisons unter sengender Sonne. Deswegen kaufte sie nur ein Stück davon, dann noch Käse-Sahne und Schwarzwälder-Kirsch. Ein paar Minuten später klingelten sie an der Haustür der Seidengasse 7, betraten das Treppenhaus und machten sich an den Aufstieg. Durch die schmalen Fenster strömten Sonnenstrahlen, und man konnte den feinen Staubkörnchen beim Tanzen zusehen. Gedämpfte Stimmen drangen an ihre Ohren. Aus einer Wohnung klang leise Musik, angenehm leichte Klaviertöne, aus einer anderen wimmerte ein Saxofon. Die Treppe ächzte und stöhnte an einigen Stellen, wenn man mittig auftrat. Im ersten Stock hörte man Benno brüllen. Barbara kam aus der Tür geschossen. Fast stieß sie mit Kurt zusammen. Die beiden sahen sich kurz und wortlos an, dann knallte sie die Tür mit Vehemenz zu und lief die Treppe hinunter, während Marlies und Kurt ihren Weg nach oben fortsetzten. Mit steinerner Miene folgte Kurt seiner Freundin die letzten Stufen bis zum vierten Stock. Marlies gab Kurt das Kuchenpaket und strich sich über die Hose, der frisch aufgetragene Lippenstift schillerte. Sein Rasierwasser wischte ihr sanft um die Nase, es roch etwas nach Sandelholz, sie liebte den Geruch. Sie schloss die Augen und spürte, wie der Duft wieder verflog. Draußen gab es die üblichen Straßengeräusche zu hören. Ein Auto bremste direkt vor dem Haus, bevor es langsam weiterfuhr und ordentlich Gas gab. Sie war bereit.

Marlies und Kurt betraten die vollgestopfte Wohnung ihres Vaters. Es roch nach Pfefferminztee. Im Wohnzimmer war der Tisch für das Abendessen bereits gedeckt.

»Schön, dass ihr mich besuchen kommt. Wie geht es? Wie geht es Ihnen?«

Matthias Meier sah Kurt aufmunternd an. Der war noch miss-launiger als sonst. Seine bewölkte Stirn sah regelrecht zum Fürchten aus.

»Danke.«

Matthias Meier wartete, ob es noch weiterging, Marlies kam ihrem Freund zu Hilfe.

»Danke, gut.«

»Freut mich, freut mich.«

Sie aßen etwas von den belegten Broten, die Matthias Meier vorbereitet hatte, tranken etwas, plauschten etwas. Schnell war der alte Herr der Einzige, der redete, die anderen beiden hörten höflich zu. Aber als er meinte, er hätte in letzter Zeit öfter Schwierigkeiten mit dem Rücken und den Getränkekis-ten, bot Kurt an, ihm hin und wieder behilflich zu sein. Der Abend zog sich, und bald verabschiedeten sich Marlies und Kurt wieder.

»Das war nett von dir. Aber du hättest ruhig etwas mehr sagen können«,

meinte Marlies und sah Kurt an.

»Hast du was?«

Ihm fiel nichts ein außer:

»Mir ist nicht gut.«

»Dann trinkst du nachher einen Schnaps, o.k.?«

Ja, das war o.k. Sie verließen das Haus und begaben sich zu-rück zum Auto, das ein paar Straßen weiter parkte. Dabei kamen sie an einer Frau vorbei, die brüllend mit zwei Hunden kämpfte.

»Emmy nein! Liana! Emmy! Nein! Nein! Fuß!«

***

Beim Abendessen teilte Martin seiner Gattin mit, dass er bei seiner Suche über die Website des Historikerverbandes eine offene Forschungsstelle an der Universität von und zu Fahrenzburg gesehen hatte. Der dortige Professor hatte vorzeitig das Projekt über die Entwicklung der Zimbern in Norditalien verlassen, und nun wurde kurzfristig nach einer Vertretung gesucht. Niemand, soweit er wusste, käme hierfür in Frage. Außer ihm natürlich. Allerdings sollte die Stelle schon in den nächsten sechs bis sieben Wochen angetreten werden, besser früher. Dann musste er möglichst flott einen Freistellungsantrag bei seiner Universität einreichen. Eine fatale Entscheidung, wie sich zeigen sollte. Würde er jetzt zurückblicken, würde Martin sich darüber aufregen. Eine ganze Kette an Ärger und Problemen wäre vermieden worden. Martin nahm trotz aller Begeisterung sehr langsam Messer und Gabel zur Hand und trennte sorgfältig und geschickt eine zentimeterlange, hauchdünne Fettschicht vom Braten ab, die er graziös an den Rand des Tellers platzierte, nicht ohne vorwurfsvollen Blick in Richtung Gattin. Danach schob er exakt drei Erbsen auf die Gabel und führte sie zum Mund. Ela wusste nicht so recht, was sie von der Idee halten sollte, denn sie würden nicht im Haus wohnen bleiben können. Andererseits gingen ihr nicht nur Gatte, sondern auch Alien allmählich auf den Geist. Nach einem ausgedehnten Vortrag über die Vorteile des Stadtlebens im Allgemeinen und Fahrenzburg im Besonderen, den Ela wie immer schweigend verfolgte, räumte sie den Tisch ab, im Hintergrund lauerte ein hoffnungsfroher Matetus. Das Unvermeidliche war wohl nicht aufzuhalten.

»Aber wir beauftragen eine Firma.«

Keinesfalls würde sie ihre Einrichtung in hunderte von Kisten packen.

»Natürlich, selbstverständlich, kein Thema.« Und damit läutete er einen Umzug ein, dessen Scheitern durch kontinuierliche, verdeckte Alieninterventionen von Beginn an ausgeschlossen war. Die Sterne erwachten langsam zum Leben. Eine weitere ruhige Nacht kündigte sich an. In einem wohl temperierten Heizölkeller dämmerte ein unglücklicher Wissenschaftler hilflos seinem Ableben entgegen, während eine kleine Ratte geduldig auf ihre bevorstehende Mahlzeit wartete.

***

Die beiden Gärtner luden den Biodünger vom Anhänger des Traktors und verteilten ihn auf die siebzehn Kübel, die dann als Einzelportionen weitergereicht werden konnten.
»Ich fürchte, das ist etwas mehr als gedacht. Hol doch noch ein paar Eimer!«
Schließlich hatten sie zwanzig Kübel, zehn Eimer und drei Schubkarren voll.
»Sieh dir mal den Himmel an, das gibt bestimmt ein ziemliches Gewitter.«
Der Dünger war für die Parkanlage beim Marktplatz bestimmt. Wie jedes Frühjahr sollten Rosenrabatte und Staudenbeete damit versorgt werden.
»Wir können die Kübel hier nicht stehen lassen. Am besten, wir lagern das ein, bevor alles nass wird.«
Er sah auf die Uhr. Die Aktion hatte länger gedauert als gedacht, Feierabend schon vorbei. Innerlich fluchend schoben sie die Karren in den Schuppen und räumten Kübel und Eimer hinterher.
»Und jetzt?«
Der Schuppen war voll, aber sie hatten noch fünf Eimer übrig.
»Da unten rein. Komm, dann machen wir auch Feierabend.«
Die Treppe hinunter war finster und still. Die Luft roch moderig, Boden und Wände sahen angeschimmelt aus. Unter ihren Füßen knirschten unzählige Steinchen. Sie schalteten das Licht ein, aber die Glühbirne schien nur schwach. An den Wänden

standen ein paar bejahrte Bänke und Regale übereinanderge-stapelt, alte Kisten und Schachteln. Im dämmrigen Licht wirkte alles ein bisschen unheimlich. Im Flur war kein Platz mehr, weil überall zu viel Krempel herumlag. Sie mussten seit-wärts gehen, als sie die restlichen Eimer hinunter und durch den Flur schleppten. Dann stellten sie sie im hintersten Raum ab. Für ein paar Tage würde es reichen. Kaum waren sie fertig, begann es auch schon zu schütten.

M Ä R Z

Es war Anfang März, langsam wurden die Tage länger. Das Essen zog sich. Alle Tische waren besetzt. Die Leute saßen über ihre Handys gebeugt und trainierten die Daumenmuskulatur. Er nahm einen Bissen von der maximal mittelmäßigen Pizza und beobachtete, wie Pennemayer seine kleinen, dicken Finger in den Hamburger grub. Er stützte beide Ellenbogen auf den Tisch, senkte etwas den Kopf und biss hinein. Ein undefinier-bares graues Soßengemisch tropfte auf die traurig-bräunlichen Salatblätter. Diese sowie Tomaten und Zwiebeln blieben un-angetastet, die fetten Pommes nicht. Mit vollem Mund erklärte er, was am morgigen Tag zu tun war. Eine Wolke von Chanel Nummer irgendwas waberte vorbei, als sich eine kleine, ele-gante ältere Dame von ihrem Tischchen erhob und Richtung Ausgang steuerte. Kriminalhauptkommissar Pennemayer hatte so gut wie keinen Hals, ein meist rotes Gesicht, kleine Schweinsäuglein in bleichen Augenhöhlen und roch, beson-ders jetzt, am Ende eines Tages, mehr nach Schweiß als nach süßlichem Rasierwasser und billigem Haargel. Morgens war es andersherum. Ein Handy dudelte. Pennemayer griff mit glitschigen Fingern in die rechte, dann in die linke Tasche des Sakkos, das über der Stuhllehne hing. Dabei kleckerte etwas

Soße auf das schlecht gebügelte weiße Hemd. Die kleinen Stummelfingerchen grabbelten nach dem Handy. Johannes Winkler blickte aus dem Fenster hinaus auf die Straße. Kalmensburg war eine mittelgroße Stadt, reich an Tradition und Kultur, arm an spannenden Kriminalfällen. Deswegen kümmerten sich die beiden Beamten hauptsächlich um mittelschwere Verbrechen. Draußen verabschiedete sich langsam der Tag, die Leute befanden sich auf dem Heimweg, und Winkler wäre gern bei ihnen dabei gewesen. Stattdessen nahm er einen weiteren Bissen von seiner Pizza und beobachtete, wie sein Gegenüber gefährlich auf dem Stuhl kippelte. Eine Verordnung von oben hatte das Betriebsklima auf dem Kommissariat für inadäquat befunden, und Pennemayer beschloss, ab sofort einmal die Woche mit seinen Leuten bzw. ein paar ausgelesenen davon, wie er sich ausdrückte, abends zum Essen zu gehen, um die Stimmung zu verbessern. Was nicht klappte. Im Gegenteil, Winkler und der eine oder andere ausgewählte Praktikant mussten sich jetzt noch länger mit ihrem Vorgesetzten herumquälen als vorher. Kriminaloberkommissar Johannes Winkler war groß, schlaksig, zurückhaltend und sehr höflich und wirkte auf seine Mitmenschen zunächst schüchtern, gleichzeitig seriös und vertrauenserweckend. Deswegen verliefen seine Gespräche mit Zeugen und Verdächtigen in der Regel erfolgreich. Die letzten paar Fälle hatte er zusammen mit einem äußerst fähigen Praktikanten erledigt, ohne Pennemayer zu sehr mit Ermittlungsarbeit belasten zu müssen. Aber der junge Mann hatte sich wegbeworben. Jetzt sinnierte Winkler darüber nach, was ihn selbst eigentlich noch hielt. Er fand nichts.

Pennemayer hatte seinen Hamburger gegessen und griff zwecks Nachtisch zur Speisekarte. Seine rosa Gesichtshaut leuchtete, die Finger glänzten wie frisch poliert.

***

Barbara füllte das Essen auf zwei Teller. Offenbar Eintopf. Jetzt im März hatten Rosenkohl, Pastinaken und Bärlauch Saison.

»Gib mir doch mal das Salz«,

sagte Benno.

»Aber du hast doch noch gar nicht probiert.«

»Na und, ich will doch bloß das Salz hier stehen haben.«

»Und jetzt wohl noch den Ketchup drüber, was? Wozu mach ich mir eigentlich die Mühe mit der Kocherei, wenn du sowieso alles zuschüttest.«

»Ich habe doch gar nichts gesagt. DU hast doch von dem Ketchup angefangen.«

Barbara dachte kurz nach, konnte sich aber nicht mehr erinnern. Sie war gedanklich schon beim Abspülen und wollte möglichst schnell im Café nachsehen, ob es vielleicht einen weiteren Putzjob gab. Wie immer begriff Benno nicht, worum es ging. Das machte Barbara traurig. Und dann wütend.

»Was ist das überhaupt?«

Begeisterungsarm rührte Benno in seiner Portion herum. In seiner Magengegend begann es zu brodeln.

»Das hat keinen Namen. Frau Sornig hat gesagt, ich soll meiner Kreativität freien Lauf lassen.«

Mist. Barbara war noch nie kreativ gewesen. Wie sollte er aus der Nummer ohne Ketchup wieder rauskommen? Am liebsten wäre er jetzt im Internetcafé. Weil dort immer weniger Leute die Computer nutzten, gab es Notverpflegung wie Pommes und Currywurst. Außerdem hatte er seine Ruhe, auch wenn er nicht surfte. Da war er aber schon einmal diese Woche gewesen, und wenn sie ihm draufkam, würde das zu einem fürchterlichen Wutausbruch führen, das wollte er nicht riskieren. In der letzten Zeit zog es ihn immer weniger nach Hause, vor allem, wenn Barbara heftig wurde und Gläser warf.

Barbara war zuweilen unberechenbar. Manchmal konnte er das gut vertragen, aber nicht immer. Er war diesen ewigen Knatsch so leid, und ihr Essen auch. Echt wahr. In seinem Magen brodelte es immer heftiger. Das Fenster war auf. Von draußen dröhnte der Lärm der Großstadt.

»Emmy nein! Liana! Emmy! Nein! Nein! Kommst du her!«

***

Martin Lehmann hielt das Schreiben der Universitätsleitung in den Händen. Sein Antrag auf Beurlaubung für den Forschungsaufenthalt war bewilligt worden, wahrscheinlich, weil er nicht nur auf Gehaltfortzahlung, sondern auch auf die Urlaubsansprüche verzichtet hatte. Als ein richtig guter Deal hatte sich die Sache allerdings nicht entpuppt, denn die Forschungsgelder für das Projekt waren spärlich. Kein Wunder, dass der Kollege abgebrochen hatte. Egal. Jetzt konnten die Vorbereitungen für den Umzug ernsthaft beginnen.

Seine Frau, die im letzten halben Jahr internettechnisch eine erstaunliche Entwicklung durchgemacht und von der neuen Finanzsituation keine Kenntnis hatte, sammelte seit einigen Tagen Wohnungsangebote und Adressen von Umzugsfirmen und ließ ihn damit völlig unbehelligt, was ihm nur recht sein konnte, auch wenn die Ansprüche an die Wohnung seiner Meinung nach etwas überzogen schienen. Er brauchte selbstredend ein eigenes Büro. Sie wollte dazu ein Gästezimmer, mindestens eins. Was hieß hier mindestens eins? Ela hatte ihm erklärt, dass sie sonst im Falle eines Besuches sein Büro nehmen müssten, und was, wenn beide Kinder gleichzeitig kommen wollten, dann würde ein Gästezimmer nicht reichen. Er bestand, wie von Ela erwartet, auf das alleinige Nutzungsrecht und nahm dann lieber eine größere Wohnung in Kauf. Als ob die Kinder je gleichzeitig zu Besuch kämen, wahrscheinlich kämen sie überhaupt nicht. Besonders wohl war ihm nicht bei der Sache. Da er aber mathematisch noch nie ganz auf der Höhe gewesen war, beschäftigte er sich lieber mit seinem Manuskript. Was seine Laune nicht besserte.

Direkt nach der Freigabe des Umzugsprojektes ging Ela die Wohnungsinserate durch, die Matetus ihr, wie jeden Morgen, ausgedruckt hatte. Sie freute sich, aus dem Dorf wegzukommen, vor allem weg von Resi. Die beiden verstanden sich in letzter Zeit überhaupt nicht mehr, denn Ela hatte vor einigen Wochen ihre giftmischerigen Tätigkeiten aufgedeckt. Seitdem hielt Ela es für klüger, einen strikten Sicherheitsabstand zu wahren. Das mit der Wohnung gestaltete sich insofern schwierig, als sie ja bereits leer sein musste, wenn sie sie innerhalb der nächsten Wochen brauchten. Aber Matetus wirkte optimistisch. Tatsächlich hatte sie vier Objekte zur Auswahl, nur auf die Preise durfte sie nicht achten. Schnell und günstig schloss sich beim Umzug aus. Und da Martin schnell wollte, waren die Optionen begrenzt. Matetus indes nutzte die Stunde. Weil er gerade die Oberhoheit beim Internetshopping hatte, eröffneten sich ihm für seine nahe Zukunft ungeahnte technische Möglichkeiten. Er sah, scharf und klar, sein neues Leben in einer großen Stadt. Mitten in einer großen Stadt.

***

Marlies suchte einen Parkplatz, bereits zwei Runden um den Block, und endlich fand sie eine Lücke. Das war zwar an die zehn Minuten von ihrem Vater entfernt, aber anders ging es wohl nicht. Wahrscheinlich sollten sie besser zu Fuß kommen. Dieses Mal hatte sie einen Kuchen gebacken, ihr Vater mochte so gern Nuss mit Schokolade. Kurt, noch schweigsamer als sonst, trug die Tasche lustlos die Treppe hinauf und fügte sich in sein Schicksal.

***

Unbeschwerte Kindertage, Ausflüge, Sorglosigkeit, einige
Spuren von Natur neben den Schnellstraßen. Die Stirn in Falten gelegt, den trockenen Mund leicht geöffnet, wälzte er sich
hin und her. Er dachte an den Fluss mit seiner in der Abend-
sonne grünlich-rötlich schimmernden Gischt über den
Stromschnellen. Seine Geschwister. Vater. Mutter. Dann kam
ihm das Stahlgerüst der nahen Brücke in den Sinn mit seiner
genialen Konstruktion von gebogenen, ineinander verzahnten
und sich umeinanderwindenden Streben, über die fast der gesamte Verkehr geleitet wurde, der aus allen fünf Himmelsrichtungen in ihre Stadt strömte. Sie galt als eine der wichtigsten architektonischen Errungenschaften der Gegend. Durch
die Leitungsrohre dröhnte das Wasser. Lächelnd atmete er tiefer und ruhiger und gab sich der Angst, der Verzweiflung und
der Ohnmacht hin, hier bald sterben zu müssen.

APRIL

MITTWOCH

Im Osten kroch langsam ein blasser heller Hauch am Himmel
empor. Sterne und Mond verabschiedeten sich, wie sie es
schon Millionen von Jahren getan hatten. Zögerlich materiali-
sierte sich die Silhouette der alten Stadt, um bald schon stolz
und prächtig unter der Frühlingssonne glänzen zu können. Es
war April und der Frühling weiter fortgeschritten. Der Fakul-
tätsrat der Fakultät IV der altehrwürdigen Universität von und
zu Fahrenzburg tagte wie immer am zweiten Mittwoch des Se-
mesters um 14.15 Uhr. Gott sei Dank, denn Martin Lehmann
musste direkt aus Untertriblingsbach anreisen, und viel früher
hätte er das nicht geschafft. Als er an die letzten Tage

zurückdachte, verschwommen sie zu einem einzigen großen Durcheinander. Das meiste war gepackt, der Umzug stand für das Wochenende an. Aber damit würde er nichts zu tun bekommen. Seine Gattin hatte sich als begnadetes Organisationstalent erwiesen. Er selbst weilte bis dahin im nahegelegenen Hotel. Zufrieden lehnte sich Martin Lehmann im Stuhl zurück, eine Hand graziös gebettet auf den Terminkalender, offenkantig und in feinem italienischem Leder handgebunden, mit cremefarbigem Schreibpapier von höchster Qualität. Die andere ruhte an der Stirn. Hin und wieder massierten die langen, schlanken Finger mit den topp gepflegten Fingernägeln die Nasenwurzel. Der Blick ging träumerisch ins Leere. Der Dekan Westerwoge, Anglistik, gab zu Beginn für gewöhnlich Neuigkeiten und Änderungen bekannt. Er war ein kleiner Mann, ein sehr kleiner Mann, der ein Kissen benötigte, um über das Lenkrad seines Luxuswagens sehen zu können. Sein makelloser grauer Anzug wirkte äußerst seriös, das weiße Hemd langweilig. Möglicherweise gab es da auch einen Zusammenhang mit seiner zweiten bezeichnenden Eigenschaft, nämlich komplettresistent gegenüber emphatischen Anwandlungen zu sein. Dieses Mal wollte er als erstes den neuen Kollegen vorstellen. Ruhig und gelassen nahm er die Notizen, die ihm seine Sekretärin vorformuliert hatte und die alle Informationen in der vorgesehenen Reihenfolge enthielten inklusive Anrede/Begrüßungsfloskeln. Er räusperte sich kurz, schob die Brille zurecht und begann.

»Meine sehr verehrten Damen und Herren, Kolleginnen und Kollegen, Spektabiles, ich begrüße Sie zum neuen Semester.«

Traditionsgemäß erhoben sich die Anwesenden bis auf einen und antworteten im Chor:

»Universitas varnolvesburgus – prospera!«

und setzten sich wieder. Der Dekan räusperte sich erneut.

»Ich hoffe, Sie hatten alle eine erholsame und produktive vorlesungsfreie Zeit.«

Eigentlich schloss sich das aus. Trotzdem nickte jeder.

»Gleich als erstes darf ich Ihnen Herrn Professor Doktor.«

Er kam ins Stocken.

»Herrn Professor Lehmann vorstellen, den wie heute zu seinem Forschungsaufenthalt an unserer allseits geliebten Universität begrüßen dürfen. Herzlich willkommen, sehr verehrter Herr Professor Doktor.«

Schlucken.

»Herr Professor Lehmann.«

Augenblicklich legte sich das übliche Raunen und Rascheln, und eine tödliche Stille ergriff den Raum. Entsetzt starrte man sich an. Aber Martin Lehmann hatte sich bereits erhoben, und mit breiter Brust und durchgedrücktem Rücken schickte er ein wunderbares, strahlendes Lächeln im Raum herum, das an den Rändern aber etwas wackelig schien und das mit absoluter Fassungslosigkeit quittiert wurde. Verstohlen sahen sich einige im Handy sein Profil an, bis auf zwei, drei wissenschaftliche Artikel im Eigenverlag war nichts Großes dabei, einer auch noch wohl chinesisch, damit konnte keiner etwas anfangen. Allerdings, und dies registrierten nicht nur die wenigen Damen in der erlauchten Runde, war er unglaublich geschmackvoll gekleidet. Imposant – Dreiteiler aus englischem Tweed, gestärkte Seidenkrawatte, tadellos gebügeltes Hemd, ebenfalls Seide, passende Socken und Tüchlein, alles in harmonischen Bleu-Tönen. Es hatte ihn sehr viel Selbstdisziplin gekostet, alles möglichst knitterfrei durch die Zugreise zu bringen. Und die Manschettenknöpfe – aus Gold? Und, wohlwollend betrachteten die Damen die gesamte Erscheinung, wunderbar volles, seidig glänzendes, leicht gelocktes blondes Haar, fantastische, blendend weiße Zähne. Er lächelte locker und zuvorkommend. Ein beeindruckender Anblick, in der Tat.

Nach Abschluss der Sitzung begab sich der Dekan, um eine Balance zwischen Hasten und angemessenem Schritt bemüht, umgehend zu seiner Sekretärin, einer strengen Frau mittleren Alters, öffnete die Tür und bat sie atemlos darum, ihm die Personalien des neuen Kollegen herauszusuchen. Sie fand problemlos die Unterlagen zum Forschungsprojekt der historischen Abteilung und reichte sie ihm. Tatsächlich, da stand es, der Kollege hatte nie promoviert, obwohl die Promotion eine Mindestbedingung für eine Professorenstelle war, auch bei Forschungsprojekten, natürlich. Der Kollege hatte keinen Doktortitel. Der Dekan rang nach Atem. An dieser international geschätzten, humanistisch geprägten, traditionsreichen, da im Jahr 1388 gegründeten und, geben wir es zu, durchaus konservativen Universität ein Ding der Unmöglichkeit. Unglaublich. An ihrer Universität, so jemand. Wie konnte das sein?

»Bitte verbinden Sie mich mit der Forschungsabteilung der Fakultät!«

«Einen Moment, bitte.«

Problemlos erreichte die Sekretärin den zuständigen Beamten und vermittelte die Verbindung weiter ins benachbarte Büro. Dann hörte sie ihren Chef brüllen, ihn interessierten nicht irgendwelche dämlichen Kimbern oder Zimbern. Sie könnten ihn sonstwas sonstwohin. Der Dekan, akut verärgert, stürmte aus dem Raum und nahm die Unterlagen mit.

FREITAG

Endlich war es so weit. Ela hatte ein Unternehmen mit Komplettservice gefunden, das alles von der Planung und Vorbereitung bis hin zur Organisation inklusive Müllentsorgung, Halteverbotsbereitstellung in Fahrenzburg, Verpackungsservice und Möbelmontage übernehmen würde und den gesamten Umzug nebst Aufbau sämtlicher Regale und Schränke sowie Einsortieren der Bücher am Samstag erledigen wollte. Alle Kartons waren gepackt und bereits am Vorabend in den Transporter geräumt worden. Die Abfahrt war für vier Uhr morgens vereinbart. Ela musste nur noch das Haus abschließen und mit ihrem Golf inklusive Matetus hinterherfahren. Aufatmend musterte sie ein letztes Mal den Garten. Noch lauerte Finsternis bleischwer über dem Dorf. Dunkle Wolken verdeckten den Mond. Einige Straßenlaternen beleuchteten die nächtliche Szenerie. Spärlich. Bizarr. Stille.

SAMSTAG

Er wälzte sich im Bett hin und her. Die Nacht war leer. Verzweiflung schnürte die Kehle zu. Der Verlust, unermesslich, der Schmerz, grenzenlos. Alles war wieder da, so klar, als ob es gestern gewesen wäre. Es dröhnte in seinen Ohren, sein Herz raste, Schweiß rann an seinem Gesicht entlang, alles verschwamm vor seinen Augen. Das Zimmer drehte sich.

***

Wochenende. Die Morgensonne hing pfirsichfarben über der Stadt und erleuchtete das Wolkenband. Der Kirchturm schimmerte rotgolden. Einige Menschen waren schon unterwegs, ein junges Pärchen Arm in Arm, ein älteres mit einer Ratte an der Leine. Die Ratte konnte bellen. Benno wollte ausschlafen, aber im Haus herrschte furchtbarer Lärm, ein ständiges Auf und Ab im Treppenhaus und laute Gespräche in einer ihm unbekannten Sprache, vielleicht auch in zwei verschiedenen, ging das überhaupt? Barbara war schon vor einiger Zeit aufgestanden und sicher im nahegelegenen Uldi, wo sie oft

Lebensmittel für die ganze Woche einkaufte. Der Discounter wurde von den Brüdern Ulf und Dieter Meyer betrieben und war der einzige Laden in der Nähe, in dem es eine große Auswahl an Alkoholika zu vertretbaren Preisen gab. Mürrisch drehte Benno sich noch einmal um. In der Wohnung unter ihm wurde fleißig gepoltert. Nachdem sie ein halbes Jahr leer gestanden hatte, zogen nun wieder Leute ein.

Die Transporthelfer richteten Martins Büro gleich als erstes ein, und er konnte schon am frühen Nachmittag dort weiterarbeiten. Glücklicherweise hatte er so einen Noise-Cancelling-Kopfhörer. Vom restlichen Umzug bekam er nichts mehr mit und war gleichzeitig aus dem Weg.

Auf der Straße war alles vollgeparkt. Marlies musste mehrere Male um den Block fahren, ehe sie eine Parklücke fand. Kurt trug lustlos den Kuchen hinter ihr her. Sein Haar war schon länger nicht mehr geschnitten worden und wehte strähnig in der leichten Brise, die durch die Straßen zwischen den hohen Häusern strich. Eine Hand, zur Faust geballt, steckte in der Tasche seiner abgetragenen Lederjacke. Als Marlies sich zu ihm umdrehte, veränderte er etwas seine Haltung und lächelte. Ihre Blicke trafen sich. Den Nachmittag hatte er sich abgeschminkt.

Um etwa 20.30 Uhr klingelte bei Lehmanns das Telefon. Ela ging hin und begrüßte erfreut ihre Tochter, die ab und an von sich hören ließ.

»Na, Mama, alles überstanden?«

»Das Schlimmste haben wir hinter uns.«

»Uns? Du willst damit sagen, dass Papa geholfen hat?«

Ela schwieg. Ihre Tochter wechselte das Thema.

»Und? Wie geht's sonst so?«

«Ganz gut, nur bin ich jetzt ziemlich müde.«

«Klar, dann rufe ich einfach ein andermal wieder an. Noch einen schönen Abend!«

»Danke, dir auch.«

Ela legte auf. Sie war tatsächlich ziemlich geschafft.

MONTAG

Am Montag gegen neun saßen Ela und Martin in der Küche beim gemeinsamen Frühstück mit Kaffee, frischem Orangensaft, Croissant und Käse-Schinkenplatte. Im Radio liefen die Nachrichten. Zwei Unfälle in der Innenstadt und Stau auf den Straßen. Ein Streik der Beschäftigten eines großen Konzerns. Jemand hatte Elvis beim Einkaufen gesehen. Im März hatte es mehr geregnet als gewöhnlich, und die Bauern fürchteten um ihre Ernte. Ela schnitt mit dem Messer eine Scheibe Brot ab, dann trank sie einen Schluck Saft. Martin schob seine Käsescheibe auf dem Teller herum. Aus dem Fenster schienen Sonnenstrahlen in den Raum und erhellten die Wellen seines blonden Haares.

»Die sind viel zu dünn geschnitten. Ich habe doch gesagt drei Millimeter.«

Nach einer Pause fügte er hinzu:

»Ich kann wohl schon erwarten, dass du die Einkäufe und meine Bitten ernst nimmst. Du hast ja sonst nichts zu tun, außer mein Geld auszugeben.«

Ela erwiderte nichts, es hatte auch gar keinen Sinn. Er versuchte, die Käsescheibe so in Form zu schneiden, dass sie genauso groß wurde wie die Brotscheibe. Dann bestrich er das Brot mit Butter und legte den Käse darauf. Er stellte fest, dass am Rand etwas fehlte. Er wollte den Käse wieder herunternehmen, der klebte aber an der Butter, dann verschob sich der Käse und lappte über den einen Rand. Martin schob die

Scheibe zurück. Vorsichtig schnitt er die Käsereste zurecht und bedeckte die Brotscheibe nun auch am Rand mit Käse. Mit einem leidenden Gesichtsausdruck biss er schließlich ins Brot. Dann strich er sich sanft einige Krümel von der Brust. Heute trug er einen mitternachtsblauen Anzug, ein hellblaues Hemd, eine dunkelblau-hellblau gestreifte Seidenkrawatte und passende Socken. Die Haare dufteten frisch geföhnt.

Professor Martin Lehmann machte sich gegen 10.00 Uhr auf zur Fakultät IV der altehrwürdigen Universität von und zu Fahrenzburg, in der Tasche den USB-Stick mit allen Daten zu seinem aktuellen Manuskript, das sein erstes Buch werden würde, so hoffte er. Im Gegensatz zu den allermeisten Kollegen, die für gewöhnlich ihre Dissertation veröffentlichten und, wenn alles gut lief, die Habilitationsschrift ebenfalls, hatte er seine Berufung auf die Professur von seiner Lehrerstelle an einem Gymnasium in Kalmensburg aus erhalten und nie promoviert. Im Nachhinein ärgerte ihn das in hohem Maße, denn in der Professorenschaft galt eine strenge Hierarchie, und das Rederecht in Kommissionen hing ab von Buch- und Titelmenge. Deswegen lag ihm auch sein aktuelles Projekt sehr am Herzen, sollte es doch den Makel etwas mildern. Bisher konnte er sich zuverlässig von den Geistesgaben seines wissenschaftlichen Mitarbeiters, Herrn O., nähren. Der hatte aber nach vielen Jahren aufgegeben, ohne die Promotion zu vollenden. Lehmann dachte, nun inhaltlich aus dem liegengebliebenen Dissertationsmanuskript voll schöpfen zu können, aber einer seiner Kollegen, Professor Marsie Willoy, neuere und neuste Geschichte, verriet ihm vor einigen Wochen unter der Hand, dass Herr O. einen wissenschaftlichen Artikel zur Peer-Review eingereicht hatte, der thematisch sehr nahe an das Lehmann-Projekt herankäme. Hier hatte der Kollege vielsagend gegrinst. Das Verfahren war zwar *double blind*, das heißt, Gutachter und Verfasser wissen die Namen voneinander nicht. Aber wer schreibt schon in Deutschland zu diesem Thema, nicht wahr? Er könne, so ließ ihn der Kollege wohlwollend wissen, natürlich dafür sorgen, dass der Artikel abgelehnt würde, da er als Erstgutachter benannt worden war und das Vorschlagsrecht für den Zweitgutachter hatte. Möglicherweise bot Herr O. jedoch dann den Text einer anderen Zeitschrift zur Veröffentlichung an, die sich außerhalb des Einflussbereichs des Kollegen befände, und dann wäre es gut, wenn Lehmanns Text vorher erschien, auch wenn er die Ablehnung natürlich zeitlich verzögert abschicken würde. Er könne durchaus einige Wochen vergehen lassen. Das aber, soviel war klar, würde Lehmann nicht reichen. Also galt es, vorsichtig zu sein mit der Übernahme der O.schen Gedankengänge. Von der Stelle in Fahrenzburg erwartete er sich nun neue Anstöße, hoffte er doch, auf die Ergebnisse seines Vorgängers zugreifen zu können. Im Flur wurde er von Prof. van Menne begrüßt, der in über vierzig Jahren selbst nur zwei spärliche, wenn nicht gar mickerige Büchlein fertiggebracht hatte – er hatte jeweils einen Vortrag niedergeschrieben. Sein Doktortitel stammte angeblich von einer obskuren amerikanischen Universität. Daher nannte er sich stets pi äitsch di für Ph. D. Auch sein Name musste von allen englisch ausgesprochen werden. Habilitiert hatte er nicht.

***

Ein wunderschöner Frühlingsabend, der Himmel blau und wolkenlos. Eine Amsel trillerte. Zwei Spatzen stritten. Die Kirchenglocken läuteten, es war sieben Uhr abends und noch immer viel los auf den Straßen. Die Sonne strömte mit letzter Kraft durch die schlecht geputzten Fenster und streichelte die Möbel und den Teppich. Ein leichter Wind strich die Wände entlang, so dass die Blätter der Birkenfeige raschelten. Dann begann ein dumpfes Umpf Umpf Umpf, begleitet von fröhlichem *Holzi Holzi Holzi,* auf der Straße zu dröhnen und sich unter die Hintergrundgeräusche der Stadt zu mischen. Derartige Lieder mit streng begrenztem Vokabular wurden in einer breiten Bevölkerungsschicht immer beliebter. Der Körper lag lang ausgestreckt auf dem Sofa, blutüberströmt. Ein Fenster war geöffnet, ein Glas Wein stand auf dem Couchtischchen, leer. In der Flasche daneben befand sich noch ein Rest Wein. Sie lag still da, ein Küchenmesser in der rechten Hand, bluttriefend, die linke ruhte auf der Brust, ebenfalls blutüberströmt. Zwei tiefe Schnitte am Hals gewährten einen Einblick in das Innere der Halsschlagader und des Kehlkopfes. Die blonden Haare fächerten sich um den Schädel herum, der im Tod jegliche Andeutung an Attraktivität verloren hatte. Die Strahlen der untergehenden Sonne setzten die Präsentation eindrucksvoll optisch in Szene, akustisch blieb sie neutral, geruchsmäßig weniger.

Als Benno die Wohnung betrat, war die Tür wie üblich nicht abgeschlossen. Er hängte, ganz in Gedanken, seine Jacke an der Garderobe auf und ging auf die Toilette. Die Wohnung war seltsam ruhig. Nur von draußen hörte man Verkehrslärm dröhnen. Er fand Barbara im Wohnzimmer. Benno setzte sich erst einmal hin, holte tief Luft und wartete, bis das Gehirn wieder funktionierte. Was tat man gewöhnlich jetzt? Polizei rufen. Zu der hatte er ein gespanntes Verhältnis, also telefonierte er erst einmal mit dem Hausarzt, der meinte, er würde bald vorbeikommen, aber seine Schilderung erschien ihm doch etwas bedenklich, ob er schon etwas getrunken hätte und ob er sich sicher sei, dass es Blut gäbe. Er solle vielleicht doch besser schon einmal die Polizei informieren. Nach einer weiteren neuronalen Pause wählte Benno widerwillig die eins eins null und hatte schon nach dem zehnten Klingeln jemanden am Apparat.

»Hallo hallo? Ich glaube, meine Frau ist tot. Sie müssen kommen.«

»Moment, bittschön. So schnell geht das nicht, guter Mann. Name?«

»Barbara.«

»Sie heißen Barbara?«

»Nein.«

»Sondern?«

»Sondern?«

»Sie heißen Sondern? Wohl eher nicht. Also, Ihr Name – Sondern, also.«

Am anderen Ende wurde laut der Kopf geschüttelt.

»Wieso?«

»Wieso was?«

»Wieso mein Name? Wieso wollen Sie nicht den Namen meiner Frau? Die ist doch tot.«

»Sind Sie sicher?«

»Was jetzt?«

»Dass sie tot ist.«

»Ich glaube schon.«

»Sie glauben?«

»Ich weiß nicht.«

»Sie wissen nicht?«

»Doch. Sie ist meine Frau.«

Benno saß längst auf dem Boden. Ihm war schlecht.

»Also was wollen Sie nun?«

»Dass Sie kommen.«

»Weil?«

»Weil, weil, weil meine Frau tot ist.«

»Gut. Noch einmal. Name?«

Benno schwieg.

»Ihr. Name. Bittee.«

»Benno?«

»Jaaaa.«

»Brauer?«

Die Stimme am anderen Ende atmete freudig ein.

»SUPER. Und. Jetzt. Die. Adresse. Bittee.«

»Meine?«

»Ist. Sie. Die. Gleichee?«

Die Stimme am anderen Ende hatte die erfreuliche Idee, direkt zu präzisieren.

»Ist. Sie. Die. Gleiche. Wie. Die. Ihrer. Frauu?«

«Schon.«

«Dann bitte die Adresse. Egal. Von. Wem. – Weem.«

Die wusste er.

»Und. Von. Wo. Aus. Telefonieren. Sie. Geradee?«

»Von zu Hause? Wieso reden Sie so komisch, sind sie Legasteliker? Kommen Sie jetzt?«

»Moment, bittschön. So schnell geht das nicht, guter Mann. Wir notieren die Daten und geben sie in unser System ein. Einen klitzekleinen Augenblick, die Eingabemaske hat sich noch nicht aufgebaut. Bitte, kurz noch Geduld. Also. Benno. Brauer. Wie war noch die Straße?«

»Seidengasse.«

»Neun?«

»Nein.«

»Sondern? – Sondeern?«

»Sieben.«

»Und in Fahrenzburg, sagten Sie, nicht wahr?«

Benno nickt müde.

»Jaa?«

»Jaa.«

»Gut, also, das hätten wir. Jetzt dauert es noch ein bisschen, bis das System den Datenabgleich abgeschlossen hat. Dann schauen wir nach, ob eine Streife in der Umgebung von fünf, na sagen wir, vier bis fünf Kilometern frei ist. Bis dahin teilen Sie uns noch mit, ob Ihre Frau zwischenzeitlich wieder aufgestanden ist.«

Die Stimme am anderen Ende baute eine erwartungsvolle Schweigeminute ein.

»Und? Uund?«

»Was und?«

»Ist sie?«

»Ist sie was?«

»Wieder aufgestanden?«

»Was? Nein, natürlich nicht, sie ist doch tot, habe ich doch schon gesagt. Sind Sie vielleicht auch noch Ohren-Legasteliker oder was?«

Idiot. Also echt. Die Stimme am anderen Ende seufzte schwer. Nach einer Weile des Schweigens schrie Benno:

»Was ist denn jetzt? Kommen Sie oder kommen Sie nicht? Wollen Sie nicht kommen?«

»Also bittschön, guter Mann. Sie müssen das schon verstehen, wenn wir da grad etwas kritisch nachhaken. Sparmaßnahmen, Sie verstehen? Wir können nicht jedes Mal, wenn da einer die Polizei ruft, einfach kommen. Sie müssen uns schon die Zeit für etwas Hintergrundrecherche einräumen. Außerdem heißt *tot* nicht unbedingt etwas. Schließlich sterben bei uns in Deutschland etwa 97 % aller Menschen einfach so, also durch Alter oder Krankheit. Oder beidem. Und das bedeutet natürlich. Und das bedeutet, dass wir auch nicht kommen müssen.«

»Und was heißt das jetzt? Sie kommen nicht? Und was mache ich mit der Leiche? Und überall das ganze Blut?«

»Ah, Blut. Sehr gut. Das haben Sie noch nicht zu Protokoll gegeben. Moment, ich muss das noch eintragen, weil das ist wichtig, weil jetzt können wir auch die Streifen im Radius von drei Kilometern informieren. Moment, das geht dann sicher etwas schneller. Moment, noch einen klitzekleinen Augenblick, ich bin in der Zeile verrutscht.«

Die Stimme am anderen Ende atmete angestrengt ein und aus.

»Um wieviel Blut handelt es sich denn?«

»Viel, ziemlich viel.«

»Was nun, viel oder ziemlich viel?«

Benno kratzte sich am Kopf und sah sich die Stellen mit Blut noch einmal an. Er musste würgen.

»Wo genau ist da der Unterschied?«

Die Stimme am anderen Ende seufzte schwer.

»Das müssten Sie bitte intuitiv entscheiden. Also, etwas, viel oder ziemlich viel Blut?«

»Ist das nicht egal?«

»Keineswegs, guter Mann. Ich muss das schon korrekt eintragen. Schließlich handelt es sich dabei um die Suchkriterien für den Streifenwagen.«

Benno war mittlerweile ganz bleich und ihm war so richtig übel.

»Ziemlich viel.«

»Ziemlich viel Blut, wunderbar, einen Moment bitte noch, ich habe das gleich. Gut. Die Seite muss sich erst wieder aufbauen. Gut, sie kommt. Einen klitzekleinen Augenblick, denn wahrscheinlich verändert sich jetzt der Suchradius auf zwei Kilometer, ist das nicht fabelhaft? Jetzt geht es natürlich noch etwas schneller. Vielen Dank für den Hinweis mit dem Blut. Damit haben Sie uns sehr geholfen.«

»Gern geschehen«,

antwortete Benno benommen.

»So, Sie sind bereits volljährig, nehme ich an? Und Sie sind Deutscher oder Deutsche?«

»Was soll das denn jetzt?«

»Bitte, nicht unfreundlich werden, wir müssen schließlich wissen, ob wir einen Dolmetscher brauchen. Also Sie sind

Deutscher? Ja? Dann trage ich das ein. Ups. Computer abgestürzt.«

»Oh Gott!«

Benno sank noch mehr in sich zusammen.

»Ach was, war doch nur Spaß. Man muss nicht immer alles so bierernst nehmen.«

Nach einer Weile fuhr die Stimme fort:

»Also gut. Ich fasse zusammen. Benno. Brauer. Seidengasse 7. Fahrenzburg. Deutscher Staatsbürger. Alter ab 18. Genauer müssen wir das momentan noch nicht wissen. Datenschutz, Sie verstehen?«

Die Stimme am anderen Ende gewährte dem Gesprächspartner eine Pause, damit dieser die Informationen verarbeiten konnte. Das war in der Beschreibung für den Umgang mit Bürgern (und Bürgerinnen) so vorgeschrieben.

»Sie melden den Fund einer Leiche. Und ziemlich viel Blut. Ich betone: ziemlich viel Blut. Gut. Wir warten nun das Ende des Datenabgleichs ab. Das kann einige Minuten beanspruchen. Dann können wir sagen, wie lange es etwa dauern wird, bis ein Polizeifahrzeug vorbeikommen kann. Einen. Moment. Bitte – Bittee. Aber bereits jetzt bedanke ich mich für die Zeit, die Sie sich für uns genommen haben und wünsche Ihnen für die Zukunft alles Gute.«

Eine Stunde später trafen zwei Streifenbeamte, Alfons Müller und Bertram Carl Müller, kurz Müller A und Müller BC, zeitgleich mit dem Hausarzt in der Seidengasse ein. Müller A war ein unscheinbarer Mann in den Dreißigern mit Geheimratsecken und schmuddeligen Hemdmanschetten. Seine Lippen waren schmal, und er kniff sie oft zusammen. Sein Kollege hatte dafür umso fleischigere, die wie zwei Nacktschnecken übereinander lagen. Sein Gesicht schimmerte zartrosa. Er kam leicht außer Atmen und vermied jegliche Bewegung, wenn irgend möglich. Müller A hatte einen Bierbauch, ebenfalls nicht so viele Haare und einen fliegenden Adler im Genick tätowiert. In seinem Mund schimmerte es links etwas golden. Die Autos der Polizisten und des Arztes parkten in zweiter Reihe, weil kein Parkplatz zu finden war. Gerade schlurfte Alki Lutzo am Eingang Nummer neun herum, und einer der Beamten fragte ihn, ob er einen Benno Brauer kenne und wo der wohl wohne. Mit seiner billigen, ungewaschenen Kleidung machte Lutzo den gewohnt ungepflegten Eindruck. Ohne Regung im aufgedunsenen Gesicht blickte er lethargisch etwa einen Meter an dem Streifenpolizisten vorbei Richtung Haus gegenüber, Genaues war nicht auszumachen. Weitere Reaktionen gab es nicht. Der Polizist folgte dem Blick, fand jedoch nichts Aufschlussreiches. Dann ging Lutzo schlappend und sehr langsam weiter, hustend und würgend, am Beamten vorbei, und stolperte über drei Elektroroller, die auf dem Bürgersteig parkten. Wie kann man denn über drei auf einmal stolpern? Verwundert schob der Beamte seine Mütze wieder richtig mittig hin und warf seinem Kollegen einen verwirrten Blick zu.

»Ganz schön blöd.«

»Aber wahrscheinlich kann er nichts dafür.«

Dann entdeckte er eine Hausnummer. Er schaute in seinen Notizen nach.

»Ah, alles klar, neun, dann ist die sieben daneben. Fragt sich nur, in welcher Richtung.«

Der Arzt, Dr. Cornelius Meier, wusste natürlich, wo die Brauers wohnten und steuerte gleich den richtigen Eingang an. Dunkle Jeans, blaues Hemd, graumeliertes, lockiges Haar, grauer Bart, schwarz-umrandete Brille, um die Fünfzig, der Mediziner hatte eine Hand in der Manteltasche, in der anderen hielt er seinen Arztkoffer.

»Ah, Sie sind sicher wegen der Leiche hier«,

begrüßte er die Polizisten.

»Wir dürfen bei laufenden Ermittlungen keine Auskunft geben.«

»Das macht nichts, kommen Sie doch einfach mit hoch, ich zeige Ihnen den Weg.«

Bald standen alle drei vor der Wohnungstür und klingelten, Benno ließ sie ein, und sie betraten die Wohnung. Die beiden Beamten besahen sich stirnrunzelnd den Leichenfundort erst einmal von der Wohnzimmertüre aus.

»Oh Gott, das ist ja widerlich. Das schlägt mir jetzt voll auf den Magen. Haben Sie vielleicht einen Kamillentee?«

sagte einer der Polizisten. Benno nickte und ging in die Küche. Die Tote trug weiße Söckchen und Turnschuhe, eine ausgebeulte Jeans, ein T-Shirt, darunter BH und Unterhemd. Ihre Augen starrten blicklos zur Wand. Dr. Meier näherte sich zielstrebig der Leiche und suchte am Hals den Puls, fand aber keinen. Bestimmt war sie tot, weil doch reichlich Blut verteilt war. Sie reagierte auch nicht, als er sie unsanft anstupste und dann schüttelte. Daraufhin rutschte die linke Hand auf den Boden und hinterließ eine schleimige Blutspur.

»Eijeijei, das sieht nicht gut aus. Sie ist tot. Und es handelt sich tatsächlich um Barbara Brauer.«

Langsam kamen die Beamten näher und besahen sich die Bescherung nun aus nächster Nähe.

»Irgendwie schon ziemlich viel Blut«,

meinte der eine, während der andere bestätigend nickte.

»Was meinen Sie, kann man den Tathergang ungefähr rekonstruieren?«

Hilfesuchend wandte sich der Beamte an den Mediziner.

»Tja, ich würde sagen, Todesursache Verbluten. Sehen Sie, das sind mindestens drei Liter Blut hier auf der Leiche und auf Sofa und Teppich, wenn nicht mehr. Sie müssen wissen, dass der Körper eines Erwachsenen normalerweise aus etwa fünf bis sechs Litern Blut besteht. Wenn davon ein Drittel verloren geht, ist das lebensgefährlich. Hier ist es sicher viel mehr.«

Er besah sich die Leiche nun von der anderen Seite.

»Verletzungen aufgrund von scharfer Gewalt. Ganz klar. Hier, zwei Schnitte links am Hals, beide dicht beieinander, parallel, sehen auch ziemlich gleich aus. Und die Tote war Rechtshänderin, sie hält die Tatwaffe noch in der Hand. Und! Die Stellen sind für die messerführende Hand sehr gut erreichbar. Kaum Leichenflecken, der Blutverlust war massiv.«

Dr. Meier kniete sich hin und nahm die Hand hoch.

»Mmh, keine Verletzungen, also musste sie sich auch nicht wehren.«

»Da steht ein Weinglas auf dem Couchtisch, ist das vielleicht wichtig?«

fragte Müller A.

»Ja, sicher, sie hat gern mal einen zu viel gehoben. Wahrscheinlich hat sie sich Mut angetrunken, bevor sie sich umbrachte, das ist praktisch normal.«

»Und daneben eine fast leere Weinflasche«,

meinte der Beamte, und an seinen Kollegen gewandt:

»Guck doch mal in den Abfalleimern nach, ob du was Interessantes findest.«

Kurze Zeit später kam Müller BC mit einem Kochrezeptheft, wie es immer an den Kassen der Supermärkte ausliegt, zurück.

»Sieh dir das einmal an, Kürbiscremesuppe. Aber momentan gibt es doch gar keine Kürbisse.«

Beide Beamte kratzten sich am Kopf.

»Sowas habe ich eigentlich nicht gemeint, kannst du nochmal nachsehen?«

Müller BC ging wieder los und kam dann mit einem leeren Tablettendöschen zurück.

»Das ist Somnizepam, ein starkes Schlafmittel, das habe ich ihr verschrieben, noch gar nicht so lange her, hat sie wohl gleich alle auf einmal genommen. Das ist auch nicht ungewöhnlich, weil Suizidenten bzw. Suizidentinnen«,

der Arzt hüstelte entschuldigend,

»gern zwei Methoden kombinieren, das wäre dann kombinierter Selbstmord.«

Dr. Meier sah nur kurz hin und widmete sich wieder der Leiche.

»Die Kleidung ist intakt. Ich finde bis auf die beiden Schnittwunden keine Verletzungen. Mmh, das Blutspurenmuster, sehen Sie, die Verteilung der Blutspritzer und ihr Aussehen deuten darauf hin, dass sie lag, als sie sich die Verletzungen beibrachte, wahrscheinlich hat der Alkohol bereits gewirkt.«

Müller A blätterte nun die Broschüre »Kleine Handreichung für Leichenfunde – Was tun?« durch.

»Herr Doktor, nur der Form halber, gehe ich recht in der Annahme, dass es sich um keinen natürlichen Tod handelt?«

Diese Frage beantwortete der Mediziner mit einem langen Blick.

»Und dann müssen wir noch entscheiden, ob es Unfall, Suizid oder Mord war. Weil das ausschlaggebend dafür ist, ob wir nämlich nun das Flatterband aus dem Auto holen sollen, unter anderem.«

»Ja, natürlich.«

»Doch natürlich?«

»Nein, selbstverständlich.«

»Das versteh ich jetzt nicht.«

Dr. Meier erhob sich.

»Ich meine, selbstverständlich kann ich Ihnen sagen, ob es sich um Unfall, Suizid oder Mord handelt. Nur schnell eines noch. Herr Brauer, könnten Sie kurz kommen?«

Benno rief aus der Küche:

»Moment, der Tee ist gleich fertig.«

Er erschien mit einer Tasse und reichte sie Müller BC. Dr. Meier sagte:

»Hand!«

Benno warf dem Arzt einen verständnislosen Blick zu. Der nahm Bennos Hände und betrachtete sie gründlich.

»Da, sehen Sie selbst!«

Auch die beiden Beamten begutachteten sie nun eingehend, dann blickten sie den Arzt fragend an.

»Was sehen Sie?«

fragte Dr. Meier die beiden. Durch das Fenster war eine laute Stimme zu hören.

»Liana! Hier! Nein! Fuß! Nein! Nein! Was hab ich gesagt? Emmy! Nein!«

»Zwei Hände«,

antwortete Müller BC wahrheitsgemäß.

»Gee-nau! Und zwar saubere! Kein Blut! Er war es also nicht. Gut, was haben wir? Zwei tiefgreifende Halsschnittverletzungen an der linken Seite. Die morphologische Uniformität, damit meine ich die Ähnlichkeit der beiden Verletzungen, zudem auf eng umgrenztem Raum, und das Fehlen von Abwehrverletzungen lassen auf Selbstmord schließen. Außerdem hat die Tote etwa einen halben Liter Rotwein getrunken und Schlafmittel genommen. Ich würde sagen, die Diagnose lautet Tod durch Verbluten infolge scharfer Gewalt. Da die Halsschlagader getroffen wurde, verlor die Frau sehr schnell sehr viel Blut. Der Tod dürfte nach relativ kurzer Zeit eingetreten sein. Eintritt des Todes, na, sagen wir mal 19.00 Uhr. Die Waffe ist ein gewöhnliches, einschneidiges Küchenmesser mit einer Klingenlänge von sieben Zentimetern, das die Tote noch in der Hand hält, die Wunden passen zur Waffe.«

Er überlegte kurz.

»Freitode finden sehr häufig im Frühjahr statt, denn schönes Wetter passt nicht gut zur depressiven Stimmung.«

»War Ihre Frau depressiv?«

fragte nun Müller BC Benno.

»Nein! Nein! Liana! Fuß! Emmy! Nein! Fuß! Emmy, du kommst jetzt hierher!«

»Mach doch mal das Fenster zu! War Ihre Frau depressiv?«

»Ich glaube schon, sie war oft traurig und weggetreten.«

»Sehen Sie? Das passt!«

meinte er in Richtung Dr. Meier.

»Natürlich, ich weiß, dass sie depressiv war, sie war ja meine Patientin. Also, können wir hier weitermachen?«

Dr. Meier ging ein paar Schritte um die Leiche herum.

»Die Wohnung ist relativ gut aufgeräumt. Keine Kampfspuren. Ich würde sagen, ganz bestimmt war das Suizid.«

»Dann brauchen wir keine Kriminaltechniker? Wir sind etwas knapp mit dem Budget.«

Die Erleichterung war dem Beamten anzuhören.

»Nein, auch eine Leichenschau wird nicht nötig sein«,

sagte Dr. Müller. Sehr beruhigt trank Müller BC seinen Tee aus.

»Wunderbar, dann fehlt jetzt nur noch der Leichenwagen.«

Der Herr vom Bestattungsunternehmen, den Müller BC informiert hatte, stand bereits in der Tür und wartete mit ausgeklappter Bahre. Er trug einen gut geschnittenen, dunklen Anzug mit Krawatte und stellte insgesamt eine imposante, gepflegte Erscheinung dar.

»Wunderbar!«

Dr. Meier schüttelte dem Herrn kurz die Hand.

»Dann ab in den Leichensack! Brauchen Sie mich noch?«

Aber die Beamten schüttelten den Kopf. Dr. Meier half dem Bestattungsunternehmer, die Leiche im Leichensack zu verstauen und auf die Bahre zu hieven, dann verließen die beiden die Wohnung. Benno kauerte zusammengesunken auf einem der Sessel. Völlig fertig sah er beim Abtransport seiner toten

Frau zu. Im Flur hatten sich bereits einige Nachbarn angesammelt und die ganze Zeit an der geöffneten Wohnungstür gehorcht. Jetzt traten sie erschrocken zurück, aber der Sack war blickdicht, und es war nichts zu erkennen. Wie blöd. Die Beamten betrachteten gemeinsam den Leitfaden, der nun, da die Primärentscheidungen +/- natürlicher Tod und anschließend Unfall/Suizid/Mord getroffen waren, einen bestimmten Fragenkanon bezogen auf den/die Beteiligte/n vorsah.

»So, Herr Brauer.«

Müller A las vor, Müller BC hielt sein Notizbuch und den Bleistift parat. Benno saß auf der Kante des Sessels und hielt den Blick gesenkt.

»War Ihre Frau depressiv?«

»Ja, aber das hatten wir längst.«

»Antworten Sie nur auf meine Fragen! Hatten Sie in letzter Zeit Streit?«

Benno druckste etwas herum.

»Ja, schon.«

»Wann und worum ging es? Oh Mist!«

Die Broschüre war ihm aus der Hand gefallen.

»Hatte Ihre Frau Feinde?«

»Das kann nicht stimmen, das gehört doch zu Mord«,

sagte Müller BC.

»Meinst du?«

fragte Müller A.

»Auf welcher Seite bist du denn?«

»23.«

»Blätter noch mal zurück zu Unfall/Suizid/Mord.«

»Warte, das war vorne, ich glaube auf Seite 2.«

»Und dann sieh nach, was unter Suizid steht.«

»Hier steht ›Weiter vau ge el Seite 8.‹«

»Also.«

Müller BC nickte zufrieden.

»Oh ja, Entschuldigung. Genau, Streit, hatten Sie Streit? Aber ist das nicht auch bei Mord?«

»Ja schon, aber auch bei Suizid.«

Müller A machte eine kurze Pause.

»Vorne gleich lesen. Aber ich finde, es sollte ›vau ge we el‹ heißen für ›vorne gleich weiterlesen.‹«

»Quatsch, das heißt ›ver-g-leiche‹. Außerdem steht das Weiter schon davor. Und ›weiter vorne gleich lesen‹ klingt komisch.«

»Womit eigentlich?«

»Was?«

»Womit vergleichen?«

»Keine Ahnung.«

»Was soll das heißen, vergleiche Seite 8.«

»Also jetzt! Lies weiter auf Seite 8.«

»Ist ja gut. Streit?«

»Ja, heute morgen, wegen dem Essen«,

sagte Benno, dem das langsam zu viel wurde. Er brauchte ein Bier. Der Polizist notierte bedächtig mit.

»Aber ich schreibe das im Genitiv.«

Müller BC war manchmal sehr genau.

»Gut. Abschiedsbrief. Gibt es einen Abschiedsbrief und was steht drin?«

»Also in den Abfalleimern war nichts.«

»Und sonst?«

Benno stand auf, um sich umzusehen.

»Sie bleiben hier!«

Die Polizisten suchten die Wohnung ab, fanden aber nichts, was als Abschiedsbrief hätte durchgehen können.

»Na gut, dann also kein Abschiedsbrief. So, und jetzt noch Verwandte. Hatte Ihre Frau Verwandte, wer muss informiert werden?«

»Das sind zwei Fragen, wir sollen immer nur eine stellen, um die Beteiligten nicht zu überfordern«, warf Müller BC wenig hilfreich ein.

»Ihre Eltern sind gestorben, hat sie gesagt, Geschwister hatte sie keine, andere Verwandte auch nicht. Sie hatte nur mich.«

Bekümmert legte Benno den Kopf in die Hände und setzte sich auf den Boden. Etwas verlegen steckten die Beamten Broschüre und Notizblock weg.

»Tja, dann, es tut uns sehr leid. Wenn Ihnen noch etwas einfällt. Wir gehen dann mal. Und danke für den Tee.«

»Gern geschehen.«

»Auf Wiedersehen, oder besser nicht.«

Vielsagend blickten die Polizisten sich an. Das war ein alter Polizistenwitz. Auf dem Flur hörte man leises Gekicher. Zufrieden nickten sich die Polizisten zu.

»Ja, auf Wiedersehen.«

Benno kannte den Witz offensichtlich nicht. Die beiden verließen die Wohnung und verabschiedeten sich auch von dem Rentnerclub, der seinen Beobachtungsposten nicht aufgab. Auf der Polizeidienststelle fertigte Müller A dann gleich den Bericht an, Müller BC zeichnete gegen und heftete ihn ab.

***

In ihrem neuen Zuhause direkt unter Brauers sortierte Ela noch einige Dinge hin und her. Nicht umsonst hatte Matetus genau diese Wohnung ausgewählt. Sie war seltsam geschnitten, weil irgendwann einmal jemand die ursprünglich mittlere mit der ursprünglich linken Wohnung zu einer einzigen zusammengelegt hatte. Aber sie lag im Erdgeschoss. Über die Terrasse konnte er jederzeit das Haus verlassen, und über die Feuerleitern gelangte er leicht in die anderen Wohnungen. Versperrte Fenster und Türen waren längst kein Problem mehr. Ela durfte nur nicht die Terrassentür abschließen, denn sie hatte ein Sicherheitsschloss, sonst musste er an der Haustür klingeln. Praktischerweise kümmerte sich Martin grundsätzlich um nichts, solange man ihn unbehelligt ließ, und blieb weitgehend in seinem eigenen Zimmer und vor dem Bildschirm sitzen, wenn er zu Hause weilte, so dass Matetus seine Überzeugungsarbeit auf Ela konzentriert hatte. Diese zeigte sich geradezu verzückt von dem begrünten Innenhof und der Perspektive, weiter gärtnern zu können, ihre größte Sorge, als es darum ging, in die Stadt ziehen zu müssen. Als Matetus ihr die Wohnung vorschlug, erklärte sie sich sofort einverstanden, verwinkelter Grundriss hin oder her. Wobei sie ihre Entscheidung gerade bereute, weil es den ganzen Abend ziemlich laut gewesen war, nicht nur in der Wohnung über ihr, sondern auch im Flur. Ela dachte an die letzten Monate zurück. Jahrelang war es beschaulich zugegangen im Dorf. Die Tage ähnelten sich, die Menschen, die Aufgaben, die Gespräche. Aber dann hatte es in relativ kurzer Zeit nicht nur mehrere Tote gegeben, nein, eines Tages trat Matetus in ihr Leben, und sie mochte den lila-bläulich schimmernden Kerl immer mehr. Plötzlich wurde ihr bewusst, dass das Dorf sich verändert hatte, aus der Idylle war Langeweile geworden.

Heute hatte sie Matetus zunächst mehrmals im Badezimmer angetroffen, dann nicht mehr gesehen. In ihrem Büro, das eigentlich Gästezimmer Nummer eins war und sich im hintersten Winkel des Flures befand, standen jetzt nicht nur ein Bett, sondern auch ein neuer Drucker und ein neuer Computer mit Flachbildschirm, Tastatur und Maus, alles per Funk miteinander verbunden. Diverse Kabel schlängelten sich aus dem Gehäuse. Matetus hatte die Gelegenheit genutzt und sich über das Internet mit der neusten Technik eingedeckt. Was Ela vor lauter Ehrfurcht nicht so genau mitbekommen hatte, waren die Versteckte-Kamera- und Drohnenbestellungen.

DIENSTAG

Die ersten Sonnenstrahlen fielen durch die oberen Fenster der Seidengasse 7. Es war wieder ein wunderschöner Morgen. Von draußen hörte man Vogelgezwitscher und das rege Treiben der Stadt. Am strahlend blauen Himmel zeigten sich vereinzelte weiße Wölkchen. Ein sanfter Wind wehte durch die Straßen und Gassen und roch nach dem Tau auf den Blättern der Bäume im Hof. Aus der Küche waren Geräusche zu hören. Der Duft nach Kaffee durchzog die Wohnung, Teller klapperten. Ela machte Frühstück.

Ela und Martin saßen in der Küche bei Kaffee, frischem Orangensaft, Croissant und Käse-Schinkenplatte. Ela griff zur Gabel und nahm einen Bissen Brot. Martin schob seine Käsescheibe auf dem Teller herum. Heute trug er einen anthrazitgrauen Anzug, dazu ein cremefarbenes Hemd, eine Seidenkrawatte eine Nuance dunkler und passende Socken.

»Da sind viel zu große Löcher drin.«

Lässig-herablassend musterte er Ela prüfend, ob sie eventuell etwas erwidern würde. Aber sie wusste nur zu gut, dass er nie zugeben würde, im Unrecht zu sein. Es war der gleiche Käse wie immer, und der hatte auch die gleichen Löcher wie immer.

»Luft hat schließlich auch ein Gewicht«,

fuhr er fort.

»Tatsächlich? Wieviel?«

»Das kommt auf die Temperatur an.«

Nach dem Frühstück entschloss sich Ela zu einem Rundgang durch die Stadt, während Martin wieder an die Universität wollte, musste. Kaum trat sie vor das Haus, kam ihr schon eine ziemlich laute junge Frau entgegen, die brüllte:

»Emmy nein! Liana! Emmy! Nein! Nein! Fuß! Nein!«

Die Antwort von gegenüber lautete:

»Kaspar nein! Nein! Nein! Steh! Fuß!«

Dann entwickelte sich ein ausgedehntes Bell-Kläff-Duell, unterbrochen von gelegentlichem Winseln und diversen Imperativen. Ein älterer Herr zog ein quengelndes Kind hinter sich her und beeilte sich, an den Hunden ungeschoren vorbeizukommen.

Ela bummelte über den Marktplatz und bewunderte die Blumen in den vielen Kästen und Töpfen vor den Läden, die gepflegten Rabatten und die weiß gestrichenen Bänke in einem kleinen parkähnlichen Streifen am Rand. Einige alte Bäume umstanden den Platz. Das war wohl der schönste Teil von Fahrenzburg. Die Zeit verging. Zahlreiche Touristen bevölkerten die Innenstadt und verfolgten aufmerksam die Ausführungen der Führer, die ihnen auf deutsch oder englisch etwas zur Geschichte der Stadt erzählten. Zwei Mädchen fotografierten ihr Eis. Ein junger Mann mit dunklen Haaren und strahlenden schwarzen Augen warf eine Zigarettenkippe vor die Füße einer alten Frau, die daraufhin zu zetern begann und ihn über den Zusammenhang zwischen Teerrückständen, Umweltverschmutzung und diversen Weltuntergangsszenarien aufklärte.

»Escht, oda?«

»Aber natürlich.«

Dann beugte er sich hinunter und hob die Kippe wieder auf. Auf der gegenüberliegenden Straßenseite heulte ein Kind unvermittelt und ganz entsetzlich los. Schluchzend zeigte es mit dem Finger auf den Boden und bewegte sich im Kreis, dann kauerte es sich hin, in herzergreifenden Jammerkaskaden gefangen. Nach eingehender Beratung mit der Mutter stellte sich heraus, dass eine Ameise durch die Kollision mit einem Kinderschuh zu Tode gekommen war, die Verursacherin gab das auch unumwunden zu. Die Mutter zog das weinende Kind mit sich fort.

Ela bestaunte die Alte Oper, ein riesiges, ehrwürdiges Gebäude mit einer breiten Marmortreppe, wunderschön geschnitzten großen Türen, Säulen, die weit hinauf reichten und mehreren reich verzierten Kuppeln als Dach. Das Foyer war nicht minder beeindruckend. Drei prunkvolle Treppen führten in breiten Bögen zur nächsten Etage. Kunstvoll verzierte Kronleuchter erhellten die Eingangshalle, die zusätzlich überall golden glitzerte. Auch das Museum mit der Sammlung zeitgenössischer Kunst wirkte imposant. Im Innern des Gebäudes war es still. Die Motorengeräusche und Stimmen der Leute drangen nur schwach durch die dicken Mauern hindurch. Sie warf einen kurzen Blick in die prächtige Halle mit Mosaik-Fenstern und aufwendigen Stuckornamenten. An der Wand hingen interessante Bilder, zum Beispiel *Bildnis einer schlafenden Schönheit mit Handy*, Öl auf Leinwand, oder *Frühlingserwachen in Fahrenzburg aus der Perspektive eines Intellektuellen*. Schließlich spazierte sie weiter und blieb vor der Kirche stehen. Sie blickte auf die Mauer, den Turm, dann ging sie hinein. Vor dem Altar wischte eine ältere Frau Staub. Sie hatte ihre grauen Haare zu einem Knoten gebunden. Eine Weile wanderte Ela in dem dunklen Gebäude umher und betrachtete die Fenster und die verschiedenen Wandgemälde. Alles echt antik. Nach einigen Minuten verließ sie die Kirche und beschloss, sich auf einer der Bänke auf dem Marktplatz niederzulassen. Die ganze Zeit folgte ein wortkarger Matetus, der es nicht fassen konnte, endlich wieder mehr Input zu bekommen.

»Glaubst du, wir treffen hier vielleicht noch ein paar von meinen Leuten, ich meine lebendige?«

Ela hatte keine Ahnung. Auch nicht, wie sie ihn auf andere Gedanken bringen sollte.

»Ich kann ja mal los und welche suchen.«

Ela war skeptisch. Das Virus hatte unter den Plugismoniern derartig gewütet.

»Was hast du gestern eigentlich so lange im Badezimmer gemacht?«

fragte sie. Der Stoffwechsel von Plugismoniern wich stark von dem der Menschen ab. Eigentlich reichten bestimmte Substanzen in der Luft für das Überleben vollkommen aus. Sie ernährten sich im Wesentlichen durch die Nase, indem sie die Stoffe aus der Luft filterten und chemisch umwandelten. Dazu brauchten sie viel weniger Energie als Menschen und waren auch wesentlich effektiver bei der Assimilation, daher mussten sie kaum etwas ausscheiden. Plugismonier benötigten neben Stickstoff vor allem Kohlenmonoxid. Das gab es auf der Erde reichlich aufgrund der Verbrennung von Öl, Gas, Kohle, neuerdings auch von Biomasse und dem Abfackeln der Wälder. Weil vor allem die Autos viel davon produzierten, hatten sich die meisten in Großstädten, in Hauseingängen, in Hallen, in Großgebäuden aufgehalten. Sie benötigten keine Toiletten, oder nur sehr selten, höchstens dann, wenn, wie bei Matetus, der Körper sich auf feste Nahrung umstellte. Matetus entwickelte schnell eine Vorliebe für Süßes, das gab es nicht gasförmig.

»Guzehört.«

»Wie bitte? Zugehört?«

Elas Gedanken wurden unappetitlich.

»Wenn die die Türen auflassen, kann man denen beim Reden zuhören, beispielsweise.«

»Und, war es interessant?«

»Vorgestern Streit, gestern Streit, naja. Ich bin doch besser vor Ort.«

»Und, warst du vor Ort?«

»Or Vort? Gestern? Ja, schon, aber da war sie schon tot, ton schot.«

Benno ging an diesem Tag nicht zur Arbeit. Mittags rief die Polizei an, weil die Leiche freigegeben war, da auf eine Obduktion verzichtet wurde. Er blätterte die Unterlagen aus Barbaras Ordner durch. Das Bestattungsunternehmen benötigte einige Informationen von ihm. Dann blätterte er etwas im Fotoalbum. Eigentlich hatte er gedacht, dass sie ein Tagebuch gehabt hätte, aber das konnte er nirgends finden. Eine Schachtel mit alten Zeitungsauschnitten legte er beiseite. Ihm fiel auf, dass er bemerkenswert wenig von ihrer Vergangenheit wusste. Wenn er nicht gefragt hatte, hatte sie auch nichts erzählt. Ihre Eltern lebten schon lange nicht mehr, Geschwister hatte sie nie gehabt. Etwas traurig suchte Benno nach Geburts- und Heiratsurkunde und überlegte, welche Musik er für die Trauerfeier auswählen sollte.

Nikolaus Neubach kiffte nebenbei ein bisschen, abhängig von der Finanzlage, das verbesserte seine seelische Grundstimmung. Nebenbei studierte er auch Philosophie, seit immerhin acht Jahren. Eine gewisse seelische Grundstimmung war dafür ganz wesentlich, denn sie erleichterte die Fachlektüre. Und weil er für das nächste Referat zwei Bücher über Ontologie lesen musste und immer noch nicht wusste, was das war, seine seelische Grundstimmung aber nicht den nötigen Pegel erreicht hatte und seine Finanzlage ebenso wenig, suchte er nach einer guten Eingebung, was aber auch eine verbesserte seelische Grundstimmung voraussetzte, diese jedoch Hasch, dieses wiederum Geld, das er aber nicht hatte und nicht wusste, woher er es bekommen sollte so schnell. Er befand sich somit in einem doppelten oder besser verschachtelten Dilemma, aus dem er keinen Ausweg sah. Vielleicht das Referat ausfallen lassen, aber das war auch keine Option, weil das das Studium um ein weiteres Semester verlängern würde. Das Verhältnis zu seinem Vater und offiziell einzigem Sponsor lag bereits im kritischen Bereich. Das Dilemma wurde zusehends verschwurbelter. Vielleicht waren es auch zwei Dilemmas. Oder Dilemmen. Dilemmata.

***

Ela spazierte noch eine Weile durch die Altstadt von Fahrenzburg. Wie immer waren viele Leute unterwegs. In der Fußgängerzone kam von rechts ein Fahrradfahrer angeschossen, synchron von links ein Rentner, der aber Schwierigkeiten hatte, gleichzeitig zu fahren und nicht mit dem Rad umzukippen. Etwas wackelig blieb er dann genau vor Ela stehen, die gerade noch abbremsen konnte. So gefährlich hatte sie sich die Stadt nicht vorgestellt. Sie spazierte weiter.

»Willst du dir mit mir noch weiter die Stadt ansehen oder Plugismonier suchen?«

fragte Ela.

»Nein.«

»Dann gehe ich jetzt nach Hause.«

Matetus antwortete nicht.

Als Ela vor der Haustür ankam, traf sie auf drei ältere Herren, die freundlich grüßten. Sie stellte sich als neue Nachbarin vor und schüttelte dann einem Herrn Müller und zwei Herrn Meier die Hand. Der eine Herr Meier berichtete gleich von seiner Tochter und dem neuen Schwiegersohn und dass die beiden sich so reizend um ihn kümmerten, endlich sähe er seine Tochter nun öfter. Herr Müller zückte sein Handy und zeigte ihr Fotos von seinen Enkelkindern. Er war etwas schwerhörig und hatte Probleme mit seiner Lautstärke. Man konnte ihn quer über die Straße hören. Er trug ein Hörgerät, das er gelegentlich antippte, wenn er nicht alles verstand. Der andere Herr Meier wollte etwas zu seinem Herzen sagen, aber Herr Müller meinte, das sei momentan eventuell nicht so relevant. Aha, aber die Enkelkinder schon, oder wie? Dann informierten sie Ela freundlich über die Tote im ersten Stock links.

»Fuß! Was hab ich gesagt?«

Bevor Martin zum Abendessen kam, wollte Ela noch nach Matetus sehen. Seit zwei Tagen war er nicht sonderlich guter Laune.

»Was ist denn los?«

Vorsichtig legte sie ihre Hand auf seine mit den sechs seltsamen knubbeligen, bläulichen Fingern. Der ganze Kerl changierte farblich in Richtung lila, blau, wobei die Färbung in den letzten Monaten immer mehr abnahm. Ob das an seinem Zuckerkonsum oder der irdischen Sonneneinstrahlung lag, vermochte Ela nicht zu sagen. Matetus hatte pechschwarze Locken, die Ela gern strubbelte, und schöne, riesige Kulleraugen.

»Du hast nach Leuten von deinem Heimatplaneten gesucht, stimmt's?«

Matetus sagte nichts.

»Und du hast keine gefunden.«

Dachte sie sich schon, sie hatten vor einigen Monaten die Städte in der Nähe von Untertriblingsbach auf den Kopf gestellt und nur einen gerade sterbenden Plugismonier angetroffen. Jetzt war Matetus wahrscheinlich der letzte seiner Art auf der Erde. Ela nahm den Stadtplan zur Hand. Gemeinsam überlegten sie, wo er morgen mit der Suche weitermachen könnte. Dann klingelte es und Martin kam nach Hause.

Die Woche kam und ging und zog sich hin, Einkäufe, Essen kochen, Martin schlecht gelaunt, seine Stelle gefiel ihm überhaupt nicht, Matetus schlecht gelaunt, weil erfolglos. Allerdings vermeldeten einige der Nachbarn, die Ela im Flur traf, aufgeregt nächtliches Gewecktwerden durch Wecker, die um zwei Uhr klingelten, und zwar alle gleichzeitig. Bei einem der Herrn Müller waren die Toilettenpapiervorräte aufgebraucht. Die Hausmeisterfrau hatte Salz vermischt mit Zucker in der Zuckerdose entdeckt und den Kaffee vor Schreck über die ganze Tischdecke gespuckt. Einer der Herrn Meier fand seine Lieblingszeitschrift nicht mehr. Ela blieb nie lange stehen, weil sie fürchtete, rot zu werden. Manchmal hörte sie es in der Wohnung über ihr rumpeln, aber sie dachte sich nichts dabei.

DIENSTAG

Eine Woche später. Die Stadt erwachte. Das Getriebe der Autos und Menschen füllte langsam die Straßen. Eine Laterne nach der anderen flackerte aus. Die Luft roch nach Frühling, würzig, vielversprechend, und nach Diesel. In den Schaufenstern lagen Schmuck, Taschen, Koffer, Kleidung und Schuhe. Es gab Läden mit Haushaltswaren, mit Kunst und Antiquitäten und Bilderrahmen. Und überall Autos. Farben, Gerüche und Lärm waren auch für die plugismonischen Sinne überwältigend. In der Ferne erklangen Kirchenglocken. Auf den Straßen hasteten die Menschen ihrem Tagewerk entgegen. Matetus schlich schon in den frühen Morgenstunden durch die Stadt und überlegte, wo sich eventuell noch einige seiner Landsleute aufhalten könnten. In den größten Bürogebäuden, Banken und Tiefgaragen hatte er schon nachgesehen. Die städtische Tiefgarage im Zentrum kam ihm merkwürdig vor. Die Stellplätze hatten nicht immer die gleiche Breite, und als er von der Markierung A7 aus weiterging, kam er erst zu E5, dann zu C2, dann zu G28, immer auf der gleichen Ebene. Wahrscheinlich hatte der Planer Germanistik studiert, allerdings müsste er dann ja eigentlich das Alphabet kennen. Matetus versuchte auch, Spuren im Internet von plugismonischer Kommunikation zu finden, stieß aber nur auf sehr alte Informationen. Ihm fiel nichts mehr ein. Dann entschied er, systematisch an die Sache heranzugehen. Alles absuchen. Vor allem die Keller, denn dort hielten sich Plugismonier gern auf, um Menschen aus dem Weg zu sein. Dorthin zogen sie sich auch zum Sterben zurück. Er schlenderte am Marktplatz entlang und musterte die Blumenbeete. Gedankenverloren wühlte er mit dem Fuß in der Erde herum. Und schnüffelte. Da kam ihm eine Idee.

***

Martin verbrachte wie gewöhnlich eine ausgedehnte Zeitspanne im Badezimmer, um sich die verschiedenen Lotionen und Cremes in der richtigen Reihenfolge und Einmassierzeit einzupflegen. Das tat er sehr bedachtsam und mit viel Hingabe. Ela hörte es plätschern und gluckern und rechnete erst einmal nicht mit seinem Erscheinen am Frühstückstisch. Dann hörte sie ihn schimpfen. Offenbar ging seine Funkuhr falsch.
»Ela! Du könntest mir einen Gefallen tun.«
Sie drehte sich weg von der Spüle und hin zum Tisch. Angesichts riesig-bittender Alienhundeaugen hielt sie schützend ihre Hände über das einzige Croissant.
»Ich habe auf den Beeten Pferdemist entdeckt. Merdepfist.«
»Ach wie schön.«
Soweit sich Ela erinnern konnte, war in Pferde- wie auch in Schweinemist Stickstoff enthalten.
»Und was möchtest du mir damit sagen?«
»Vielleicht könntest du herauskriegen, wo der herkommt. Vielleicht finden wir dann doch noch jemanden. Mir fällt sonst wirklich nichts mehr ein, was ich noch tun könnte.«
Diesen Dackelblick hielt doch keiner aus.
»Gut, vorausgesetzt, du lässt die Leute im Haus in Ruhe.«
Gequält antwortete Matetus:

»Ga nut.«

Das Glimmern in seinen Augen verhieß nichts Gutes. Ela fragte weiter:

»Wo?«

»Plarktmatz.«

»Marktplatz?«

»Was ist mit dem Marktplatz? Meine Pflegelotion ist leer und du hast keine neue gekauft.«

Martin war zu früh.

»Nichts, wieso?«

»Na, du hast *Marktplatz* gesagt. Redest du schon wieder mit dir selbst? Du wirst langsam alt und wunderlich.«

Ela hielt die Luft an, trotzdem kippte die Kaffeetasse um und schwepperte Martins Hosen voll. Der Kaffee lief an einem Hosenbein entlang und zog auf dem Weg zu den Socken weitgehend ein.

»Was soll das denn jetzt? Jetzt kann ich eine neue anziehen, und andere Socken auch noch, die passen ja nicht mehr.«

»So schnell laufen die nun auch wieder nicht ein.«

»Farblich, Ela, farblich. Mein Gott!«

Er schwirrte ab. Eine Stunde später verließ er, neu eingekleidet, die Wohnung, und Ela begab sich auf die Suche nach der Quelle des Pferdemists. Matetus zeigte ihr, wo er überall Spuren davon gefunden hatte. Das betraf die gesamte Anlage um den Marktplatz herum. Ela blickte sich suchend um und beschloss, einmal in der Kirche nachzufragen. Dort arbeitete wieder die ältere Frau.

»Entschuldigen Sie, oh, Sie haben hier aber wunderschöne Blumenarrangements.«

Die Frau sortiere gerade an den Gestecken zu Füßen des Altars herum, hielt es aber nicht für nötig, etwas zu sagen. Ela überlegte, ob das Freesien waren.

»Das sind wirklich schöne Blumen, sehr elegante Blätter, und die Blütenkelche, ganz liebreizend geschwungen, ganz zauberhafte Farben, und sie duften, mmh, fein nach Rosen. Und sie passen so gut zu der. Dings. Tischdecke. Altardecke. Altartuch. Dem.«

Ela fiel nichts Kreatives ein. Sie beugte sich zu den Blüten hinunter.

»Wollen Sie mich verarschen?«

Die Frau platzierte die Hände seitlich, ungefähr in Höhe der Hüften, genau ließ sich das nicht ausmachen, da die Gestalt ins Kastenförmig-Gradlinige tendierte. Das irritierte Ela etwas, aber sie wurde so stark von Matetus in den Rücken geschubst, dass sie gleich weiterredete.

»Aber wo denken Sie hin, natürlich nicht. Aber diese Freesien sind wirklich besonders schön.«

»Keine Ahnung, wie die heißen, interessiert mich auch nicht.« Nach einem weiteren Schubser sagte Ela:

»Aber vielleicht könnten Sie mit trotzdem helfen? Wer ist denn für die Pflege der Blumenrabatten draußen zuständig?«

»Die Gärtner natürlich.«

»Und dürfte ich fragen, welche genau?«

»Die von der Stadt.«

Ela ging lieber wieder hinaus. Unauffällig flüsterte sie in Richtung Matetus:

»Da frage ich wohl besser bei der Verwaltung nach.«

Damit setzte sie sich auf eine der Bänke und suchte sich die Nummern über ihr Handy zusammen. Zwei Frauen spazierten, in Jeans, T-Shirt und Leinenjackett, diskutierend und gestikulierend vorbei. Die Sonne schien, alle hatten gute Laune. Matetus hatte ihr beigebracht, mit Smartphones umzugehen, aber er musste sie immer noch etwas coachen. Einer der Angestellten hatte ihr empfohlen, nicht direkt vor halb zwölf anzurufen, das sei zu knapp, da müsse man sich bereits innerlich auf die gesetzlich vorgeschriebene Erholungszeit vorbereiten, aber ausnahmsweise. Auf diese Weise erfuhr sie noch rechtzeitig vor der Mittagspause den Namen des zuständigen Gärtnereibetriebs. Was sie denn wolle, vielleicht könne er ihr ja auch helfen.

»Ach.«

Ela überlegte, während sie sich von den Blumenrabatten eine Eingebung erhoffte.

»Ich wollte wissen, wie sie die Blumen pflegen hier am Marktplatz, die gefallen mir sehr. Und welche anderen sie haben, auch Freilandstauden, nicht nur die Einjährigen.«

Der Mann meinte, dass er ihr in der Tat weiterhelfen könne. Sie würden allerdings die Pflanzenpalette etwas abändern, um dem durch den Klimawandel bedingten anderen Bewässerungsbedarf begegnen zu können. Sie planten einige neue Arten, zum Beispiel Purpurglöckchen, taurisches Brandkraut oder zottigen Ziest.

»Zottiger Ziest. Heiliger Monopteros! So ein tolles Wort. Zottiger Ziest, zittiger Zust, zuttiger Zast.«

Matetus ließ mit seiner Brüllerei begeistert die Akustik des Angestellten ertrinken, so dass sich Ela schnell bedankte und das Gespräch beendete.

Ela sah auf dem Marktplatz umher, ob jemand in ihre Richtung blickte. Eine Frau kam mit ihrem Dackel hinter hier vorbei, und der Hund wedelte freundlich mit dem Schwanz, die Nase am Boden. Sie wartete etwas.

»Und was soll ich die nun fragen?«

flüsterte sie aus dem rechten Mundwinkel heraus, weil Matetus rechts von ihr saß, und schaute starr gerade aus.

»Am besten lässt du dir sagen, wer für diese Beete und grundsätzlich für alle mit diesem Dünger verantwortlich ist, und die fragen wir dann.«

»Wir ist wohl ich.«

»Und die fragst du dann, woher dieser Dünger kommt und wo er überall geblieben ist.«

Das erwies sich als bedingt einfach, da sich die zuständigen Gärtner im Außeneinsatz in der Stadt befanden. Und die war groß. Allerdings erfuhren sie im Büro, dass der Bio-Mistdünger von Rindern und Pferden von einem Hof im Süden der Stadt stammte. Sie hatten jetzt die Wahl, entweder zu diesem Hof zu fahren oder die abendliche Rückkehr der Gärtner abzuwarten. Angesichts der städtischen Verkehrssituation, die aufgrund mehrerer Baustellen weniger als Fluktuation denn als Stagnation zu bezeichnen war, entschlossen sie sich für Letzteres. Ela ging wieder nach Hause. Vor dem Haus traf sie auf eine junge Frau, die zwei Hunde hinter sich her zerrte und dauernd *nein* schrie und auf eine ziemlich schmutzige Gestalt, die im Zeitlupentempo an der Hauswand entlang schlich. Lutzo eierte breitbeinig und ins Leere starrend an ihr vorbei, Ela grüßte höflich, bekam aber keine Antwort. Verwundert sah sie hinter ihm her.

»Hat der was im Schritt?« überlegte sie laut, an Matetus gewandt.

»Wohl nichts mehr.«

Hinter ihr kicherte es. Die ältere Dame aus dem dritten Stock rechts lächelte freundlich und bot ihr die Hand.

»Guten Tag, ich heiße Gerlinde Müller, Sie wohnen nun auch bei uns, schön, Sie kennenzulernen.«

Ela fasste sich schnell und stellte sich ebenfalls vor.

»Seltsamer Typ, redet nicht besonders viel«,

meinte sie dann.

»Nicht grundsätzlich. Der kann richtig böse werden und schon auch laut, wenn sein Level zu niedrig ist oder wenn ihm seine Zigaretten ausgehen.«

»Sie kennen ihn wohl näher?«

»Ich habe nichts mit ihm zu tun. Aber er wohnt schon viele Jahre hier, so wie ich, da kriegt man einiges mit. Sie machen besser einen Bogen um ihn, man weiß nie, wie er gerade drauf ist. Am besten gar nicht erst ansprechen.«

»Kann er denn gefährlich werden?«

Ela versuchte sich gerade einen Streit vorzustellen, bei dem sich eine Faust im Zeitlupentempo ihrem Magen näherte und daran vorbeitraf.

»Allerdings. Er hat damals seine Frau und die Tochter regelmäßig geschlagen. In letzter Zeit ist aber nichts mehr vorgefallen. Naja, wir bleiben auch alle auf Distanz. Aber unterschätzen Sie ihn nicht, er sieht zwar debil aus, weiß aber meist besser Bescheid als jeder andere.«

Ela kochte das Abendessen vor und verfasste eine kleine Anleitung, nach der Martin, falls er zwischenzeitlich auftauchen würde, sich alles aufwärmen konnte. Martin erwartete sehr präzise Angaben, und aus Erfahrung wusste sie, dass es nicht schaden konnte, auch kleinste Informationseinheiten, etwa »vor dem Einstellen der Auflaufform in den Ofen Plastikfolie entfernen« zu erwähnen. Sie überlegte sich auch eine Geschichte in Richtung von wegen Schwester, Garten, braucht selbst sehr guten Dünger. Sie hoffte, es würde keine kritischen Rückfragen geben. Die Gärtner machten gegen achtzehn Uhr Feierabend. Sie wartete sicherheitshalber bereits eine Viertelstunde früher in der Gärtnerei. Etwa zehn bis fünfzehn Minuten nach sechs trudelten die ersten mit ihren Lastern voll mit Schubkarren, Kübeln, Spaten und Biomüll ein. Sie fragte sich durch, bis sie die für den Marktplatz verantwortlichen fand, die ihr mitteilten, sie hätten den Mist nicht gleich verteilt, sondern zwischenlagern müssen, weil ein Gewitter drohte. Nachdenklich kratzte sich einer der beiden am glatzigen Hinterkopf.

»Wir haben das alles erst einmal gesammelt, oder?«

Dabei sah er seinen Kollegen an, der bestätigend nickte.

»Genau, und untergestellt.«

Das wollte Matetus genauer wissen und sagte Ela das auch.

»Wie interessant. Wo lagert man denn diesen Dünger kluger-weise, wenn man ihn nicht sofort benötigt. Ich meine, meine Schwester ist noch ganz neu auf dem Gebiet der Biodünger – schaft, Biodüngung.«

Der zweite Gärtner erklärte ihr das nun ausführlich und kam irgendwann auch wieder auf die Zielbeete zu sprechen, wobei ihm die Eimer im Keller einfielen.

»Ich glaube, die stehen noch immer da.«

Sein Kollege nickte, etwas wenig glücklich.

»Stimmt, ich glaube auch, die haben wir vergessen.«

Ela bekam einen Knuff und fragte:

»Wo stehen die denn?«

Beide Gärtner sahen sie an.

»Brauchen Sie was?«

»Ja, ja, etwas.«

»Unter der Kirche sind ein paar Kellerabteile, ein Heizölkeller und ehemalige Kohlenkeller. Die meisten sind mit Gerümpel vollgestellt. Irgendwo da unten haben wir einige Eimer hin, weil im Schuppen neben der Kirche kein Platz mehr war.«

Matetus wollte sofort los.

***

Niko hatte sein Sofa so nah wie möglich ans Badezimmer ge-stellt. Der Wohnraum war spartanisch gestaltet, nicht aus ästhetischen Gründen, sondern aus finanziellen. Das meiste, was ihm seine Großmutter hinterlassen hatte, hatte er verhö-kert. Von dem Geld kaufte er sich nur essenziell Lebens-notwendiges, etwa den großen Flachbildschirm, der jetzt gegenüber von dem Uraltsofa an der Wand hing. Ein wenig bequemer Sessel stand in einer Ecke. Als Regal und als Beistelltisch dienten Gemüsekisten, immerhin bio. Denn Niko versuchte zwischendurch immer wieder einmal, nachhaltig und vegetarisch zu leben. Deswegen war er auch gegen Bananen, Avocados und Chi-Samen, weil die tausende von Kilometern per Schiff oder Flugzeug hertransportiert werden mussten. Seine Kleidung kaufte er nur secondhand, um die Beteiligung durch Kinderarbeit zu minimieren. Außerdem war er gegen Globalisierung, Kapitalismus, Imperialismus, Großkonzerne, Atomkraft, Aktienhandel, monokulturelle Landwirtschaft und EU-Regelungen. Gegen Agrardumping war er auch manchmal, je nach Finanzsituation.

Wie bei denen unter und über ihm lagen sich Wohn- und Badezimmer gegenüber, und wenn die Leute die Türen offenließen, konnte er einige Gespräche mithören. Mit seinem Referat kam er nicht voran, vielleicht sollte er besser nicht auf dem Sofa sitzen, das machte müde. Dieses Referat entwickelte sich mehr und mehr zu einem persönlichen Feind. Es hielt ihn davon ab, einfach nur zu leben. Mehr wollte er doch gar nicht, ruhen, schlafen, leben. Das Leben genießen! Das ging zum jetzigen Stand nicht ohne Sorgen, aber ohne Geld auch nicht. Schon wieder ein Dilemma.

***

»Warte!«

Ela kam nicht mit.

»Heiliger Monopteros, die Kirche habe ich total vergessen«, rief Matetus und rannte weiter. Aber spätestens am Kirchentor musste er doch auf sie warten, weil die letzten Besucher der Abendmesse davorstanden und eine sich von allein öffnende Tür sonderbar gefunden hätten. Ela setzte sich auf eine Bank

in der Nähe und ruhte sich etwas aus. Einige Trüppchen rede-
ten sich fest. Der Pfarrer war auch dabei und hörte mit leicht
nach vorn rechts geneigtem Kopf zu, nickte hin und wieder,
hob die Hände, begütigend oder mahnend, und hatte es so gar
nicht eilig. Bis die letzten abgetrabt waren, dauerte es noch fast
zwanzig Minuten. Dann aber konnte Ela in die Kirche und dabei Matetus hineinlassen.

Sie suchten den Eingang zum Keller und klapperten sämtliche
Räume ab. Überall stapelte sich Gerümpel, Kisten voller Bücher, irgendwelche Decken. Keine Knochen, das fiel Matetus
gleich auf. Nirgendwo hätte noch etwas hineingepasst, und al-
les war voll Spinnweben. Dann kamen sie hinten beim
Heizungskeller an. Der Raum war warm und von Dampf er-
füllt. Durch die Leitungsrohre dröhnte das Wasser. Von den
Rohren flossen kleine Tropfen von Kondensflüssigkeit zu
Bächlein zusammen. Und dort, tatsächlich, standen ein paar
Eimer mit stinkendem Mist, und ein weiterer Matetus hing
kraftlos darüber. Die beiden Plugismonier tauschten Blicke.
Vollkommen überwältigt blieb Matetus im Türrahmen stehen.

***

Jetzt wusste er es. Nämlich, wie er wieder an mehr Geld kommen konnte. Niko widmete sich ab sofort seinem neuen Plan
und verwies die Onkologie auf Platz zwei seiner Prioritäten-
liste. Nein, Ontologie, das war's.

***

Ela war nicht weniger erstaunt als Matetus.
»Den kriegen wir aber nicht auch noch unter«,
flüsterte sie andächtig.
Matetus ging einen Schritt vor.

»Wie, wie geht es dir? Kann ich dir irgendwie helfen?«

Der Plugismonier war im Gesicht, an den Händen und insgesamt ziemlich knubbelig, bläulich-lila und sehr mager. Er veränderte die Anordnung von Mund zu Nase und Ohren in eine Richtung, die Ela als Lächeln interpretierte. Und sagte irgendetwas. Matetus antwortete, und zu ihr gewandt:

»Da habe ich doch glatt vergessen, dass der nicht Deutsch kann. Er sagt, er war sehr krank, aber nun ist es vorbei und er hat nur etwas Hunger. Die Flüssigkeit in diesem Raum und dann die Eimer haben ihn gerettet, aber er ist so kraftlos, dass er sich kaum bewegen kann.«

»Hast du keine Angst, dass du dich anstecken könntest?«

»Nein, er sagt, er ist schon lange wieder gesund, nur eben sehr schwach.«

Ela ging auf die bedauernswerte Kreatur zu, die erschreckt zurückfuhr und wieder etwas sagte, worauf Matetus etwas entgegnete.

»Ich habe ihm erklärt, dass du ihn sehen kannst, weil du diese besonderen radioaktiven Stoffe erwischt hast, und dass du ganz nett bist.«

»Ganz nett? Ich bin schon tausend Tode wegen dir gestorben und wegen deiner Flachsereien und Flausen.«

Plugismonier verfügten über einen ausgeprägten Hang zu Spiel, Spaß und Schadenfreude. Also wetteten sie, wie sie die Menschen am meisten ärgern konnten, indem sie beispielsweise Salz in Zuckerdöschen mischten und wichtige Dinge wie Pornozeitschriften versteckten. Der mit dem Scherz, über den sich die meisten ärgerten, gewann. Matetus war zwischenzeitlich aus der Übung geraten in Ermangelung angemessener Wettpartner, Ela weigerte sich nämlich. Das beeinträchtigte das Ideenspektrum.

»Aber wir müssen ihm helfen.«

Das war klar.

»Er kann doch erst einmal in mein Bett, ich schlaf dann auf dem Boden davor und passe auf. Ich kann ihm dann auch gleich die Sprache beibringen. Das geht schnell, schnupersell.«

Ela zweifelte da keineswegs. Sie hatte sich schon gedacht, dass die Plugismonier um einiges intelligenter waren als der Durchschnittsmensch. Andererseits war das auch nicht besonders schwer. Sie unterdrückte einen Seufzer. Dann halfen sie Namrod (bei Plugismoniern klang das anders, diese Version war eine grobe Annäherung an das deutsche Lautsystem), aufzustehen und einige Schritte aus dem Keller hinauszutun. Außerhalb der Kirche musste Matetus ihn allein stützen.

Ein paar Meter weiter hatten sich mehrere Motorradfahrer versammelt, die ihre Maschinen bei laufendem Motor in einem Halbkreis aufgebaut hatten, gleich daneben eine Bank, gleich darauf nun die beiden Plugismonier. Beide atmeten tief ein und wieder aus, wieder ein und wieder aus, ließen die gute Luft in ihre plugismonischen Eingeweide fließen und relaxten. Ela wusste nichts mit sich anzufangen. Die Motorradfahrer mit ihren aggressiven Sprüchen auf den Armen machten sie nervös. Sie ging langsam vorbei und wartete ein Stück entfernt. Die Gang ließ Bierflaschen kreisen und wurde zusehends lauter. Sie begannen zu pöbeln. Ela verdrückte sich hinter eine Hausecke. Jetzt warfen sie die Flaschen in der Gegend herum und stritten. Irgendwie sahen die alle gleich aus. Groß, schwer, als Schulter Fußbälle, aber kein Hals. Einer stieg von seiner Maschine ab.

»Du willst hier der Chef sein, wa? Dann will ick dia ma wat zeign.«

Damit nahm er eine der Parkbänke in seine Fäuste, hob sie hoch, imposant, und wollte sie Richtung Straße werfen, sie landete immerhin einige Zentimeter weiter weg. Lautes Gejohle kam als Antwort, Zuspruch und Belobigung. Noch mehr Bierflaschengeschmeiße. Die Passanten flüchteten. Nun stand der nächste da, breitbeinig, die Oberschenkel sprengten fast die schwarze Lederhose mit Totenkopfdesign, und visierte die nächste Parkbank an. Auch sie schwankte Richtung Straße. Nun war der Obermotorradfahrer wohl an der Reihe, weil das Gejohle verstummte, als er von seiner Harley stieg. Gemessenen Schrittes und mit spielenden Muskeln, bei allen konnte man die Oberarme gut sehen, weil die Lederwesten entsprechend ausgeschnitten waren, und mit klar dickeren Oberarmen als die anderen näherte er sich der Parkbank, Anfeuerungsgebrüll, die er versuchte aufzuheben, es aber nicht schaffte. Peinliches Schweigen folgte. Er konnte die Bank keinen Zentimeter bewegen. Das Schweigen wurde lauter. Er brüllte und drehte sich um, funkelte seine Leute an in der Hoffnung, einer möge sich mucksen, um ihm dann eine reinzuhauen, aber das Schweigen blieb bretterhart. Die Blicke irrten verängstigt zwischen Boden und höchstens Brusthöhe der Obermotorradfahrers hin und her, der sich wieder der Bank zuwandte und es erneut versuchte. Erfolglos. Noch einmal. Null Chance. Die Bank bewegte sich keinen Millimeter vom Platz, weder nach links noch nach rechts noch in irgendwelche Höhen. Der Obermotorradfahrer drehte sich zurück zu seinen Kumpels, baute sich breitbeinig auf, niemand reagierte, und verpasste dem nächstbesten Motorrad einen Tritt, so dass es umkippte. Dann schwang er sich auf seine Maschine und fuhr weg. Die anderen sahen betreten in die Runde. Einer versuchte noch, die Bank etwas zu verschieben. Ging nicht. Dann fuhren auch sie fort, mit Getöse und Gestank in den Abend hinein. Zwei Plugismonier setzten ihre Füße wieder auf den Boden auf und grinsten zufrieden, als sie, einer nach dem anderen, einen Arm um sich legten.

Ela wartete noch ein Weilchen, dann gingen sie zu dritt nach Hause. Martin war da, hatte gegessen und sich dann in sein Zimmer zurückgezogen. Auf ihren Gruß bekam sie keine

Antwort. So konnte sie die beiden Aliens noch begleiten und ihnen eine gute Nacht wünschen. Mit sorgenvollem Gesicht und einem Glas Wein setzte sie sich ins Wohnzimmer und sah einen Tatort, der kurz vor der Auflösung stand. Ein Verletzter, der beide Beine verloren hatte, wurde von einem Sanitäter auf eine Bahre gehoben.

»Alles wird gut«,

tröstete der ihn. Zwei von diesen Halunken, wie sollte sie das bloß schaffen?

Am nächsten Morgen, Matetus samt Besuch hatte Küchenverbot, solange Martin noch nicht weg war, überlegte sich Ela, wie sie einen zweiten Gast bewältigen sollte und fand, gar nicht. Vielleicht gab es eine leere Wohnung in den Nachbarhäusern. Martin nahm einen Schluck Kaffee und schob eine Käsescheibe auf dem Teller herum.

»Meine Güte, wie riecht der denn? Hast du das nicht bemerkt, furchtbar!«

Martin wirkte in der Tat indigniert. Er drückte seine Lippen zu einem dünnen Strich zusammen, sodass sie sich zu einem Ausdruck reinsten Ekels verzogen. Der Käse roch wie immer, manchmal war er wirklich ein unglaublicher Idiot. Martin zupfte sich bedächtig am Ärmel seines perlgrauen Sakkos, die Krawatte heute war lavendelfarben, das Hemd weiß. Währenddessen unterhielten sich die beiden Plugismonier ganz ausgezeichnet und entwickelten ihre eigenen Pläne. Als sie dann irgendwann in der Küche auftauchten, schlug Ela ihnen vor, dass sie nach einer Übernachtungsmöglichkeit Ausschau halten sollten. Zwei in einer Wohnung war ihr zu riskant. Sicherheitshalber erinnerte sie Matetus auch noch an sein Versprechen, die Nachbarn in Ruhe zu lassen. Ungewöhnlich kooperativ verabschiedete er sich, Namrod im Schlepptau, der seltsame kreisende Bewegungen mit den Händen machte, was seine Dankbarkeit ausdrückte, durch die Terrassentür in den Hof.

Wieder gingen ein paar Tage dahin, ohne dass sich Martins Laune verbesserte. Relativ wortkarg erschien er meist um die Abendessenszeit herum und verschwand dann gewöhnlich in seinem Büro. Das war auffällig, aber Ela störte es nicht im Geringsten. Sie nutzte die Zeit, um die Stadt kennenzulernen und sich in ein paar weitere Volkshochschulkurse einzuschreiben. Zwischendurch traf sie Nachbarn und plauschte. Die meisten waren sehr nett und hilfsbereit, und Ela erfuhr manch Nützliches aus dem endlosen Erfahrungsschatz der Rentner. Sie machte fleißig einen großen Bogen um Luzius und unterhielt sich besonders gern mit Gerlinde Müller. Tagsüber kam manchmal Namrod zu Besuch, der bald schon ihre Sprache ganz gut beherrschte und einen leeren Speicher in einem der anderen Mietshäuser gefunden hatte, wo auch Matetus hin und wieder übernachtete. Langsam begann Ela, sich wohlzufühlen.

F R E I T A G

Der 28. April war ein schöner und angenehm warmer Tag. In den Bäumen der Allee begrüßten die Spatzen und Amseln lautstark den Morgen. Goldene Sonnenstrahlen purzelten von Blatt zu Blatt und blieben in den Zweigen hängen. Viele hätten den Aufenthalt im Freien einem Arbeitsplatz in Geschäft oder Büro vorgezogen. Nicht so Niko Neubach. Er saß auf seinem Sofa. Nachdem er lange gebraucht hatte, um die letzte Toilettenpapierrolle zu finden, komischerweise im Geschirrschrank, drehte er sich nun, zufrieden mit sich und der Welt, eine Spezialzigarette, zündete sie an, setzte sie an die Lippen und inhalierte tief und gründlich. Das Referat war vorbei. Der Dozent war zwar nicht sehr zufrieden gewesen, aber egal. Jetzt hieß es chillen. Angeekelt stellte er den Tee fort, er schmeckte irgendwie salzig. In der Küche hörte er ein Scheppern. Das erinnerte ihn an früher, als seine Mutter immer mit den Töpfen und Pfannen in der Küche hantiert hatte. Sein Gehirn stellte augenblicklich eine Verbindung zu einem Nahrungsaufnahmeszenario her. Das war gut. Zartrosa Wölkchen taumelten die Decke entlang, blaue Wölkchen. Ein Messer in lila. Er dämmerte weg.

Niko träumte von einer schwarzen Gestalt, damit meinte er nicht die Hautfarbe, das wäre politisch unkorrekt gewesen, sondern die Kleidung. Alles schwarz, Jacke, Hose, Schuhe, Handschuhe, Sturmmütze. Halt. Sturmmütze. Das war seltsam. Die Gestalt hatte die Wohnungstür aufgemacht, er hatte wieder vergessen, abzuschließen, und stand im Flur. Und dann das Messer, das war nicht schwarz, glaubte er, aber das passte auch nicht. Er kam nicht drauf, warum. Dann kroch ihm etwas Kaltes den Rücken empor. Messer. Gefahr. Genau. Aber lila? Wie albern. Das lila Messer zielte auf ihn, er sah es ganz deutlich, und blieb in der Luft hängen, dann flog es in merkwürdig welligen Bewegungen aus dem Wohnzimmer. Die Balkontür öffnete sich wie von Geisterhand, das Messer schwebte hindurch. Der Schwarze, genauer, der in Schwarz Gekleidete, sofern es sich um eine männliche Person handelte, blieb stehen, eine Hand erhoben. Er blieb eine ganze Weile so stehen, dann senkte er den Arm wieder. Die Wölkchen zogen weiter, und alles um ihn herum wurde erst heller, dann dunkler.

Niko erwachte, völlig fertig. Normalerweise waren seine Duseleien beim Kiffen friedlicher Natur. Mit Gewalt wollte er nichts zu tun haben, schon aus Prinzip nicht. Er sah an sich herunter, kein Blut. Er kontrollierte die Wohnungstür. Sie war nicht abgeschlossen. Die Balkontür stand etwas auf. Panik erfasste ihn. Er war allein. Instinktiv spürte er, dass etwas nicht stimmte. Alles in ihm sträubte sich dagegen aufzustehen. Wie aus einem tiefen Wasser auftauchend, wurde das Geräusch seines Blutes, das in seinen Adern pochte, langsam durch den Lärm von draußen ersetzt. Er hatte ihn ausgeblendet, als er in den Panikmodus fiel.

Gegen Mittag gingen alle Klingeln. Entsprechend öffneten sich viele Türen. Im Treppenhaus unterhielten sich die Herren Meier und Müller über mehrere Stockwerke hinweg über die lästigen Paketboten, die doch eigentlich nur bei der Zieladresse läuten sollten und nicht immer bei allen anderen auch. Gleichzeitig war Geschrei zu hören. Schnell stellte sich heraus, dass der junge Mann aus dem zweiten Stock links panikartig die Leute abklapperte und etwas von Einbrechern schrie. Die Rentner besprachen die Sachlage. Ergebnis: kein Einbrecher. Niemand hatte etwas gesehen oder gehört.
»Herr Neubach, was haben Sie genommen?«
Der Herr, der ihm gegenüber wohnte, fragte zielgerecht und erfahrungsgemäß. Ebenso zielgerecht schüttelte Niko den Kopf.
»Gar nichts.«
»Und wer soll das glauben? Einbrecher, lila Messer, die in der Luft herumschweben, Türen, die von allein aufgehen. Also wirklich, ich bitte Sie. Das nimmt Ihnen doch niemand ab.«
Ela rief zum zweiten Stock rauf:
»Was ist denn passiert?«
»Jemand ist mit dem Messer auf mich los.«
»Wer?«
»Habe ich nicht gesehen.«
»Und was ist passiert?«
»Nichts.«

»Nichts?«

»Er stach auf mich ein, hat mich aber nicht getroffen.«

»Blödsinn, der Kerl ist doch high«,

rief jemand von oben. Einer der Herr Meiers wandte vorsichtig ein:

»Vielleicht sollten wir trotzdem die Polizei informieren, sicherheitshalber.»

Einer der Herr Müllers winkte ab.

»Das ist sinnlos.«

Er hatte so seine Erfahrungen. Der Trick war nämlich, dass die Polizei, wenn sie wegen Ruhestörung, Lagerung von mehreren Säcken Hausmüll vor der Wohnungstür und damit im Hausflur oder illegalen Grillens auf dem Balkon etc. anrücken muss, den Verursachern zuerst einmal erklärt, wer sie gerufen hatte. Dann nahmen sie den Vorfall pro forma auf und ermahnten die Ruhestörer/Griller/Müllablagerer, ebenfalls pro forma. Die regelten dann in der Folge persönlich und nachdrücklich die Angelegenheit direkt mit dem Anrufer. Daraufhin sah nicht nur dieser Anrufer in Zukunft von derartigen Anrufen ab, sondern auch die Nachbarn. Das Thema Ruhestörung/… war damit fürs Erste erledigt. Somit war ein Rückgang bei den Polizeieinsätzen gewährleistet, im Zuge der aktuellen Sparpolitik eine durchaus sinnvolle Verfahrensweise.

»Junge, beruhige dich. Wenn doch nichts passiert ist. Du hast sicher nur geträumt.«

Gerlinde versuchte, den aufgebrachten Niko zu beschwichtigen.

»Habe ich nicht. Die Balkontür ist immer noch auf, und ich habe sie nicht aufgemacht.«

Einer der Herr Meiers wählte den Notruf. Nach mehrmaligem Klingeln wurde abgehoben.

»Guten Tag. Sie sind mit der Notrufzentrale verbunden.«

»Ja, guten Tag, ich …«

»Dies ist eine telefonische Ansage. Schön, dass Sie an uns gedacht haben. Im Moment sind leider alle Leitungen besetzt. Wir sind immer für Sie da, vorausgesetzt, es handelt sich um einen echten Notfall. Kein echter Notfall liegt vor, wenn beispielsweise der Nachbar zu laut ist oder wenn Sie sich an der Hand verletzt haben. Wenn Sie einen Arzt benötigen, wenden Sie sich bitte an den örtlichen Bereitschaftsdienst. Wenn Sie die Polizei benötigen, wählen Sie bitte die 110. Handelt es sich wirklich um einen echten Notfall, dann nennen Sie uns nun zunächst Ihre Postleitzahl, damit wir Sie mit der zuständigen Leitstelle verbinden können.«

Herr Meier überlegte, ob es sich wirklich um einen Notfall handelte. Er war sich nicht sicher und legte lieber auf. Gerlinde schlug vor, den Tatort zu besichtigen. Ela und die übrigen Rentner schlossen sich an. Sie suchten alles ab, einen Schwarzen oder ein lila Messer fanden sie nicht. Aber die Reste eines Joints. Niko geriet argumentativ ins Hintertreffen.

***

Prof. Martin Lehmann ging ungern in sein Büro an der Universität. Nicht nur, dass ihn der Kollege aus der Politikwissenschaft, Politikwissenschaft!, regelmäßig breit grinsend mit Professor Dok – oh – Lehmann anredete. Man hatte ihm auch noch nahegelegt, fünf Tage die Woche anwesend zu sein, nur für so ein Projekt. Und an den Versammlungen teilzunehmen. Außerdem konnte er mit den Zwischenergebnissen seines Vorgängers nicht viel anfangen, denn einiges war auf französisch, viel aber auf englisch verfasst. Zudem hatte dieser einen ganz anderen Schwerpunkt verfolgt, mehr Richtung *hybrid varieties of democracy and autocracy*. Das verstand er nicht. Und dann sollte er auch noch den Doktoranden seines Vorgängers weiterbetreuen, der zum gleichen Thema forschte. Jetzt musste er sich da einarbeiten, dabei wollte er doch mit seinem aktuellen Projekt die Grundlagenforschung der norditalienischen Geschichte voranbringen. Also saß er nun notgedrungen entweder in der Bibliothek, um die relevante Literatur kennenzulernen, oder in einer der vielen Besprechungen oder in seinem lächerlich kleinen Büro. Der Raum war schmal, kotzigbeige gestrichen und roch nach Reinigungsmitteln. Der Boden war irgendwie dunkel oder schmutzig oder beides. Ein Tisch stand vor dem Fenster, dazu ein Stuhl. Sein Manuskript, das in den letzten Wochen immerhin um vier Zeilen angewachsen war, musste warten. Zudem wurde und wurde sein Haarausfall nicht besser, obwohl er sich vor der gefährlichen Strahlung im alten Büro hatte in Sicherheit bringen können und auf eine neue Intensivpflegeserie umgestiegen war, *Shine-Grow-Express 304*, Kur, Tonic, Spray und Shampoo. Was er aber noch gar nicht mitbekommen hatte, war, dass er bei den Kollegen Martinus Vanus hieß, zu Lateinisch *vanus*, für eitel, leer.

***

In der Küche wälzte Ela Kochbücher. Der Nachbar aus dem zweiten Stock hatte sich wohl wieder beruhigt. Jedenfalls blieb er in seiner Wohnung, nachdem Gerlinde Müller ihn mit ihrem Nervenkräutermix bedroht hatte. Ela beschloss, etwas Neues zu kochen. Sie fand ein interessantes Rezept, zu dem ihr lediglich *Herbes de Provence* fehlten. Also machte sie sich auf zum Uldi. Das Praktische an der Stadt war, dass sich vieles zu Fuß erreichen ließ. Bei dem schönen Wetter hatte sie nichts gegen einen kleinen Spaziergang einzuwenden.

Ela betrat gutgelaunt das Geschäft, kam aber nur zwei Schritte weit, dann war es aus mit der Laune. Die großen Fenster ließen viel Licht in den Laden. Die Sonne tauchte alles in ein warmes, angenehmes Licht. An der Kasse stand ein Touristenpärchen und diskutierte laut und fröhlich in einem Gemisch aus Deutsch, Englisch und Italienisch mit einer der Verkäuferinnen. Eine Mutter parkte mit zwei kleinen Kindern und einem Kinderwagen quer zu den Regalen mitten im Weg. Das größere Kind hüpfte um sie herum und zeigte dabei auf alles Mögliche.

»Das will ich. Und das will ich. Das will ich auch.«

Die kleine Schwester schaute fasziniert zu. Man kann nie genug dazulernen. Aber interessanterweise hatte sie nichts beizusteuern. Wahrscheinlich war in der Kita gerade das Thema Altruismus dran, eventuell kombiniert mit dem Thema Rücksicht.

»Lass das liegen, Schatz, die Mama braucht das jetzt nicht.«

»Ich will das aber. Ich nehm das jetzt.«

Der Junge packte zwei Tafeln Schokolade unten in den Kinderwagen, die Mutter holte sie wieder heraus.

»Ich habe Hunger.«

»Liebes, wir haben gerade gegessen und wir müssen doch noch zum Zahnarzt.«

»Ich will zu McDonald's.«

»Ich auch, ich auch.«

Die kleine Schwester entschied nun doch, den Bruder zu unterstützen.

»Ich will einen Double Big Mac.«

»Liebling, wir müssen zum Zahnarzt, da können wir vorher nichts essen, weil dann die Zähne schmutzig werden, lass uns nur kurz einkaufen, dann sehen wir weiter, mh? Sei so lieb, Augustinus. Florenzia, bleib bitte sitzen!«

flehte die Mutter.

»Ich will aber, sonst schrei ich.«

Ela verließ den Laden. Sie beschloss, dass Oregano reichen musste.

MAI

DONNERSTAG

»Siehst du das? Der rechte Rand ist ganz dünn. Wieso können die den Käse nicht gleichmäßig schneiden? Diese Scheibe hier ist viel kleiner als die. Meine Güte, wie dusselig bist du eigentlich, kannst du das denen nicht einmal sagen? Und überhaupt, das Verhältnis zwischen Loch und Käse ist verbraucherungünstig.«

Es war Mai geworden. Martin Lehmann schob wieder eine Käsescheibe auf dem Teller hin und her. Er trug ein strahlend weißes, perfekt gebügeltes Hemd, dazu eine geschmackvolle Kaschmirkrawatte mit einem dezenten Muster in zarten Pastelltönen, primär ins Blaue changierend und damit passend zu dem Bleu von Weste, Sakko und Hose. Sehr erlesen. Für seine neue Stelle hatte er sich eigens mehrere elegante Dreiteiler zugelegt. Dies und die augenfälligen Farbharmonien hatten mit zu seinem Spitznamen beigetragen. Er musterte seine Gattin vorwurfsvoll.

»Iss doch ein Croissant, Schatz!«

schlug sie vor.

»Ich will aber kein Croissant.«

Ela dachte an die Szene im Uldi und aß schweigend weiter. Für die Käsescheiben war es ohnehin zu spät.

»Vielleicht möchtest du einmal die Käsesorte wechseln, eine ohne Löcher?«

»Was, gibt es das denn?«

Er war wirklich ein Idiot. Kurz darauf verließ Martin das Haus. Als Ela im Bad war, hörte sie ein Poltern, wusste aber nicht, aus welcher der Wohnungen es kam. Dann erklang wieder ein dumpfes Geräusch. Einige Zeit später ging sie zu einem der Volkshochschulkurse, der gegen elf Uhr begann. Im Treppenhaus hörte sie wieder laute Geräusche.

***

Finster blickend saßen sich Professor und Doktorand gegenüber. Ausgerechnet bei Martinus Vanus musste ich landen, dachte sich Jürgen Janßen. Er könnte zwar sein Dissertationsthema ändern, Historiker gab es an der Universität genug, aber er hatte schon zweihundert Seiten zu den Zimbern. Nachdem sein Doktorvater sich in die USA verabschiedet hatte, war er gezwungen, bei dessen Nachfolger Lehmann weiterzuarbeiten. Er hatte im Projekt eine kleine Stelle, die würde er bei einem Themawechsel auch aufgeben müssen. Die beiden unterhielten sich seit zwei Stunden, um sich über den aktuellen Stand des Projektes auszutauschen. Auf keine der Fragen des Doktoranden hatte Lehmann eine konkrete Antwort gewusst. In dem Café, in dem sie saßen, gab es doppelten Macchiato. Das war der Grund, so Lehmann, dass er diesen Ort für die Besprechung vorzog. In Wirklichkeit war ihm das ihm zugewiesene Büro mehr als peinlich. Kein Telefon, ein sehr alter Computer, ein Schwarz-Weiß-Drucker, eine Maus, die nur bei jedem zweiten Klick reagierte, und eine äußerst unsaubere Tastatur. Und keine Sekretärin. Nur der Doktorand. Den hatte er gebeten, Schreibtischoberfläche und Keyboard zu reinigen. Der hatte ihn zwar angesehen, als hätte er ihm Rattengift verkaufen wollen, tat aber dann doch das Gewünschte widerwillig und mit spitzen Fingern. Der Vorgänger hatte seine Mahlzeiten ganz eindeutig vor dem Bildschirm eingenommen, und den Spuren nach zu urteilten mit Vorliebe Currywurst, Pommes, Kuchen, welchen, war nicht klar, und süße Getränke. Einige Buchstaben auf der Tastatur waren kaum noch zu erkennen, alle hatten größere oder kleinere Ränder, und dazwischen klebten krümelartige Substanzen, die manchmal die Tasten blockierten.

Der graue Teppich war alt und abgetreten und roch ungut, also war Frischluft nötig. Das Fenster des kleinen Raumes öffnete sich auf einen Hof, der zur Hälfte aus Parkplatz, zur Hälfte aus Kindergartengarten bestand, sofern der Begriff *Garten* bei weitgehend zubetonierter Oberfläche, da ehemals Parkplatzbereich, und einigen Blumenkübeln berechtigt war. Immerhin gab es ein Areal mit einer gummiartigen Oberfläche. Die Kinder waren zu oft mit Hautabschürfungen nach Hause gekommen, und die Eltern hatten mit einer Klage gedroht. Gleichzeitig aber waren Kindergartenplätze zu selten, so dass sie wohlweislich den Plan einer Rasenfläche aufgaben. Das Geschrei war ohrenbetäubend.

Natürlich hatte Martin augenblicklich die Universitätsleitung in einem sorgsam formulierten Schreiben über die Problematik in Kenntnis gesetzt und darauf hingewiesen, dass sie einem erfolgreichen Abschließen des Projekts im Wege stünde und er für das Gelingen nicht garantieren könne. Aber als Antwort erhielt er den lapidaren Hinweis, doch einmal den Vertrag unter Paragraph sowieso zu konsultieren. Natürlich hatte er den Vertrag nie gelesen, wozu wertvolle Zeit verplempern. Mit solchen Dingen durften sich Sekretärin oder wissenschaftliche Mitarbeiter herumschlagen, aber doch nicht er. Hier hob er gedanklich die fein manikürte Hand an den sorgsam gekämmten Kopf, in dem sich ein leichter Schmerz ankündigte, sicherer Hinweis auf Überarbeitung. Jetzt aber musste er zu seinem großen Ärger einsehen, dass er lediglich einen Anspruch auf gerade abkömmliche Gerätschaften hatte. Zur Ausstattung gehörten keine Möbel außer Stuhl und Tisch, keine Lampen, allerdings Büromaterial sowie eine Grundausstattung für den Schreibtisch, die wiederum nicht neu zu sein brauchte. Es gab auch keinen zweiten Stuhl. Sein Doktorand musste immer stehen. Deswegen hatte Jürgen Janßen grundsätzlich nichts gegen ein Gespräch im Café und damit im Sitzen einzuwenden.

***

Nach dem Kurs besuchte Ela eine der städtischen Galerien. Als sie dann nach Hause kam, war sie überrascht, dass ein Notarztwagen den gesamten Verkehr blockierte und einen größeren Stau die ganze Seidengasse entlang verursachte. Im Treppenhaus fing sie einer der älteren Herren ab.
»Schon wieder einer tot«,
verriet er ihr. Wie seltsam, dachte Ela.
»Wer denn?«
Er beugte sich verschwörerisch zu ihr herüber und flüsterte:
»Nikolaus Neubach.«
Der arme Kerl, dem ging es schon länger nicht mehr gut, erinnerte sich Ela. Immer so bleich, dann auch noch das Rauschgift, der Nervenzusammenbruch – so hatte die Hausgemeinschaft die Episode mit der Verbrechersichtung diagnostiziert. Was da bloß wieder passiert war? Sie verschob den Gedanken für eine spätere Betrachtung. Von oben hörte sie Leute tuscheln. Sie versuchte, am Treppengeländer hochzuschielen und konnte einige der Nachbarn erahnen, da beugte sich einer über das Geländer, sah sie und winkte ihr fröhlich zu.
»Ach, Frau Lehmann, wie schön.«
Der Rentnertrupp setzte sich in Bewegung und verließ damit den Beobachtungsposten. Noch von weiter oben rief Herr Meier:
»Der Vater hat gesagt, dass sein Sohn sich letztens nicht zum Geburtstag der Mutter gemeldet hätte. Er wollte ihn anrufen, um ihn kritisch zum Verhalten gegenüber Müttern zu beraten, erreichte ihn aber nicht.«

Bei Ela angekommen übernahm Herr Müller in leicht gedämpfter Lautstärke.

»Dann hat er sich gedacht, er kommt vorbei. Denn ein solches Verhalten gegenüber den Eltern ist nicht zu tolerieren.«

Wieder Herr Meier, nun leise.

»Neubach Senior hat geklingelt, viele Male, das habe ich selbst gehört, und hat dann mit seinem Zweitschlüssel die Wohnung aufgemacht, aber sie war wohl gar nicht abgeschlossen gewesen. Dann ist er in die Wohnung, und nach einer Weile habe ich ihn schreien hören. Ich bin dann zur Wohnungstür und habe geklopft.«

»Ich habe auch geklopft«,

sagte Herr Müller.

»Ich habe geklingelt«,

sagte der andere Herr Meier. Dann standen sie eine Weile vor der Tür, bis Herr Neubach, also der Vater, sie aufriss und nach einem Arzt brüllte. Leider ließ er sie nicht in die Wohnung. Aber sie haben trotzdem den Notarzt bestellt. Sie zogen sich zurück, aus Respekt, in die Wohnung von Herrn Meier, gegenüber von Neubach. Die Wohnungstür blieb auf, um den Nachbarn ihre Bereitschaft zur Kommunikation zu signalisieren und eine eventuelle Kontaktaufnahme zu beschleunigen. Sie machten sich einen Kaffee und warteten. Irgendwann kam der Vater aus der Wohnung gegenüber zu ihnen hinein, ohne zu klopfen wohlgemerkt, mit Blut an den Händen, hier flocht der Erzähler eine spannungsfördernde Pause ein, und fragte, ob sie einen Arzt gerufen hätten. Hätten sie, aber man müsse warten. Der Vater ging wieder. Etwas später kam der Notarzt mit zwei Rettungssanitätern, der zwar die Neubachsche Tür schloss, sie konnten aber gut mithören, die Türen sind ja nicht so dick. So, wie es sich anhörte, war der Arzt aber zu spät und wollte, dass die Polizei dazukommt.

Das Grüppchen war zwischenzeitlich komplett im Erdgeschoss angelangt, um fehlende Nachbarn, also Ela, zu integrieren – eine strategisch ungünstige Position. Jemand schlug vor, wieder zum zweiten Stock hochzugehen.

***

Die beiden Streifenpolizisten machten sich auf den Weg. Von der Polizeidienststelle bis zur Seidengasse waren es nur zwei, drei Kilometer, je nach Route. Sie fuhren zunächst einige hundert Meter die Kaiserstraße entlang. Als sie links abbiegen wollten, sahen sie gerade noch rechtzeitig den Stau, der sich offenbar auf die gesamte Königsstraße erstreckte. In einem Kilometer Entfernung parkten die Kindergartenmütter wie gewöhnlich zwischen 15.45 und ca. 16.30 Uhr wie auch zwischen halb acht und acht vormittags in zweiter Reihe auf beiden Seiten und schufen so eine verkehrsberuhigte Zone, in der sie gefahrlos den Nachwuchs auf maximal kurzem Weg in den Kindergarten bringen konnten. Auch die Pflege zwischenmenschlicher Beziehung in Form von anschließendem Informationsaustausch in großer Runde zu u.a. Zahnen, Laufradfarben, Windelpreisen und Rezepten von Bio-Gemüse-Getreide-Kost direkt vor dem Haupteingang der Einrichtung war gesichert, ohne dem Risiko vorbeifahrender Autos ausgesetzt zu sein. Nebenan wiederholte sich das Ganze für die Kita, nur zeitversetzt um eine halbe Stunde.

***

Nicht lange, und sie hörten eine Klingel. Herr Meier drückte auf den Türöffner. Die Gruppe stand im Eingangsbereich der Meierschen Wohnung gegenüber vom Einsatzort und wartete gespannt. Zwei Polizisten betraten das Haus. Herr Meier, über das Geländer gebeugt, winkte die beiden hoch und zeigte dann auf die gegenüberliegende Wohnungstür, die sich öffnete. Müller A und Müller BC bedachten die vielen Augenpaare lediglich mit einem knappen Kopfnicken und verschwanden in Nikos Wohnung. Dort gewährte ihnen Herr Neubach Senior einen Einblick in das bisher Geschehene. Der unscheinbare, hagere kleine Mann hatte etwas von einer Maus und schien verwirrt. Er war blass, das schüttere Haar aschblond, das Gesicht schon etwas faltig, mit Tränensäcken unter den Augen. Die ganze Gestalt wirkte armselig und bedauernswert. Die beiden Beamten besahen sich stirnrunzelnd den Leichenfundort erst einmal von der Wohnzimmertüre aus. Niko Neubach lag rücklings im Wohnzimmer neben der Couch, lang ausgestreckt, mit blutigem Hals und blutiger rechter Hand neben dem Körper. Er trug ein schwarzes T-Shirt, das ihm viel zu groß war, schwarze Jeans, Socken und Turnschuhe. Das ganze Zimmer sah aus wie immer, informierte sie der Vater, also nicht besonders aufgeräumt, aber auch nicht verwüstet. Um den Körper herum gab es ziemlich viel Blut. Arzt und Sanitäter sortierten ihre Sachen zusammen.

»Schon wieder, ich glaub's ja nicht. Oh Gott, mein Magen. Haben Sie vielleicht einen Kamillentee, Herr?«

Müller BC blickte sich hilfesuchend um.

»Wie? Ach so, ja, natürlich, ich sehe zu, was ich tun kann.«

Herr Neubach Senior ging in die Küche. Müller A sah seinen Kollegen böse an. Der zuckte entschuldigend mit den Schultern und flüsterte:

»Ich hab's nicht so mit Leichen, das weißt du doch.«

Dann zog er seinen Notizblock hervor und richtete den Blick auf den Notarzt, der offenkundig eine Notärztin war. Die erstattete Bericht.

»Verletzungen aufgrund von scharfer Gewalt. Zwei Schnitte links am Hals, beide dicht beieinander, parallel, sehen auch ziemlich gleich aus. War der junge Mann Rechtshänder?«

Dies laut an den Vater gerichtet, der in der Küche nach Teebeuteln suchte.

»Was? Jaja.«

Die Ärztin fuhr fort.

»Als wir kamen, lag das Küchenmesser in seiner rechten Hand, hier, sehen Sie?«

Müller A trat näher, sah und diktierte:

»Ich halte fest fürs Protokoll. Der Tote hält die Tatwaffe noch in der Hand.«

Was rein formal nicht stimmte, weil das Messer mittlerweile neben der Hand lag.

»Gut.«

Die Ärztin fuhr fort.

»Wir kamen leider zu spät, es war nichts mehr zu machen. Er hat sehr viel Blut verloren. Damit tippe ich auf Verbluten als Todesursache.«

Müller A kam das bekannt vor.

»Einen Unfall können wir wohl ausschließen. Könnte es Selbstmord gewesen sein?«

»Tja, wenn Sie mich fragen, es passt alles. Diese beiden Schnitte befinden sich an Stellen, die für die messerführende Hand erreichbar sind. Es sieht nicht nach einem Kampf aus, außer den beiden Schnittwunden keine weiteren Verletzungen. Aber das ist doch Ihre Aufgabe. Ich stelle den Tod fest. Mehr kann ich jetzt nicht tun.«

»Wissen Sie vielleicht, wann ...«

Müller A ließ sich so leicht nicht abschütteln. Aber die Ärztin wollte einpacken. Er kniete sich zu der Leiche hinunter. Seine Augen leuchteten auf.

»Seine Uhr ist stehen geblieben, und zwar um 19.13 Uhr. Außerdem ist ein Sprung im Glas.«

Er sah fragend die Ärztin an. Die hob die Schultern.

»Also von mir aus passt das so. Könnte schon stimmen. Vielleicht glitt er von der Couch ab, die Hand schlug auf dem Tisch auf und kam dann am Boden zu liegen.«

Auf der Couch und am Tisch waren tatsächlich Blutspuren zu sehen.

Müller A freute sich. Mit Blick auf die Broschüre resümierte er: »Wunderbar. Also, wir haben keinen natürlichen Tod. Wir haben einen Suizid. Wir haben den Todeszeitpunkt. 19.13 Uhr. Toll. Bertie, sieh dich doch einmal um, ob du etwas Interessantes findest.«

Die Wohnung war sparsam eingerichtet, da gab es nicht viel zu tun. Im Schlafzimmer stand ein einfacher Kleiderschrank mit einigen schwarzen Jeans, Pullovern, T-Shirts, einer Winterjacke und einer leichten Sommerjacke aus Leder, antik. Die Socken waren auch alle dunkelgrau bis schwarz, die Unterwäsche hatte einen grauen Farbschimmer. Falsch gewaschen, ganz klar, dachte Müller A, und ziemlich unaufgeräumt. In einem alten, angefledderten Sessel stapelten sich Papiere und Zeitungen, dazwischen Glaskugeln, Schmuckkästchen, Steine, bunte Kugeln und anderes Zeugs. Auf der Fensterbank lag ein Sammelsurium an Schmuck, klobige Ringe, Piercings, Lederbänder mit Totenköpfen, Kreuzen und Drachen. In der Küche stapelten sich Bücher an der Wand. Ein Laptop, Stifte und Papierstöße bedeckten den Tisch. Überall Chaos. Müller BC sah alles genau durch, fand aber nichts Besonderes außer einer leeren Tablettendose. Die nahm er mit und zeigte sie der Notärztin.

»Schlaftabletten«,

stellte diese fest.

»Gibt es hier irgendwo ein leeres Glas?«

fragte der Polizist.

»Nein. Ich sehe nirgendwo eines.«

Müller A sah kurz auf den Notizblock des Kollegen.

»Also ich finde, das ist alles ziemlich so wie bei dem anderen. Wieder Schnitte in den Hals, wieder mit einem Küchenmesser. Findest du das nicht seltsam?«

»Wieso? Wahrscheinlich hatte sich Niko inspirieren lassen.«

Herr Neubach kam mit einer Tasse Tee aus der Küche und reichte sie Müller BC. Ein Fenster schlug auf. Offenbar war es nur angelehnt gewesen. Offenbar wehte nun ein leichter Wind durch die Wohnung, denn die Reste einer Zigarette flogen aus dem Aschenbecher, den Beamten vor die Füße. Müller BC nahm sie vorsichtig in die Hand und roch aufmerksam daran.

»Ihr Sohn nahm Rauschgift?«

fragte er.

»Nein, vielleicht.«

»Wann haben Sie Ihren Sohn denn das letzte Mal gesehen?«

Müller A wandte sich wieder der Handreichung zu.

»Wir hatten letzte Woche telefoniert, gesehen schon eine Weile nicht mehr.«

»Hatten sie nicht viel Kontakt?«

War das ein Vorwurf? Sofort meldete sich Neubachs schlechtes Gewissen.

»Naja, so ab und zu schon.«

»Und wie ging es ihm? War er wie immer? War etwas anders in letzter Zeit?«

»Ihm ging es wie immer nicht gut. Er hatte Geldprobleme.«

Nun hörten sie etwas poltern. Es klang, als ob eine Flasche rollte.

»Geh mal nachsehen!«

sagte Müller A zu seinem Kollegen. Dieser kam mit einer leeren Bierflasche zurück.

»Was willst du denn damit?«

»Nichts, du hast gesagt, ich soll nachsehen gehen. Die hat wahrscheinlich gepoltert.«

»Ja und, was soll ich jetzt mit der Flasche hier am Tatort?«

»Weiß ich doch nicht.«

Müller BC war es langsam leid.

»Immer das zweite Rad, nur, weil ich ein halbes Jahr später den Dienst angetreten habe. Dann stelle ich sie eben wieder zurück.«

Müller A tat, als ob er nichts gehört hätte.

»Ich würde dann jetzt gern gehen, wenn Sie mich nicht mehr brauchen.«

Die Ärztin und die Sanitäter verabschiedeten sich.

»Hatte Ihr Sohn Depressionen?«

fragte Müller A.

»Reicht nicht Rauschgift bzw. wir können es unter *stattdessen* einordnen, oder nicht?«

warf sein Kollege ein.

»Stimmt auch wieder. Also, hatten Sie Streit, gab es Ärger mit jemandem? Gibt es einen Abschiedsbrief?«

Müller A wollte das nun abkürzen und stellte die restlichen Fragen auf einmal. Herr Neubach schüttelte immer nur den Kopf. Er kam nicht ganz mit. Müller A interpretierte das jeweils als ein Nein.

»Wunderbar, dann fehlt jetzt nur noch der Leichenwagen.«

Der Herr vom Bestattungsunternehmen stand längst vor der Wohnungstür, wo er diskret auf sein Stichwort gewartet hatte, und kam wie gerufen mit ausgeklappter Bahre direkt ins Wohnzimmer.

»Wunderbar!«

Müller BC half ihm, die Leiche im Leichensack zu verstauen und auf die Bahre zu hieven, dann verließen sie die Wohnung und trafen auf die versammelten Nachbarn, die unschuldig zur Decke blickten und auseinandertraten. Sie hatten die ganze Zeit an der Wohnungstür gehorcht. Aber auch dieser Sack war blickdicht. Hätte ja sein können. Herr Neubach sah beim Abtransport seines toten Sohnes fassungs- und wortlos zu und schloss die Tür. Er ging in die Küche und sank auf einem der beiden Stühle zusammen. Die zwei Polizisten fuhren zufrieden zur Polizeidienststelle zurück. Dort fertigte Müller A den Bericht an, ließ ihn gegenzeichnen und heftete ihn ab.

***

Als Ela die Wohnung betrat, war niemand da. Der Schreck saß ihr noch in den Knochen. Matetus und Namrod hatte sie schon eine ganze Weile nicht mehr gesehen. Wer weiß, wo die beiden steckten, vielleicht ja oben in der Wohnung, vor Ort. Dann wüsste sie bald mehr. Niko Neubach hatte sie nicht besonders gemocht, auch wenn sie ihn kaum gekannt hatte. Er kam ihr zu neugierig vor, und sein Kleidungsstil, die Tattoos und die vielen Ohr- und Nasenringe hatten ihr auch nicht gefallen. Aber zum Sterben war er eindeutig zu jung gewesen.

Da es langsam Zeit für das Abendessen war, ging Ela in die Küche und begann zu kochen. Bald würde ihr Mann kommen und sicher wieder irgendetwas zum Mäkeln finden. Seit sie hier wohnten, war er so unleidlich. Wozu bemühte sie sich überhaupt noch? Aber sie riss sich zusammen. Kurz nach achtzehn Uhr kam er dann, und schon einige Minuten später saßen sie zusammen am Küchentisch. Schweigend nahmen sie die Tomatencremesuppe zu sich. Später zog er sich wie üblich hinter seinen Schreibtisch zurück, und Ela wollte sich um den Abwasch kümmern. Aber kaum war Martin verschwunden, stand Matetus in der Küchentür.

»Meine Güte, wo bist du die ganze Zeit gewesen, ich habe mir Sorgen gemacht. Und wie siehst du überhaupt aus?«

»Namrod wurde verletzt. Er wurde angegriffen, stell dir das vor!«

Der Plugismonier hatte sich mit einer schweren Stichverletzung in den Hof gerettet und einige Tage warten müssen, bis Matetus ihn fand. Der schleppte ihn dann hoch in den Speicher und versorgte ihn. Es ging ihm schon besser.

»Aber Niko hat sich nicht umgebracht, nie im Leben.«

»Woher willst du das wissen, warst du denn dabei?«

»Nein, ich war wieder zu spät.«

***

Nach dem Gespräch mit dem Doktoranden musste Lehmann zu einer Versammlung der Professoren der Fakultät IV der altehrwürdigen Universität von und zu Fahrenzburg. Mit einem feinen Lächeln auf den Lippen warf er mit wohlwollenden Blicken um sich und begab sich durch den Flur ans andere Ende des Fakultätsflügels zu einem speziellen Saal, dessen Nutzung nur ausgesuchten Mitgliedern der Universität gestattet war. An und für sich sollte er sich glücklich schätzen, Raum und Zeit mit dem erlauchten Kreis teilen zu dürfen. Aber statt eines Grußes gab es höchstens ab und an ein knappes Nicken, ohne Lächeln oder Blickkontakt. Bevor er auch nur das Geringste erwidern konnte, war der Kopf dann sofort weggedreht zu jemandem, der ein besonders warmes Gutentag zu hören bekam. Lehmann ließ diese eindeutigen Signale völlig an sich vorbeifluten. Er schritt erhobenen Hauptes durch den gesamten Raum und setzte sich nach vorn direkt neben den Dekan. Damit ignorierte er die jahrhundertelang gepflegte Höflichkeitsdistanz zu den Spektabiles. Augenblicklich legte sich ein Schweigen über die Anwesenden, das er bereits von seinen bisherigen Zusammenkünften kannte. Um die Situation noch zu verschlimmern, setzte er sich, bevor der Dekan Platz nehmen konnte, so schnell, dass das Schweigen noch dichter wurde. Ein erneuter Verstoß gegen universitäre Etikette. Eine der anwesenden Professorinnen, um die Fünfzig, klein, stämmig, mit rosafarbenem Mondgesicht, eckigem Pagenschnitt und Jogginganzug, rückte mit ihrem gedrungenen, rundlichen Körper etwas von Lehmann ab und schaute leicht angewidert ihre Kollegin an. Diese, offenbar auch vom Sportlehrstuhl, trug weiße Loafers, Tennissocken, dazu ein graues Nadelstreifenkostüm und weiße Seidenbluse. Ein anderer, klein gewachsener Kollege mit gebrochener Nase, trägem Blick, dünnem Haarkranz und Bierbauch legte seinen Kopf schwer in die linke Hand und wagte es kaum, in den Raum zu blicken. Vor Scham wurde das Gesicht ganz rot.

***

Ela setzte sich erst einmal an den Küchentisch und betrachtete skeptisch die Blutspuren an Matetus Händen.
»Braucht Namrod Hilfe? Und was ist mit dir?«
»Nein, aber hör mal, du hast doch Kontakte zur Kripo. Du musst mit denen reden. Denn Niko wurde umgebracht.«
»Woher willst du das wissen? Das habe ich schon mal gefragt.«
Matetus erzählte, wie Namrod, als er in der Wohnung von Niko Neubach war und seine Cannabisration mit Gras strecken wollte …
»Wie, mit Gras?«
»Mit Gras eben, aus dem Hof. Er hatte da was falsch verstanden. Er wollte eigentlich nur die Rauschgiftkonzentration etwas abdämpfen, weil er der Überzeugung ist, Rauschgifte seien gefährlich. Jedenfalls hat er nachts ein bisschen Gras gesammelt, ein paar Minzblätter dazu, alles gemischt und leicht angetrocknet und es dann dazu mischen wollen.«

Aber da war eine zweite Person erschienen. Namrod stand mitten im Raum, er wollte ausweichen zur Wand hin, dabei erwischte ihn das Messer und blieb in seiner unteren Bauchhälfte stecken. Er floh durch die Balkontür und kletterte hinunter in den Hof. Dort wartete er, bis er Matetus sah und ihn um Hilfe rufen konnte.

»Verstehst du? Es gab einen Mordversuch.«

Ela hatte ein schlechtes Gewissen.

»Wir haben ihm nicht geglaubt. Er hat davon erzählt, dass ihn jemand mit einem Messer angegriffen hat, aber wir haben ihm nicht geglaubt. Und nun ist er tot.«

Sie saß bereits, sonst hätte sie das jetzt nachgeholt.

»Das ist doch alles viel zu spekulativ.«

Ela war gedanklich schon im Ermittlermodus.

»Kann sein, aber was, wenn der noch mal jemanden umbringt? Du bist vielleicht in Gefahr.«

Das war höchstwahrscheinlich Blödsinn.

»Das ist höchstwahrscheinlich Blödsinn.«

Matetus hatte eine weitere Argumentationsschiene vorbereitet.

»Vielleicht, vielleicht aber auch nicht. Jedenfalls können wir es nicht so einfach hinnehmen, was Namrod passiert ist. Und außerdem möchte ich auch endlich wieder etwas Vernünftiges zu tun haben. Ich habe Namrod nun in die wesentlichen Züge der irdischen Geschichte, Politik- und Religionssysteme eingeführt. Er kann deutsch, englisch, französisch, italienisch und serbokroatisch, und wir wollen nun etwas anderes machen. Schließlich hast du uns das Wetten verboten.«

Das stimmte, in der Tat. Sie bezweifelte aber, dass sie sich daran hielten.

»Wie stellst du dir die weitere Vorgehensweise konkret vor?«

»Du nimmst Kontakt mit deiner Kontaktperson auf.«

»Was soll ich tun und mit wem?«

Matetus setzte seinen Hundeblick ein.

»Du rufst den Winkler an.«

Das war zu befürchten gewesen. Beides. KOK Johannes Winkler vom Kommissariat in Kalmensburg hatte sie jedes Mal anrufen müssen, wenn Matetus ermittlungstechnisch produktiv gewesen war. Dummerweise hatten seine Hinweise immer gestimmt.

»Was soll ich ihm sagen? Und bitte keine Intuitionen, sondern Fakten.«

»Fakt ist doch, dass Niko erstens von einem Mordversuch erzählt hat.«

Das konnte man so oder so sehen, dachte Ela. Matetus überlegte, wie er geschickterweise weiter verfahren sollte.

»Zweitens hast du durch die Leitungen im Badezimmer gehört, wie Niko geschrien hat.«

»Ach ja, habe ich das?«

»Du warst doch zu Hause, oder? Man muss seine Argumente schließlich glaubhaft untermauern. Wenn man sich umbringt, schreit man nicht. Und drittens gibt es verdächtige Parallelen zu einem anderen Selbstmord im gleichen Haus vor kurzer Zeit. Wusstest du übrigens, dass in Großbritannien früher Selbstmordversuch als Kapitalverbrechen galt? Darauf stand die Todesstrafe.«

»Zwei von deinen drei Fakten sind keine Fakten, und ein Fakt passt besser zur Selbstmordtheorie. Und die Briten haben nichts mit der Sache zu tun.«

»Ich wollte dir die Chance geben, das erfolgreich kritisch zu hinterfragen. Gut, zwei Fakten und eine Plausibilität. Aber zwei gleiche Selbstmorde sind unwahrscheinlich.«

»Also nur eine Plausibilität.«

»Implausibilität, eigentlich. Und du kannst aus der Plausibilität in Eigenverantwortung einen Fakt schaffen.«

»So funktioniert das nicht.«

»Wie das funktioniert, entscheidest du ganz allein. Du hast einen Schrei gehört, also hat er geschrien, also wurde er ermordet.«

»Und wenn es nicht stimmt?«

»Dann hat jemand anders geschrien, der noch lebt, und? Aber die Parallelen und der Einbrecher bleiben. Namrod hat ihn GESEHEN.«

»Das will ich selbst hören.«

Matetus zog los, um Namrod zu holen. In der Zwischenzeit machte sich Ela auf die Suche nach Winklers Kärtchen mit der Telefonnummer. Sie hatte ihren Widerstand bereits aufgegeben, auch, weil sie ebenfalls etwas Abwechslung vertragen konnte, Volkshochschulkurse hin oder her. Kurz darauf erschienen die beiden Plugismonier im Wohnzimmer. Sie setzten sich. Namrod sah wirklich nicht gut aus, aber von einer Wunde war kaum etwas zu sehen. Unter der vertrockneten Kruste hatte die Blutung aufgehört.

»Und, was ist nun passiert?«

wollte Ela wissen.

»Langsam, erst müssen wir uns richtig kennenlernen.«

»Wir kennen uns bereits.«

»Ela! Sehr witzig. Namrod möchte nicht gleich mit dem Fenster ins Haus fallen, wenn du weißt, was ich meine. Also, erst einmal ein bisschen smaller talk.«

Und so erfuhr Ela von Namrod, der so etwas wie ein Gelehrter zu sein schien, denn er formulierte ausschweifend und umständlich, einige historisch-kulturelle Hintergrundinformationen zu seiner Heimat. Namrod gab seiner kleinen Schilderung den Titel »Eine kurze Geschichte des plugismonischen Geschlechts.«

»In den Weiten des Weltalls«,

begann er,

»zieht Plugismon seit Millionen von Jahren zwischen mehreren Monden seine Kreise, ein blauer, fruchtbarer Planet, der schon lange mit Überbevölkerung kämpft und sich mit dem frühzeitigen Ende der Zivilisation konfrontiert sah.«

Der Plugismonier war offenbar etwas dramatisch veranlagt.

»Für die plugismonischen Kulturen war die Zahl Fünf seit jeher magisch, in den wenigen Religionen, die den technischen Fortschritt überlebten, sogar heilig. Plugismonische Ethnologen führen das auf die natürlichen Lebensbedingungen zurück, fünf Himmelsrichtungen (vorn, hinten, rechts, links, oben), fünf Jahreszeiten, fünf Elemente (Feuer, Wasser, Erde, Luft, Leere). Die gängigen physikalisch-mathematischen Modelle auf Plugismon setzen außerdem fünf Dimensionen an (Punkt, Ebene, Raum, Hyperraum, Zeit).

Die plugismonische Mathematik beruht auf dem Duodezimalsystem. Auch hierfür haben Ethnologen eine Erklärung. Irgendwann in grauer Vorzeit begannen die Urahnen der heutigen Plugismonier, mit den Händen zu zählen und dann zu rechnen. Sie hatten zwei Hände mit jeweils sechs Fingern, also zwölf!, und das war zunächst das Ende der Mathematik. An den beiden Füßen hatten sie jeweils auch sechs Zehen und sechs Rippen rechts und auch links, wieder zusammen zwölf. Das galt ganz nebenbei für die männliche genauso wie für die weibliche Spezies, wie übrigens auch für die Menschen, um hier mal mit dem irdischen Mythos aufzuräumen, Menschenmänner hätten eine Rippe weniger als die Frauen. Wahrscheinlich entwickelte sich dann das mathematische System schnell bis zu sechsunddreißig weiter, weil jeder an sich gut abzählen konnte.«

An dieser Stelle unterbrach Ela.

»Könnten wir das etwas verschieben? Sehr verehrter Herr Namrod! Wie Sie wissen, altern Menschen schneller, oder? Während wir auf der Erde nach vierzehn irdischen Jahren

Jugendliche werden, wären das bei Ihnen dreißig Erdenjahre, wenn ich richtig informiert bin. Und damit haben wir auch weniger Zeit. Kurz – was haben Sie gesehen, als Sie verletzt wurden?«

»Moment, so stimmt das nicht. Ich komme nicht umhin, hier nachzuhaken. Matetus, was hast du ihr erzählt?«

Matetus war ungewöhnlich still, er bewegte sich nicht.

***

Der Promotionsstudiengang GAK (Geschichte – Archäologie – Kunst) der altehrwürdigen Universität von und zu Fahrenzburg setzte sich aus den Fächern Archäologie, Geschichte, Geschichte der Politologie und Kunstgeschichte zusammen. Die Zusammenkünfte verliefen in der Regel relativ highlightarm, plätscherten lustlos vor sich hin und kosteten alle Beteiligten sehr viel Zeit, weil bei jeder Vorbereitung der Folgesitzung individuelle Zeitpläne berücksichtigt und zudem ein passender Raum gefunden werden mussten. Daher bestanden die Sitzungen üblicherweise aus den drei Programmpunkten Protokoll, Festlegung des Termins für das Folgetreffen und Sonstiges. Wegen Herrn Janßen war Martin Lehmann gezwungen, ab sofort bei jeder Sitzung dabei zu sein. Der Programmpunkt Sonstiges bestand heute aus der Begrüßung des neuen Professors und einer Standortbestimmung des Zimbern-Projekts. Jürgen Janßen erhob sich und erstattete Bericht. »Ja, der Status quo des Projektes. Wenn ich das kurz zusammenfassen darf. Zunächst, ich nehme vorübergehend eine geschichtsphilosophische Perspektive ein, nutze ich neuste Narrationstechniken, um Nachlassmaterialien der internen und externen Dimensionen zu äh –. Bei der Sichtung der Daten, ich stütze mich selbstredend primär auf Metadaten, erfolgt eine Dekontextualisierung für die Rekonstruktion der

Ideengeschichte, um die scheinbare Objektivität zu verifizieren. Sie müssen bedenken, dass wir eine ethische Verantwortung gegenüber epistologischen Werten haben. Post-hoc sind daher die wissenschaftlichen Prozesse um den menschlichen Faktor zu reduzieren. Wir können also aus dieser Metaperspektive heraus die Ausbildung der Enklave nachvollziehen, soviel ist sicher. Die ethnologische Geschichtsforschung wird gewinnbringend um die Dimension der Diskursivität erweitert.«

Aufmerksamkeitsheischend und sehr zufrieden mit sich blickte Janßen noch eine Weile in die Runde und setzte sich dann. Verhaltener Applaus ertönte. Alle Augen ruhten auf Lehmann. Der ließ sich Zeit mit seiner Replik.

»Wie?«

Es klang wie eine Frage, eine gut formulierte, intelligente Frage, war aber in Wirklichkeit ein geschickter Winkelzug, nämlich, sich Zeit zu verschaffen. Darüber hinaus sollte es das Gegenüber animieren, selbstständig nachzudenken. Und es dazu bringen, so eine selbstständig kreierte Idee zu verbalisieren. Leider klappte das nicht, Janßen schwieg. Die anderen auch. Blöderweise gab man ihm als Doktorvater das Redevorrecht. Also sagte Lehmann, ruhig, fast schon leise:

»Ich bin nicht sicher, ob dieser Fokus auf Artefakte tatsächlich. Wirklich. Unbedingt zielführend ist.«

»Doch doch, absolut«,

antwortete Janßen.

Einige nickten dem Redner mit angemessenem Ernst zu. Lehmann lächelte liebenswürdig. Er hatte keinen blassen Schimmer, worum es da ging. Er stand auf und platzierte die Krawatte korrekt mittig, lächelte weiter, sagte dann:

»Ausgezeichnet, sehr gut«

und setzte sich wieder.

Ein Handy jaulte. Alle Augen richteten sich auf Lehmann. Der schaltete es unauffällig aus, dachte er. Der Dekan, als verpflichtetes Mitglied aller Promotionsstudiengänge der Fakultät wie üblich anwesend, trommelte mit den Fingern auf dem Tisch herum und lächelte nicht. Er wischte sich einige Tröpfchen Schweiß von der Stirn und sah müde auf die Uhr. Schon wieder so spät. Auch er wusste nicht, worum es ging, musste er auch gar nicht als Anglist, aber er erwartete doch etwas mehr Kompetenz von dem neuen Projektleiter. Meine Güte, der Mensch war ja vollkommen talentfrei.

***

Matetus schwieg immer noch.

»Sehr verehrte, sehr geehrte Frau Ela. Wie kommen Sie auf diese Rechnung?«

Namrod sah sie erwartungsvoll an.

»Matetus meinte, er sei ein Jugendlicher und das Äquivalent von vierzehn Jahren alt.«

»Ah, verstehe. Naja, das ist großzügig gerechnet. Ich würde eher sagen, er ist zwölf und das Verhältnis liegt bei zwölf zu 120. Das entspräche so etwa den Tatsachen.«

Ela passte das gut, weil die Umrechnung so leichter war. Es erklärte auch den Größenunterschied zwischen den beiden, denn Matetus war etwa dreißig Zentimeter kleiner als Namrod.

»Und natürlich haben Sie Recht, Sie müssen sich ihre Zeit sehr gut einteilen, wenn Sie nur etwa achtzig Jahre für Ihr Leben haben. Uns hingegen stehen umgerechnet etwa sieben- bis achthundert Jahre zur Verfügung. Natürlich ist ein Jahr auf Plugismon nicht mit einem auf der Erde gleichzusetzen, deswegen handelt es sich lediglich um Zirkawerte. Trotz allem, der Begriff des Ökonomischen ist ein ganz anderer, demzufolge auch der Weisheitsbegriff, ebenso der der kognitiven Reife.«

»Was sollte das?«

wollte Ela von Matetus wissen, der weiterhin schwieg. Er hörte allerdings aufmerksam zu. Namrod half aus.

»Nun, was ich eigentlich zum Ausdruck bringen wollte, schauen Sie, wahrscheinlich war es ihm unangenehm, Ihnen zu sagen, dass er erst elf Jahre alt war, als er sein Abenteuer begann. Das ist auch für unsere Verhältnisse viel zu früh. Dafür hat er sich aber sehr gut gemacht. Und die Hundertzwanzig hat er downgetunt, um Sie vermutlich nicht allzu zu schockieren.«

Die beiden Plugismonier tauschten einen Blick. Ela fühlte sich in die Irre geführt.

»Was ich im Grunde wissen wollte – was passierte genau, als Sie das Messer erwischt hat?«

Ela blieb hartnäckig. Namrod seufzte tief und schickte sich an, die Erlebnisse zu schildern.

»Es war an einem der schönen, sonnigen irdischen Apriltage. Es hatte seit mehreren Tagen nicht geregnet, was für die Jahreszeit untypisch ist an und für sich. Ich sage an und für sich, da die Meteorologen aufgrund des Klimawandels bereits mehrfach einen eher trockenen April verzeichnet haben. Und auch in Zukunft werden wir mit vielen sonnigen Apriltagen rechnen dürfen. Das heißt, dass dann ein Apriltag ohne Regen nicht mehr untypisch sein dürfte, falls die Prognosen sich bewahrheiten sollten. Und davon ist auszugehen, auch aus meiner Sicht.«

Ela fühlte sich genötigt, erneut zu unterbrechen.

»Herr Namrod, was ist passiert?«

»Aber das erzähle ich doch gerade. Es war an einem schönen …«

»Ich benötige die Zeitspanne um den Unfall herum. Wenn Sie so freundlich wären, die bevorstehende Klimakatastrophe außen vor zu lassen.«

»Ja, natürlich, bitte entschuldigen Sie. Ich muss mich noch etwas auf die irdischen Gepflogenheiten einstellen. Sie können es nicht wissen, aber bei uns gehört es zu den Höflichkeitsritualen, ein Geschehen örtlich und zeitlich korrekt zu framen.«

»Bitte?«

»Es gehört für uns dazu, wenn wir höflich sind, und das sind wir immer, denn dies ist für ein funktionierendes Miteinander unabdingbar, ein Geschehen korrekt in die zeitlichen und örtlichen Rahmenbedingungen einzubetten, bevor wir auf die konkreten Vorkommnisse zu sprechen kommen.«

»Könnten Sie trotzdem bitte kürzen, nur das Konkrete, ohne das Framen vielleicht?«

Namrod musste sich sammeln.

»Das Ungeheuer von Loch Ness steht übrigens unter Naturschutz, wussten Sie das?«

Ela atmete laut ein und aus.

»Ich war in der Wohnung. Herr Neubach befand sich im Wohnzimmer.«

Er bemühte sich sichtlich um kurze Sätze.

»Herr Neubach war nicht mehr Herr seiner Sinne infolge von Rauschgiftkonsum. Ich wollte in Herrn Neubachs Notizen etwas zur irdischen Auffassung von Ontologie nachsehen.«

»Sind Sie sicher, dass Sie nicht wegen etwas anderem da waren?«

Namrod sah Ela gekränkt an.

»Ich habe es bereits zur Kenntnis genommen, dass Sie wenig Verständnis für unseren Sinn für Humor haben.«

Das konnte Ela nur bestätigen.

»Aber natürlich haben Sie Recht. Ich wollte seinen Cannabisbestand etwas anreichern. Die Substanz ist dem menschlichen

Gehirn abträglich, er sollte davon weniger nehmen. Aus medizinischer Sicht …«

Ela hüstelte.

»Ich fand nur eine grobe, sehr einfache und im Grund fälschliche Aufarbeitung … In Frankreich darf man Schweine nicht Napoleon nennen, interessant, oder?«

Elas Stirn umwölkte sich fragend.

»Ich fand nur eine grobe, sehr einfache und im Grund fälschliche Darstellung von Ontologie. Ich ging in den Flur. Ich hörte, wie sich die Wohnungstüre öffnete. Eine schwarz gekleidete Person mit einer Gesichtsmaske betrat die Wohnung und holte ein Messer aus der Küche. Sie ging Richtung Wohnzimmer. Dort wachte Herr Neubach gerade auf. Er rückte etwas auf dem Sofa hin und her und murmelte vor sich hin. Die Gestalt kam näher und dabei auf mich zu. Herr Neubach schrie.«

»Siehst du, hab ich's doch gesagt.«

Matetus konnte wieder sprechen.

»Das hat mich abgelenkt. Die Gestalt nahm einen Anlauf und holte dabei mit dem Messer von unten aus. Dann war ich eben im Weg.«

Namrod tat einen tiefen Atemzug.

»Die Person schrie ebenfalls. Sicherlich war sie irritiert wegen des Messers. Das steckte ja in meinem Bauch. Gott sei Dank blutete es, naja, nicht allzu stark. Aber das ist natürlich eine relative Einschätzung. Später erwies sich die Wunde durchaus als ernst. Obwohl unsere Haut etwas dicker ist als die der Menschen. Nun, unsere Psyche ist es nicht. Ich stand unter Schock, im Nachhinein betrachtet. Er, ich glaube, es war ein Er, hatte das Messer losgelassen, und ich wollte so schnell wie möglich aus der Wohnung. Durch die Wohnungstür konnte ich nicht, weil die Person im Weg stand. Also ging ich durch die Balkontür nach draußen, und die Person in Schwarz blieb zurück und verließ die Wohnung, durch die Wohnungstüre, glaube ich, vielleicht aber auch durch die Balkontüre, ich erinnere mich nicht. Mir ging es nicht gut.«

Das klang nach Mordversuch, wie Matetus gesagt hatte. Ela überlegte. Durch die geöffnete Terrasse konnte man den Frühling riechen. Anfang Mai, und bereits angenehm warm. Eine kleine Blaumeise zeterte. Sie saß auf einem Ast, schaute in den Himmel und zeterte, einfach so. Eine Amsel flog schimpfend aus dem Gebüsch auf. Ela sah auf die Uhr und erschrak, es war längst Zeit für das Abendessen und zu spät für einen Anruf bei der Polizei. Also begab sie sich in die Küche. Irgendwann würde Martin kommen und Hunger haben.

Um etwa 20.30 Uhr klingelte bei Lehmanns das Telefon. Ela hob ab.

»Na, Mama, wie geht's denn so?«

»Ganz gut, eigentlich wie immer.«

»Mit wie immer meinst du, dass Papa dich nervt, oder? Du lässt dir viel zu viel gefallen.«

»Du verstehst das nicht, aber in letzter Zeit ist er oft schlecht gelaunt gewesen, das stimmt schon. Ja, er nervt.«

»Das haben Männer so an sich.«

»Ja, und dein Vater besonders. Und wie geht es dir?«

»Mama, du kannst doch jetzt, wo ihr mitten in der Stadt wohnt, öfter shoppen gehen, oder mal was Neues mit den Haaren ausprobieren.«

Eigentlich keine schlechte Idee. Sie hatte bei dem Stress mit dem Umzug mehrere Kilo abgenommen. Nach dem üblichen Hin und Her verabschiedeten sich die beiden voneinander. Ela fiel auf, dass ihre Tochter den Vater gar nicht hatte sprechen wollen.

FREITAG

Am nächsten Morgen saßen Ela und Martin, heute in tauben-
grau, beim Frühstück. Die Küchenuhr tickte, niemand sprach.
Im Radio wurde über einen Flugzeugabsturz berichtet. Die
Benzinpreise waren gestiegen. Ein Außenminister traf sich mit
einem anderen Außenminister. Über Sibirien hatten mehrere
Bauern Ufos gesehen. Im April hatte es weniger geregnet als
gewöhnlich, und die Bauern befürchteten Ernteausfälle. Ein
größerer Unfall auf der Autobahn. Staus in der Innenstadt.
Martin schob seine Käsescheibe auf dem Teller herum.
»Die ist viel zu dick geschnitten. Kriegst du das nie in deinen
Kopf?«
Die Stimme klang dabei ganz samtig-moduliert. Er beugte seinen hübschen Kopf über den Teller. Ela wartete schweigend,
bis er fertig gegessen hatte und die Wohnung verließ. Dann
rief sie das Kommissariat in Kalmensburg an und bat darum,
mit KOK Winkler sprechen zu dürfen. Dieser saß wie so oft an
seinem Schreibtisch und verfasste Berichte. Als er den Namen
Lehmann hörte, freute er sich gleich über die Ablenkung. Als
sie ihn über ihren Verdacht informierte, ein Selbstmord im
Haus sei womöglich Mord gewesen, weniger.
»Ich bin für diesen Fall nicht zuständig. Aber Sie können bei
den Kollegen in Fahrenzburg anrufen, wenn Sie sich sicher
sind. Sie müssten das allerdings stichhaltig begründen können. Auf vage Vermutungen wird man sich nicht einlassen.«
Das sah Ela ein. Matetus hatte auch schon die Telefonnummer
der zuständigen Stelle herausgesucht. Es läutete achtmal, bis
jemand abhob.
»Polizeidienststelle Fahrenzburg Zentrum. Apparat Müller.
Guten Tag. Was kann ich für Sie tun?«
leierte es ihr entgegen. Man befand sich in der gefährlichen In-
terimsphase zwischen Frühstücks- und Mittagspause, in der es

eventuell zu Arbeit außerhalb des Schreibtischbereichs kommen konnte, was möglicherweise Verschiebungen des Speiseplans bedeutete. Entsprechend vorsichtig atmete Müller A ein und aus. Die meisten Angelegenheiten konnte er an das Ordnungsamt weiterleiten, ansonsten standen auch noch die Kollegen Müller BC und Krüger zur Disposition. Diese Frau Lehmann allerdings schien ihm seinen ruhigen Vormittag zu gefährden.

»Und Sie haben wirklich einen Schrei gehört?«

Ela schluckte, sie war ganz schlecht im Lügen. Aber nach der Schilderung Namrods ließ sich ein Selbstmord ausschließen.

»Ja. Sie müssen sich die Sache noch einmal ansehen. Fingerabdrücke, Blutspurenmuster, Einbruchspuren an der Haustür. Schließlich war der Täter mindestens zweimal in der Wohnung gewesen.«

Müller A sah Ärger auf sich zukommen. Wer sucht bei Selbstmord schon nach Fingerabdrücken?

»Haben Sie Beweise? Irgendetwas, was Ihren Verdacht bestätigen könnte?«

Aber Ela war von Winkler gebrieft und wiederholte sicherheitshalber die Beweisführungskette von Matetus. Doch der Mann war nicht zu beeindrucken. Sie versuchte es weiter.

»Es ist doch noch gar nicht so lange her. Da müssten Sie noch etwas finden. In der Wohnung ist doch niemand mehr.«

Das stimmte definitiv nicht. Während sich Namrod zu Recherchezwecken in das Zimmer von Matetus zurückgezogen hatte – er wollte zwei philosophische Strömungen, eine von Plugismon, eine von den Griechen, miteinander vergleichen – suchte Matetus in Nikos Wohnung nach weiteren Argumenten für seine These, und nach Schokolade, ganz nebenbei. Aber Müller war stur.

»Der Fall ist abgeschlossen. Es tut mir leid.«

Er legte auf. Das gibt's doch nicht, schimpfte Ela vor sich hin. Winkler hatte wenigstens zugehört. Dann schlich sie vorsichtig zur Wohnung im zweiten Stock. Erst klopfte sie leise an die beiden anderen Wohnungstüren auf dem Stockwerk, aber es war niemand da, dann an Nikos Tür. Matetus ließ sie ein. Gemeinsam besahen sie sich den Tatort und besprachen das weitere Vorgehen. Ela musterte die mager eingerichteten Zimmer.

»Die Wohnung eines Menschen ist der Spiegel seiner Seele«, salbaderte Matetus.

»Und?«

»Nichts drin.«

Als Ela die Küche betrat, erstarrte sie.

***

Martin Lehmann kam aus dem Café und schlenderte gemächlich zu seinem Büro zurück, als er eine Studentin sah, die neben seiner Bürotür an der Wand lehnte. Langes schwarzes, leicht gewelltes Haar fiel locker um ihre Schultern und umspielte einen schwanengleichen Hals. Die Kleidung war leger, wirkte aber auf natürliche Weise elegant. Ihre schlanken Arme hielten einen Schreibblock und ein Buch umfangen. Als sie ihn kommen sah, begannen die Augen, die ihn an Noisetteschokolade erinnerten, zu leuchten, sie trat in den Flur und lächelte. Er schritt auf sie zu, und sie fragte:

»Sind Sie Professor Lehmann?«

Er begegnete dieser Frage mit einem feierlichen Nicken. Eine Hand glitt seitlich am Sakko entlang und schnippte ein unsichtbares Staubkorn fort.

»Professor Martin Lehmann?«

Er nickte abermals und trat näher. Er konnte den Duft ihres Haares riechen, ihr dezentes Parfum. Am Kinn hatte sie ein ganz entzückendes kleines Grübchen, wenn sie sprach.

»Oh, ich bin ja so froh, Sie endlich persönlich kennenlernen zu dürfen.«

Sie hielt ihm die Hand hin. Er strich versonnen die Krawatte glatt, die gar nicht hätte glattgestrichen werden müssen, dann erst nahm er ihre Hand in die seine, sehr langsam und auf sehr graziöse Art und Weise, da ihm ein Handkuss im Kontext der Wissenschaft nicht angemessen schien.

»Guten Tag, entschuldigen Sie meine Ungeduld, mein Name ist Corinna Cohnen.«

Er nickte und strich sich eine Locke aus der Stirn. Sichtlich um Fassung bemüht und auf der Suche nach Worten sagte die junge Dame:

»Ich habe im Internet gesehen, dass Sie an dieser Universität sind. Ich habe Ihren Artikel über die Zimbern in Norditalien gelesen.«

»Welchen?«

unterbrach er sie. Sie stutzte und war momentan verwirrt.

»Den von 2010?«

schlug Lehmann vor.

»Ja, genau. Und ich fand ihn außerordentlich interessant. Wissen Sie, ich glaube, mit der Substratthese haben Sie Recht und ich würde gern eine Dissertation zu dem Thema verfassen. Ich habe auch schon einen Entwurf und einen Artikel dazu fast fertig. Ich würde so gern bei Ihnen promovieren, wenn das möglich wäre, denn es gibt niemanden außer Ihnen, der sich mit den Zimbern so gut auskennt.«

Martin Lehmann rückte den Krawattenknoten zurecht, strich eine Haarsträhne hinter sein rechtes Ohr und wollte die Studentin schon zu sich ins Büro bitten, da fiel ihm ein, dass er ein Stuhlproblem hatte. Er konnte die Dame nicht stehen lassen.

Er konnte ihr aber auch nicht seinen Schreibtischstuhl anbieten und selbst stehen. Wie ärgerlich.

»Das ist selbstverständlich grundsätzlich möglich. Ich schlage vor, Sie kommen zu mir in die Sprechstunde. Dazu vereinbaren wir einen Termin.«

»Ja, natürlich, sehr gern. Wann ginge es denn?«

Die Studentin wippte vor Nervosität leicht auf ihren zierlichen Füßen auf und ab. Lehmann dachte eine angemessene Zeit lang nach, den Blick im Muster des Fußbodens versunken.

»Diese Woche nicht«,

meinte er dann nachdenklich.

»Wie wäre es mit nächster Woche, aber ich muss erst in meinem Terminkalender nachsehen. Bitte schreiben Sie mir doch eine Mail, dann klären wir das.«

Lehmann wusste genau, dass er bis auf irgendeine Institutssitzung keinen Termin in der kommenden Woche hatte.

»Ja, gern, haben Sie vielen Dank.«

Sie lächelte und wippelte noch ein bisschen mehr. Er lächelte dezent zurück.

»Ja dann. Ich melde mich«,

sagte sie leise. Er nickte, sie lächelte erneut und schritt mit leichten, federnden Schritten anmutig den Gang entlang. Lange schlanke Beine, gerader Rücken, schwingende Haare. Ihre klackenden Absätze waren noch zu hören, als sie schon um die Ecke gebogen war. Lehmann floh in sein Büro. Sein Herz raste. Er brauchte einen zweiten Stuhl. Lehmann wartete eine Viertelstunde, öffnete die Tür, der Flur war leer. Dann ging er zum Dekan. Im Vorzimmer saß die Sekretärin an einer wichtigen Schreibarbeit und musterte ihn streng, weil er sie unterbrach. Der prächtige Schreibtisch, ein Art-Deco-Stück aus Eichenholz, stand so vor dem Fenster, dass ihre Gesichtszüge nicht klar erkennbar waren.

»Wie kann ich Ihnen helfen?«

fragte sie knapp. Wieso sieht sie mich so verbiestert an, überlegte er.

»Ich bin Professor Lehmann.«

»Ich weiß.«

»Und ich bräuchte ein, zwei Stühle für mein Büro.«

»Einen oder zwei, bitte präzise Angaben.«

»Zwei.«

»Da müssen Sie einen Antrag stellen.«

»Gut. Hiermit beantrage ich zwei Stühle.«

Wortlos schüttelte sie den Kopf und stand auf.

»Ich benötige von Ihnen das Antragsformular, korrekt ausgefüllt und mit Datum und Unterschrift.«

Sie ging zu einem der Schränke, suchte nach dem Formular, fand es und reichte es ihm. Es war drei Seiten lang.

***

Kriminalkommissar Frank Felbert versuchte, sich stets aufrecht und beherrscht zu geben. Mit durchgedrücktem Rücken, breiter Brust, das Gesäß nach hinten gereckt, was seiner Meinung nach Kraft und Sex-Appeal ausstrahlte, bewegte er sich für gewöhnlich in einer Art steifem, soldatischem Stechschritt fort, auch beim Einkaufen, ein Polizist, der gern General gewesen wäre mit vielen hundert Soldaten zum Herumkommandieren. So konzentrierte sich die Befehlsgewalt auf einen Kommissaranwärter bzw. eine Ehefrau. Das Baby war gegen Kommandos immun, dafür legte er es einfach beiseite, wenn es nicht aufhörte zu schreien. Felbert war leider nur einen Meter siebenundsechzig groß, hatte ein rundes Schweinsgesicht mit kleinen, wässrig-grauen Augen, die immer auf einen Fehler des Gegenübers zu warten schienen, eine Vollglatze und einen deutlichen Bauch, obwohl noch keine vierzig Jahre alt. Das hinderte ihn aber nicht daran, im Geiste mittags um zwölf als Sheriff eine sonnendurchflutete Straße entlangzuschreiten, während sich alle vor Angst verkrochen. Seine Bewegungen wurden gleich noch etwas lässiger.

Der Kommissaranwärter Philip Pfeifer war jünger. Er befand sich im dritten Ausbildungsjahr und wurde für die Sachbearbeitung eingesetzt. Pfeifer hatte ein freundliches, gut geschnittenes Gesicht mit klassischen Zügen und verrichtete aufgeräumt und zuverlässig alle ihm auferlegten Pflichten. Er war kräftig, aber schlank und groß und bewegte sich unauffällig und selbstsicher. Irgendwie strahlte er Kraft und Energie aus. Auf jeden Fall gab er einen angenehmen Gesprächspartner ab.

Das Kommissariat der Kriminalpolizei Fahrenzburg bearbeitete diverse Tötungsdelikte, Vermisstensachen, Brand- und Eigentumsdelikte sowie Rauschgiftkriminalität. Es befand sich im neuen Polizeigebäude, das neben zahllosen Büros mehrerer Dienststellen auch eine Sporthalle, eine Schießanlage, Übungsräume sowie Labore und Hallen für die Spurensicherung beherbergte. Neu dazu gekommen war außerdem die Cybercrime-Abteilung. Während des Vormittages begann es in dem Labyrinth von Räumen und Fluren immer lebhafter und lauter zu werden, und erst spät am Abend kehrte etwas Ruhe ein. Die Einrichtung des Büros, das sich Felbert und Pfeifer teilten, war modern und praktisch. Metallregale mit Aktenordnern und Fachliteratur säumten zwei Wände. An allen freien Stellen hingen Plakate und Tabellen, mit Tesafilm festgeklebt.

Auf dem Kommissariat war in den letzten Wochen bis auf ein paar Straftaten der mittleren Kriminalität nicht allzu viel geschehen. Die Beamten beschäftigten sich vornehmlich mit der Überarbeitung von Ermittlungsakten und Datenauswertungen. Pfeifer musste gerade den Geschäftsverteilungsplan auf Fehler hin durchsehen. Gegen vierzehn Uhr klingelte auf dem

Kommissariat das Telefon. Pfeifer hob ab. Er hörte eine ganze Weile zu, bevor er
»Moment, bitte«,
murmelte, die Hand auf den unteren Teil des Telefonhörers legte und sagte:
»Frank, das hörst du dir besser einmal an.«
Er gab den Hörer weiter.
Frank Felbert setzte sich aufrecht hin und bellte:
»Kommissariat Fahrenzburg. Am Apparat Kriminalkommissar Felbert.«
Auch er schwieg zunächst eine Zeitlang, bis er zu nuscheln begann:
»Interessant.«
»Ach ja?«
»Was Sie nicht sagen.«
»Tatsächlich?«
Und schließlich, jetzt ziemlich laut:
»Das gibt es doch wohl nicht.«

SAMSTAG

Ela und Martin saßen gemeinsam beim Frühstück. Im Radio liefen die Nachrichten. Die Benzinpreise waren gestiegen, schon wieder oder immer noch blieb offen. Die Finanzminister der EU hatten eine wichtige Entscheidung bezüglich einer vereinheitlichten Besteuerung von Vogelfutter getroffen. Über Sibirien waren weitere Ufos gesichtet worden. Martin hatte seit langem wieder gute Laune. Später tanzte Matetus in die Küche, er hatte ein neues Lieblingswort.
»Pfiffig. Pfiffig. Pfiffigkeit. Pfiffikus. Kissipfuff.«

***

Heute wurde es nicht heller. Die Wolken hingen tief und schwer am Himmel, der Wind war kühl, die Sonne kaum auszumachen. KK Felbert ließ sich die Berichte kommen. Schon nach der ersten, oberflächlichen Durchsicht schüttelte er begeistert den Kopf und bestellte die beiden Streifenpolizisten ein.

»Wir haben uns ganz exakt an den Leitfaden gehalten.«

»Genau.«

Aber der Kommissar sah sie missbilligend an. Seine Augen verengten sich und seine Haltung wurde angespannter. Er nahm zunächst einen sorgfältig bemessenen Schluck aus seiner Kaffeetasse, stand von seinem Schreibtischstuhl auf und begann dann, hin- und herzumarschieren, die Hände im Rücken. Er schritt im Geiste vor vielen hundert Leuten auf und ab, ließ sie vor- und wieder zurücktreten, vor und wieder zurück. Felbert löste sich aus seinem Tagtraum, holte den Leitfaden aus der Schublade und hielt ihn den beiden unter die Nase.

»Hier steht, dass bei Unfall, Suizid oder Mord jemand dazukommen muss.«

Müller A und Müller BC tauschten einen verwunderten Blick.

»Erstens war ein Arzt da. Und zweitens haben wir strengste Anweisungen, immer allen Notrufen kritisch zu begegnen und auch dann immer kritisch und kostengünstig zu entscheiden«, verteidigte sich Müller A, worauf Müller BC bekräftigend nickte.

»Das war ein Zitat. Aus der Dienstanweisung«,

fügte er hinzu.

Felbert lächelte dünnlippig und rieb sich mental die Hände, während er den IQ von Streifenpolizisten kontemplierte. Diese kleinen Scheißer, die konnten sich auf etwas gefasst machen. Für's Erste waren sie entlassen. Nur schwach hörte man, wie sie sich zum Themenfeld Exkremente und menschliche Sitzflächen austauschten.

***

»Dann wollen wir uns die Sache einmal ansehen«,
sagte Felbert und musterte drohend die Nachbarn, die sich beim kleinsten Anzeichen eines Polizeifahrzeugs vor der Wohnungstür von Niko Neubach eingefunden hatten.
»Für eine gute Ermittlung braucht man Intelligenz, Erfahrung und Gespür«,
erklärte er und rieb sich die Hände, dieses Mal in natura. Müller BC sperrte die Wohnung mit rotweißem Flatterband ab, während die Leute der Spurensicherung schweigend ihre Arbeit aufnahmen. Alle trugen weiße Overalls, Plastiküberziehschuhe, Mundschutz und Handschuhe. Die Kriminaltechniker sicherten Fingerabdrücke und diverse Fasern und leerten die Abfalleimer. Der Fotograf dokumentierte jeden Winkel um den Leichenfundort herum, und der Rechtsmediziner besah sich das Muster der Blutspuren. Müller A führte Felbert und Pfeifer durch die Zimmer. Felbert wies Pfeifer an, mitzuschreiben:
»Die Tür weist keine Beschädigungen auf. War sie offen? War sie abgeschlossen oder nur zugezogen? Bitte Vater fragen. Passt der Leichenfundort zum Ort des Todes? Können wir eine Obduktion beantragen?«
Felbert rief bei der Staatsanwaltschaft an. Kurz darauf wurde angeordnet, Nikos Leiche zur Rechtsmedizin zu bringen.

»So, und jetzt werden wir uns diese Frau Lehmann vornehmen. Die weiß mir etwas zu viel.«
Er klingelte an Elas Wohnungstür. Sie öffnete, besah sich den Ausweis und ließ Felbert, Pfeifer und die beiden Streifenpoli-

zisten ein. Dann erzählte sie noch einmal alles, was sie bereits zweimal am Telefon gesagt hatte, die seltsamen Parallelen, der Mordversuch, der Schrei.

»Wieso wissen Sie so gut Bescheid?«

wollte Felbert wissen. Selbstgefällig rückte er die Hose zurecht. Ela erklärte ihm, dass im Haus die Wohnungstüren nicht allzu dick seien und dass einige der Nachbarn zufällig davor gestanden hätten, als die Polizisten sich unterhielten. Felbert hatte bereits mitbekommen, dass die beiden Schupos weder diskret noch dezent vorgingen.

»Und das Messer soll lila gewesen sein? Nicht vielleicht rosa?«

Ela fühlte sich ein bisschen auf den Arm genommen.

»Er sagte lila.«

»Hat sonst noch jemand ein lila Messer gesehen?«

Die beiden Streifenpolizisten schüttelten grinsend den Kopf.

»Und Sie haben hier unten tatsächlich einen Schrei gehört? Von der Wohnung zwei Stockwerke über Ihnen?«

»Ich habe einen Schrei gehört, und im Nachhinein könnte der von Niko gekommen sein.«

»Wann soll das gewesen sein?«

»Leider habe ich nicht auf die Uhr gesehen, irgendwann abends.«

»War an dem Abend zu dieser Zeit jemand bei Ihnen? Hat noch jemand den Schrei gehört?«

»Nein. Nein. Also jeweils.«

Felbert war skeptisch. Zu Müller A und BC gewandt sagte er: »Geht doch nochmal hoch und schreit! Und wir gehen ins Bad und machen einen Hörtest.«

Ela hatte das sicherheitshalber mit Matetus bereits ausprobiert. Felbert marschierte ungeduldig auf und ab und sah auf die Uhr. Wie üblich versuchte er, wie ein Primat zu wirken, was jedoch gründlich misslang, denn dazu war er zu klein und zu bauchig. Dann stellte er sich direkt neben die Rohre, die im

Badezimmer aus dem Boden kamen und gerade nach oben in die Decke führten, und wartete. Einige Minuten verstrichen.

»Dieser arrogante Affenarsch. Was glaubt der eigentlich. Bloß, weil er bei der Kripo ist, kommandiert er uns rum wie seine persönlichen Dienstboten.«

»Genau.«

»So ein eingebildetes Arschloch. Dumpfbacke, alte. Saukerl. Drecksack.«

»Genau.«

»Widerliches Ekel. Flegel. Vollspack.«

»Genau.«

»Wir haben alles richtig gemacht.«

»Genau.«

»Sag doch nicht immer genau.«

»Okay.«

Müller A schwieg irritiert.

»Schrei doch mal.«

»Was denn?«

»Keine Ahnung, irgendwas.«

»Mach du doch.«

Felbert war rot angelaufen.

Noch am selben Abend begannen die beiden Rechtsmediziner mit Unterstützung einer Sektionsassistentin mit der Obduktion, bei der neben der Staatsanwältin und dem Fotografen der Spurensicherung auch Felbert und Pfeifer zugegen waren. Im Obduktionssaal standen drei Tische, alle mit abwaschbarer Oberfläche und Handbrausen mit Schläuchen. Der Boden hatte einen flüssigkeitsdichten Belag und mehrere Abläufe. Der Raum war hell erleuchtet, und eine kleine Gruppe arbeitete bereits am Tisch ganz rechts. Eine Ärztin öffnete Bauch- und Brusthöhle einer Leiche, während eine andere die

Schädeldecke aufsägte. Ein Sektionsassistent nahm ein Organ und legte es in eine Metallschale, ein weiterer sah dabei zu.

Der Rechtsmediziner wiederholte die wichtigsten Ergebnisse der Notärztin. Zwei parallele Schnitte links am Hals, dicht beieinander, die sich stark ähneln. Keine weiteren Verletzungen. Keine offensichtlichen Abwehrverletzungen. Todesursache wahrscheinlich Verbluten. Er stemmte die Schädeldecke auf und sägte dann mit einer kleinen elektrischen Säge weiter, nahm ein Messer und schob es in den Schädel. Dann hebelte er vorsichtig auf und ab und betrachtete schweigend das Gehirn. Die heruntergezogene Kopfhaut baumelte zu beiden Seiten schlapp vom Kopf. In der Luft hing ein unangenehmer Geruch von Blut und verbranntem Knochen. Der Laborkittel des Arztes verlor langsam seine weiße Farbe. Methodisch und gewissenhaft öffnete der Mediziner den Rumpf von oben unterhalb des Kinns bis zum Schambein.

Felbert besah sich skeptisch die Innereien, die nun bloßgelegt wurden. Der Arzt holte ein Teil nach dem anderen aus der geöffneten Leiche, wog es und notierte die Ergebnisse.

»Zum Todeszeitpunkt kann ich jetzt nicht mehr viel sagen. Die Pupillen reagierten nicht mehr, er ist länger als zwölf Stunden tot.«

Das wunderte die Beamten so gar nicht.

»Die Körpertemperatur ist nicht mehr aussagekräftig, dazu ist es zu spät, und der Körper hat zu viele Standortwechsel hinter sich. Die Leichenflecke sind unten, am Rücken. Das hat nicht viel zu bedeuten, außer, dass er eine Weile auf dem Rücken lag, bevor er gefunden wurde. Das heißt nicht, dass er auch zum Todeszeitpunkt so da lag. Man kann sie nicht mehr wegdrücken. Hier, seht euch das an!«

Der Rechtsmediziner hatte die Leiche umgedreht und drückte mit dem rechten Zeigefinger auf der linken Pobacke des Toten herum.

»Also ist er länger als zwanzig Stunden tot. Das passt auch zum Zustand der Totenstarre, sie ist bereits gelöst. Da der Tote sehr viel Blut verlor, ist es nicht verwunderlich, dass die Leichenflecke nicht stark ausgeprägt sind.«

Er drehte den Körper wieder zurück.

»Die Zeichen der Leichenfäulnis, die Verfärbungen sind grünlich-grau, deuten darauf hin, dass der Tod vor mehr als 48 Stunden eingetreten ist.«

Auch das war nichts sensationell Neues.

Plötzlich wurde Philip Pfeifer ganz fahl im Gesicht. Er zeigte auf den Unterkörper.

»Was ist das denn?«

»Ach das.«

Der Rechtsmediziner hob den Penis des Toten an.

»Das ist ein Apadravya.«

Alle blickten mehr oder weniger entsetzt, ohne zu verstehen. Die große Stunde eines jeden Rechtsmediziners hatte geschlagen. Andächtige Stille, unbedingte Aufmerksamkeit, wortlose Fragen füllten den Raum. Deswegen dauerte es auch einige Sekunden, bis weitere Ausführungen folgten.

»Ein Intimpiercing. Es wird in der Mitte der Eichel durch die Harnröhre hindurch gesetzt.« Das Schweigen dauerte an. Felbert fasste sich als erster. Auch er war etwas blass geworden.

»Und. Wozu?«

»Tja, ihr Lieben, Body Modification wird immer moderner. Erstens natürlich dient auch diese Form wie alle anderen ästhetischen Zwecken. Der Mensch fühlt sich attraktiver. Und dann wirkt es sich positiv auf den Geschlechtsverkehr aus, für beide.«

Schweigend betrachteten sie den leblosen Körper. Er hatte zahlreiche Tätowierungen aufzuweisen, meist die üblichen Drachen, Totenköpfe, Rosen mit vielen Dornen, ein Pentagramm, ein Anch-Kreuz, eine grüne Schlange, die sich den Rücken entlangwand.

»Das ist im Grunde das übliche Styling für einen Goth, nur das hier ist ungewöhnlich, sowas habe ich noch nicht gesehen.« Er zeigte auf einen blauen Skorpion mit zwei Schwänzen.

»Keine Ahnung, ob das etwas zu bedeuten hat.«

Für weitere Ergebnisse war es noch zu früh.

***

Müller A und Müller BC saßen vor ihrem dritten Glas Bier. Sie waren mit einer Verwarnung davongekommen, obwohl sie zweimal gegen die Dienstvorschriften verstoßen hatten.

»Das müssen wir irgendwie wieder gut machen, sonst ist es aus mit der Beförderung.«

»Genau.«

»Wir brauchen dringend richtungsweisende Informationen.«

SONNTAG

Ela konnte nicht schlafen. Sie lag im Dunkeln und hörte auf die Geräusche um sie herum. Die Matratze quietschte jedes Mal, wenn sie sich umdrehte.

»Könntest du mal ruhig liegen bleiben?«

knurrte es verärgert neben ihr.

Ein neuer Tag brach an, allmählich wurde es heller, aber das Licht blieb irgendwann hängen. Durch die geöffnete Terrassentür sah Ela hinaus in den düsteren, grauen Frühsommermorgen. Sie war viel zu zeitig wach geworden und gleich aufgestanden. Es nieselte. Der Geruch von feuchter Erde und nassen Blättern wirkte beruhigend.

***

Um acht begannen Pfeifer und Felbert damit, Protokolle, Notizen, Fotos und Spuren zu sichten und zu sortieren. Vor allem die Parallelen in den Berichten zu den beiden Toten aus der Seidengasse 7 machten Felbert stutzig. Beide Opfer wiesen zwei tiefe Halsschnittverletzungen an der linken Seite auf. Beide Male war die Halsschlagader getroffen worden, und sowohl Barbara Brauer als auch Nikolaus Neubach mussten sehr schnell sehr viel Blut verloren haben. Der Tod dürfte jeweils nach relativ kurzer Zeit eingetreten sein. Die Waffe war zweimal ein gewöhnliches, einschneidiges Küchenmesser mit einer Klingenlänge von sieben Zentimetern, das beide Tote nach Aussage der Polizisten noch in der Hand hielten. Die Wunden passten zur Waffe. Die morphologische Uniformität und die Nähe und Ähnlichkeit der jeweiligen Schnittwunden in Kombination mit dem Fehlen von Abwehrverletzungen führten in beiden Fällen zur Diagnose Suizid durch scharfe Gewalt und Tod durch Verbluten. Allerdings gab es keine Abschiedsbriefe. Für Felbert reichte das aus, um eine Mordkommission zu beantragen.

***

Die Spurensicherung nahm sich die Wohnung der Brauers vor. Mehrere Polizisten schwärmten aus und befragten die Bewohner der Seidengasse. Müller A und Müller BC arbeiteten sich in Nummer 7 von oben nach unten durch. Herr Meier schilderte den Beamten detailliert den morgendlichen Badezimmeraufenthalt, das Frühstück, die mehrstufige Zahnhygiene, den Spaziergang mit den einzelnen Stationen. Ein anderer Herr Meier war ebenfalls sehr zuvorkommend. Er hatte Besuch von seiner Tochter und deren Freund. Alle gaben bereitwillig Auskunft und hatten nichts gesehen oder gehört. Ein weiterer Herr Meier war schwerhörig und wusste ebenfalls nichts. Herr Müller nutzte die Gelegenheit, um die beiden über die neuesten Erlebnisse mit seiner kleinen Enkeltochter zu informieren. Frau Müller, nicht verwandt, war ebenfalls sehr freundlich und konnte alles, was sie bisher notiert hatten, bestätigen. An und für sich eine ereignisarme, aber dennoch ergiebige Befragung, abgesehen davon, dass sie für das eigentliche Thema nichts Verwertbares hatten. Dann sahen sie auf ihrer To-do-Liste nach und klingelten noch bei Lundermeier. Sie warteten, aber es tat sich nichts. Müller BC hielt sein Ohr an die Tür. Irgendetwas schien da drin zu rascheln.

»Glaubst du, dass es in diesem Haus Ratten gibt?«

»Gut möglich.«

Jetzt legte auch Müller A sein Ohr an die Tür. Mit angehaltenem Atem lauschten sie. Da, wieder, ganz schwach, ein Rascheln, ein Schaben.

»Ratten müssten mehr rascheln, nicht so wenig«,

flüsterte Müller A. Es raschelte wieder, diesmal etwas lauter. Sie atmeten ganz leise und warteten auf das nächste Geräusch. Wieder eine Weile später raschelte es erneut, wieder etwas lauter. Die beiden Polizisten sahen sich erwartungsvoll an.

»Vielleicht ist die Ratte ja krank?«

»Oder alt?«

Die Tür öffnete sich langsam und eine ungut riechende Gestalt stand vor ihnen. Bukett und Outfit erinnerten schwer an Müllkippe. Die beiden Beamten fuhren zurück und benötigten einige Sekunden, um sich wieder zu sammeln. Gott sei Dank hatten sie schon vorgeatmet.

»Sind Sie Luzius Lundermeier?«

Keine Reaktion. Die Gestalt stierte auf einen Punkt hinter ihnen. Alarmiert drehten die beiden sich um, um eine eventuelle Ratte rechtzeitig aufspüren zu können. Aber da war nichts.

»Was sieht er?«

flüsterte Müller BC.

»Keine Ahnung«,

antwortete Müller A.

Sie wandten sich wieder dem Mann zu, der immer noch nichts sagte. Müller A räusperte sich.

»Gehe ich recht in der Annahme, dass Sie Luzius Lundermeier sind?«

Den Blick noch immer in der Ferne verweilend kam ein Murmeln, das Müller A, seit dem vergangenen Wochenende in den zehn Erfolgsregeln für gelungene Kommunikation geschult, als ein Ja interpretierte.

»Dürften wir erfahren, wo Sie vor drei Tagen tagsüber und abends waren?«

fragte Müller A, während Müller BC erwartungsfroh den Stift hoch hielt, um mitnotieren zu können. Ein gigantischer Hustenanfall durchschnitt die Luft, und eine Alkoholfahne bahnte sich den Weg in die Freiheit. Die beiden Beamten bewegten sich erschrocken rückwärts. Dann schüttelte der Mann schwach den Kopf. Er öffnete den Mund. Die beiden Polizisten traten einen weiteren Schritt zurück.

»Keine Ahnung. Hier.«

»Den ganzen Tag? Und den Abend?«

Der Mann brummte.

»Ginge das auch etwas genauer?«

Der Mann hielt sich mit einer Hand am Türrahmen fest, mit der anderen rieb er sich etwas von der Stirn. Dann kratzte er sich an der Innenseite seines linken Schenkels, ohne die Beamten zu sehen. Er schüttelte wieder vorsichtig den Kopf. Leicht wankend verschob er das Körpergewicht vom linken auf den rechten Fuß.

Müller BC hatte eine Idee.

»Können Sie uns sagen, wo Sie gestern tagsüber und abends waren?«

Ein Brummen, ein Kopfschütteln.

»Und was ist mit heute? Den ganzen Tag und abends?«

Zunächst keine Reaktion. Nach einer längeren Weile der Stille: »Hier.«

Der Mann rülpste. Ganz langsam lehnte er sich gegen den Türrahmen, der Blick erstarrt.

»Es ist doch erst halb fünf«,

flüsterte Müller A.

»Ja, ich weiß, das war ein Test«,

flüsterte Müller BC zurück.

»Und was testest du?«

»Ob er lügt. Wenn er sagt, er war heute Abend hier, hat er gelogen, weil es noch nicht heute Abend ist. Also, er lügt.«

»Aber vielleicht ist er nur so blau, dass er Blödsinn redet, egal was du fragst.«

»Genau.«

»Was genau?«

»Das ist ein doppelter Test, ein dualer Check.«

»Können Sie uns sonst etwas sagen? Zu Barbara Brauer? Zu Niko Neubach?«

Lutzo starrte noch immer ins Nichts, diesmal bewegte er nicht einmal mehr den Kopf. Er stellte sich breitbeinig hin und kratzte sich teilnahmslos im Schritt. Ein unangenehmer Geruch stieg aus seinen Achselhöhlen auf. Er würgte etwas und begann zu husten.

»Zu Herrn Meier? Zu Herrn Müller?«

»Komm, lass gut sein, den können wir als Zeugen streichen. Bestimmt ist der als Baby mal auf den Kopf gefallen.«

Müller A und Müller BC gingen ein Stockwerk tiefer und bekamen nicht mehr mit, wie Lutzo murmelte:

»Aber ich habe im Hof ein Messer gesehen. Das konnte fliegen.«

Sie hätten es ihm ohnehin nicht geglaubt.

***

Benno Brauer wurde für den späten Nachmittag auf das Kommissariat bestellt.

»Erzählen Sie uns von Ihrer Frau«,

sagte Philip Pfeifer.

»Da gibt es nicht viel zu erzählen. Sie war 38 Jahre alt. Wir sind seit zehn Jahren verheiratet. Sie hatte damals als Verkäuferin gearbeitet. Seit ungefähr zwei Jahren war sie arbeitslos und hat seitdem verschiedene Putzstellen gehabt.«

»Haben Sie sich gut verstanden?«

Darauf antwortete Benno zunächst nichts.

»Sie konnte ganz gut kochen.«

Felbert sah sich seine Unterlagen an.

»Sie sagten bereits, ihr wäre es gesundheitlich nicht sehr gut gegangen.«

»Das stimmt, sie war oft sehr traurig und deswegen auch bei Dr. Meier in Behandlung. Sie hatte auch immer wieder Konzentrationsstörungen, das hat sie zumindest gesagt. Dass sie keine ganze Seite mehr an einem Stück lesen kann. Ich hätte aber nie gedacht, dass sie sich umbringen würde.«

»Hatten Sie unlängst Streit? Gab es irgendetwas, was einen Selbstmord ausgelöst haben könnte?«

»Ich gebe ja zu, dass wir uns nicht besonders gut verstanden haben. Sie war in letzter Zeit ziemlich leicht reizbar.«

»Sie haben bereits ausgesagt, dass Sie sich an dem Morgen gestritten haben.«

»Ja, wegen dem Essen. Sie hatte den Frühstückstisch gedeckt, und ich wollte das Salz. Aber gestritten ist übertrieben.«

130

»Warum?«

»Warum? Was warum?«

»Ich meine, warum wollten Sie das Salz?«

»Ist das wichtig?«

»Nein.«

»Also.«

»Herr Brauer, warum haben Sie sich gestritten?«

»Weil ich das Salz wollte. Darüber hat sie sich so aufgeregt, dass sie anfing zu schreien. Ich habe dann schnell noch das Brötchen in den Mund und bin zur Arbeit. Das war's. Das war das letzte Mal, dass ich sie sah. Ich habe nicht zurückgeschrien, ehrlich, sondern bin gegangen, und ich habe auch nichts getan.«

In Benno Brauers Augen sammelten sich Tränen. Pfeifer blätterte in den Unterlagen und sagte:

»Auf dem Couchtisch standen eine fast leere Weinflasche und ein leeres Weinglas. Hat Ihre Frau öfter so viel getrunken?«

»Ja, manchmal trank sie auch zum Mittagessen schon ein Glas Bier.«

»Wann kamen Sie an diesem Abend nach Hause?«

»Ich weiß nicht mehr genau, irgendwann nach sieben, glaube ich.«

»War die Tür abgeschlossen?«

»Nein, aber Barbara schloss die Tür nie ab.«

»Es hätte also jederzeit jemand in die Wohnung kommen können?«

»Ja, eigentlich schon. Ich fand das ja auch nicht so gut, aber Barbara sagte immer, wir hätten nichts, was jemand stehlen könnte. Und damit hatte sie Recht. Wir waren schon sehr lange knapp, der Fernseher war alt, Barbara hatte nur einfachen Modeschmuck. Wir hatten auch nichts gespart. Außer dem, was immer vom Monat noch übrig war, war nichts in der Wohnung.«

»Und was passierte, als sie die Wohnung betraten?«

Felbert hoffte, dass Benno vielleicht doch einmal von seinem Antwortmuster abweichen würde, wenn er diese Frage nur oft genug stellte.

»Ich fand alles so merkwürdig ruhig. Und als ich ins Wohnzimmer ging, habe ich sie dort auf dem Sofa liegen sehen.«

Benno brach ab. Felbert und Pfeifer tauschten einige Blicke aus.

»Warum riefen Sie nicht sofort die Polizei an?«

»Ich dachte, dass ein Arzt vielleicht wichtiger wäre, und Dr. Meier hat gleich gesagt, dass er vorbeikommt. Aber es war wohl schon zu spät.«

»Und erst danach haben Sie den Notruf gewählt?«

»Nachdem ich mit dem Anruf fertig war, ja.«

Dann beschrieb Benno nochmals ausführlich, was weiter passierte.

»Wie steht es mit der Familie ihrer Frau?«

»Sie hatte keine mehr.«

»Wie war sie früher gewesen? Was hat sie ihnen erzählt? Ging sie gern zur Schule? Was tat sie, bevor Sie sich kennenlernten? Hatte sie Freunde, Freundinnen, einen Liebhaber?«

Aber darauf ging Benno gar nicht ein.

»Als wir uns trafen, war sie noch netter gewesen, nicht so streitlustig, ja, aber traurig war sie immer wieder einmal. Über ihre Vergangenheit hat sie nie sprechen wollen. Wahrscheinlich, weil ihre Eltern so früh gestorben sind. Da war sie noch nicht einmal zwanzig. Ich weiß nicht, wenn ich mit dem Thema angefangen habe, hat sie immer dicht gemacht.«

Felbert blätterte im Bericht. Der Arzt hatte nichts Ungewöhnliches gefunden, die Blutspritzer passten zu der Selbstmordthese. Außerdem waren die beiden Schnittwunden die einzigen Verletzungen. Es gab nichts, was auf Mord hindeutete. Nur, dass der Abschiedsbrief fehlte.

»Herr Brauer, stimmt es, dass sie und ihre Frau ständig Streit hatten?«

Darauf erwiderte Benno nichts.

»Herr Brauer? Einige der Nachbarn haben ausgesagt, dass sie Sie oft haben streiten hören.«

Benno kauerte noch mehr in sich zusammen, seine Schultern zuckten.

«Ja. Aber ich habe sie doch nicht umgebracht. Und doch nicht so.«

»So?«

»So kaltblütig, so furchtbar.«

Felbert schritt aufgeregt auf und ab.

»Aus unseren Unterlagen geht hervor, dass Sie vorbestraft sind, wegen versuchter Körperverletzung.«

Benno schwieg.

»Herr Brauer, wie gut kannten Sie Herrn Neubach?«

»Niko? Eigentlich gar nicht. Er studierte, glaube ich, und arbeitete nicht. Er hatte immer so schwarzes Zeug an. Wir sind uns kaum begegnet, wahrscheinlich stand er immer erst auf, wenn ich morgens schon weg war.«

»Und Ihre Frau? Wie gut kannte die ihn?«

»Keine Ahnung, wirklich. Oder wollen Sie damit irgendetwas andeuten? Wir haben nie über ihn gesprochen. Nur einmal hat sie geschimpft, weil er ihr irgendwelche unverschämten Fragen gestellt hat. Naja, sie war arbeitslos, und das war ihr peinlich, und sie ging putzen, das sollte möglichst niemand erfahren, wegen der Steuern. Aber er schien es gewusst zu haben, darüber hat sie sich aufgeregt.«

»Sie hat sich wohl über ziemlich viel aufgeregt.«

»Kann man so sagen.«

MONTAG

Auch Herr Neubach Senior musste auf dem Kommissariat erscheinen. Er sagte ebenfalls aus, dass die Wohnungstür nicht verschlossen gewesen sei, als er sie betrat. Er würde nicht behaupten, dass Nikos Persönlichkeit sonderlich gefestigt gewesen sei, und als Junge sei er schon psychisch labil gewesen. Die Durchsicht der Asservate ergab weitere Gemeinsamkeiten. In beiden Wohnungen wurde eine leere Tablettendose für das Schlafmittel Somnizepam sichergestellt. Überdies befand sich bei den Brauers eine Weinflasche, bei Neubach eine Bierflasche, beide wiesen Spuren des Schlafmittels auf. Felbert bat darum, die Exhumierung des Leichnams von Barbara Brauer beantragen zu lassen. Nach heftigen Diskussionen mit der Staatsanwältin willigte diese ein, mit dem zuständigen Richter zu sprechen.

In den Straßen von Fahrenzburg tobte der Feierabendverkehr. Das schwache Licht der untergehenden Sonne malte lange Schatten an die Wände und tauchte die Stadt in trügerischen Frieden.

DONNERSTAG

Die nächsten Tage waren wolkenlos, sonnig, aber kühl. Amseln und Spatzen zwitscherten in den Ästen der Bäume. Es duftete betörend nach Flieder. Vor der Tür von Niko Neubach klebte immer noch das polizeiliche Absperrband. Auch wenn die Spurensicherung ihre Arbeit bereits beendet hatte, durfte noch niemand hinein. Benno Brauer ging wieder wie üblich seiner Arbeit nach. Die Bewohner der Seidengasse 7 versuchten, zu ihrem gewohnten Alltag zurückzukehren.

Nach mehreren Telefonaten mit ihrer Tochter hatte sich Ela dazu entschlossen, einen Kurs für mehr Selbstbewusstsein zu besuchen. Das Institut für Psychologie der hiesigen Universität bot zusammen mit einer Gleichstellungsinitiative regelmäßig zwanzigtägige Intensiv-Seminare an mit einem vierstufigen Programm für ein verbessertes Selbstwertgefühl, Theorie und Praxis. Dreimal die Woche ging sie nun nachmittags in die Sporthalle, die zu dem Gebäudekomplex gehörte, der mehrere Schulen unter einem Dach beherbergte und nur fünfzehn Gehminuten entfernt lag. Dort lernte sie als erstes Entspannungstechniken. Danach würde an ihrer Körperhaltung gearbeitet, um Powerposen einzuüben, dann kamen Strategien, wie aus negativen Gedanken positive wurden, und dazu sollte sie auch Sport machen. Das gefiel ihr so gar nicht, bot jedoch einen Anlass, ihre Garderobe aufzubessern.

***

Die Obduktion von Barbara Brauers Leiche bestätigte die Vermutungen. Der Verlauf der Schnittverletzungen passte zu einer möglichen Arm- und Handbewegung des Opfers und zur Achsstellung des Messers. Die Schnitte waren relativ einheitlich, präziser konnte das im Nachhinein nicht mehr angegeben werden. Weitere Verletzungen fand man nicht. Weiterhin hatte die Tote einen halben Liter Rotwein getrunken und Schlafmittel genommen, das gleiche Schlafmittel, das sie auch in Nikos Wohnung gefunden hatten. Felbert las sich die beiden gerichtsmedizinischen Berichte mehrmals durch und verglich sie mit den Protokollen der Streifenpolizisten, die sich an ein Glas auf dem Wohnzimmertisch erinnern konnten, das nach Wein gerochen hatte. Das waren einige Zufälle zu viel. Er marschierte in seinem Büro umher und versuchte, irgendwo einen Ansatzpunkt zu finden. Dann bat er Pfeifer, ihnen einen Termin bei dem verantwortlichen Rechtsmediziner zu besorgen.

»Und bestell mir diesen Doktor Meier auch gleich mit ein!«

Eine gute Stunde später standen sie vor dem Sektionssaal und warteten. Die breite Fensterfront gewährte ihnen eine höchst informative Aussicht auf die aktuelle Arbeit der Forensiker. Als sich die Tür öffnete, kam ihnen eine Wolke aus verschiedensten Gerüchen entgegen, entleerte Därme, Blut, Urin, Desinfektionsmittel. Gemeinsam mit den beiden Ärzten gingen Felbert und Pfeifer in den Nebenraum, in dem Besprechungen, Geburtstagsfeste und sonstige Jubiläen stattfanden. Gerade gestern hatte es wieder eine längere Feier gegeben, ein paar Luftschlangen lagen noch unter dem Tisch.

»Gehen wir einmal davon aus, dass in beiden Fällen Mord oder zumindest Totschlag vorliegt und nicht Suizid. Wäre das aus Ihrer Sicht möglich?«

Felbert wandte sich an den Rechtsmediziner.

»Nun, zunächst einmal ist es nichts Ungewöhnliches, dass ein Mord nicht entdeckt wird. Wir müssen davon ausgehen, dass wir nur jedes vierte Tötungsdelikt erkennen. Deutschland ist nicht gerade dafür bekannt, viel Geld in Leichenschau und Rechtsmedizin zu investieren. Meist mangelt es sogar an Polizeibeamten. Zum anderen handelt es sich bei dem Tod von Barbara Brauer und Niko Neubach um einen Fall von scharfer Gewalt. Dabei ist die Abgrenzung zwischen Selbstmord und Mord oft sehr schwierig, vor allem, wenn wie hier die Tote bereits vorher Anzeichen von Depression zeigte. Frau Brauer hatte ständig Streit mit dem Ehemann, Geldsorgen und Existenzängste. Laut Aussage ihres Mannes war sie deswegen sogar in ärztlicher Behandlung. Dies bestätigte auch der behandelnde Arzt, Herr Dr. Meier.«

Dieser nickte.

»Die Tatwaffe war ganz klar ein Küchenmesser, einschneidig, Klingenlänge sieben Zentimeter. Die Verletzungen sind eindeutig. Wollen Sie sich das einmal ansehen?«

Alle schüttelten den Kopf.

»Also ein ganz gewöhnliches Messer. Das gibt es in jedem Haushalt. Die Blutspuren auf dem Messer gehörten zum Opfer, wie wir später festgestellt haben. Es gab keine Hinweise auf einen Kampf und keine Abwehrverletzungen.«

»Das sieht durchaus nach Freitod aus. Aber sie hatte Alkohol und Schlafmittel im Blut«,

wandte Pfeifer ein. Meier antwortete:

»Das ist ebenfalls nicht untypisch. Viele Selbstmörder wollen auf Nummer sicher gehen. Also, auch kein Grund, um einen Selbstmord anzuzweifeln.«

»Die Wohnungstür war nicht abgeschlossen, sollte uns das nicht zu denken geben?«

hakte Pfeifer nach, der von der Suizidtheorie nicht so ganz überzeugt schien.

»Sie schloss offenbar nie die Türe ab, wenn sie zu Hause war. Und die Tür hatte keine Schnappeinstellung, so dass man sie ohne Schlüssel öffnen konnte. Ihr Mann hatte das schon seit langem beanstandet, aber sie hat wohl nie darauf reagiert.«

Felbert schritt wie üblich im Raum auf und ab. Der Rechtsmediziner resümierte:

»Kurz und gut, eine große Halsvene war verletzt, das Opfer verblutete. Die beiden Schnitte am Hals waren gleich tief, die Wundachsen parallel und auf kleinem Areal angeordnet, links, Frau Brauer war Rechtshänderin. Es lag also eine der Händigkeit entsprechende Seitenbevorzugung vor. Beides weist auf Selbstbeibringung hin. Das leere Weinglas stand laut Aussage der Streifenpolizisten auf dem Tisch, die Verpackungen der Schlafmittel lagen im Müll, keine Kampfspuren, die Wohnung war ordentlich, nicht durchsucht oder verwüstet. Insofern stimmte die erste Einschätzung, auch nach den Gesprächen mit Ehemann und Nachbarn. Es gab keinen Anlass, etwas anderes als Selbstmord zu vermuten. So weit, so gut.«

Dr. Meier war beruhigt. Felbert dachte nach. Er war mit dem Verhalten der beiden Streifenpolizisten überhaupt nicht einverstanden, ein massives Aber hing im Raum und ließ nicht lange auf sich warten.

»Aber wenn Sie wissen, dass man das leicht verwechseln kann, wieso sehen Sie dann nicht kritischer hin?«

Dies nun zum Allgemeinarzt. Der Rechtsmediziner fühlte sich bemüßigt, die Entscheidungen der beiden Polizisten und die Einschätzung seines Kollegen zu erklären.

»Geld- und Zeitdruck. Außerdem sind die klassischen Differenzierungsmerkmale zwar nicht besonders sicher, haben aber durchaus einen Wert und genügen in den meisten Fällen auch. Gehen wir sie einmal durch. Es gibt traditionell verschiedene Befunde mit Hinweischarakter, entweder für Eigen- oder für Fremdbeibringung von Stich- und Schnittverletzungen. Für sich allein sind die morphologischen Differenzierungskriterien wenig sensibel. Anders sieht es aus mit zum Beispiel Probierverletzungen oder Abwehrverletzungen. Oder aber einer Tötung gingen Drohungen oder Erpressungsversuche voraus.«

»Was ist mit unserer Toten, die wurde wohl nicht bedroht vorher, oder?«

»Nichts deutete darauf hin, soweit ich informiert bin. Also, wie konnte es zu der – möglichen – Fehleinschätzung kommen? Abwehrverletzungen sind beispielsweise ein starker Hinweis auf Fremdeinwirkung. Allerdings gibt es auch Schnitte innen an der Hand, die sich ein Opfer selbst beibringt, wenn es mit dem Messer ungeschickt umgeht. Das sieht dann auch aus wie eine Abwehrverletzung. Probierverletzungen hingegen sind wichtige Kriterien für Suizid.«

»Können die nicht auch vorgetäuscht werden?«

gab Pfeifer zu bedenken.

»Schon. Und außerdem fehlen sie in etwa einem Drittel der Fälle, während sie bei Homizidopfern hin und wieder auftreten. Abwehrverletzungen sind bei denen oft nicht vorhanden. Beides also mäßig sichere Hinweise. Trotzdem, in unserem Fall deutete das Fehlen von Abwehrverletzungen auf Suizid hin, das Fehlen von Probierverletzungen als eher schwacher Hinweis schloss das nicht aus. Dann die Schnitte am Hals, sie sind bei Suizid nicht unnormal, auch mehrere sind nicht ungewöhnlich. Bei Homizid gibt es eher Rippenverletzungen. Wenn die vermieden werden und wenn die Kleidung unbeschädigt bleibt …«

»Wieso jetzt die Kleidung?«

fragte Felbert.

»Jemand, der sich umbringen will, vermeidet es, die Kleidung zu zerstören. Er legt die Verletzungsregion in der Regel vorher frei. Also, keine Rippen, keine zerstörte Kleidung, das ist ein Hinweis auf Suizid. Es gab keine Kampfspuren. Außerdem ähneln sich die Verletzungen sehr stark und sind nahe beieinander, auch dies ist typisch für Suizid durch scharfe Gewalt. Aufgrund dieser Differenzialdiagnostik, also alle Hinweise zusammengenommen, liegen viele Selbstbeibringungscharakteristika vor. Die Diagnose Selbstmord erscheint sehr plausibel.«

»Sind denn Stiche und Schnitte in den eigenen Hals nicht ungewöhnlich für Suizide?«

wollte Pfeifer wissen.

»Nein. Nicht ungewöhnlich, obwohl es sich bei scharfer Gewalt statistisch gesehen eher um Mord bzw. Totschlag handelt. Die meisten Fälle enden aber nicht tödlich und sind Unfälle.«

»Und mehrere Stiche oder Schnitte?«

»Auch das kommt bei Selbstmord immer wieder vor. Eine größere Menge an Verletzungen weist nicht automatisch auf Homizid hin. Allerdings liegen bei sehr vielen Verletzungen gewöhnlich auch Abwehrverletzungen vor. Aber das trifft für unseren Fall ja sowieso nicht zu.«

»Und was wäre ein sicherer Hinweis gewesen?«

fragte Felbert.

»Stiche im Rücken: kein Selbstmord.«

»Haha.«

Felbert fand das nicht komisch. Dr. Meier blickte peinlich berührt.

»Ein Geständnis bzw. ein Abschiedsbrief«,

fuhr der Rechtsmediziner fort.

»Der aber fehlte.«

»Ja, ganz offensichtlich.«

»Hätte sie das nicht stutzig machen müssen?«

Ob Felbert die Schupos oder auch Dr. Meier meinte blieb offen.

»Nein, nicht unbedingt, dieser Hinweis ist ja nicht isoliert zu betrachten. Die anderen Hinweise wogen zusammen sehr stark.«

Felbert fragte:

»Eine Fremdeinwirkung kann also nicht grundsätzlich ausgeschlossen werden? Was spräche noch dafür? Ist es nicht so, dass Tötungsdelikte in Folge scharfer Gewalt gerade in europäischen Ländern sehr verbreitet sind im Vergleich etwa zu Schussverletzungen, da Schusswaffen schwerer zu bekommen sind?«

Er marschierte wie wild in dem Zimmer umher.

»Heißt das nicht, der Täter kannte sich sehr gut aus?«

Niemand antwortete.

»Wissen Sie, was mir auch noch aufgefallen ist? So, wie der Ehemann die Vorgänge beschrieb, ließ er sich viel Zeit, bis er telefonierte, und zwar nicht mit der Polizei. Erst der Arzt hat ihn dazu gebracht, den Notruf zu wählen.«

Dr. Meier nickte. Er wusste die genauen Zeiten nicht mehr so richtig, erinnerte sich aber daran, dass Herr Brauer die Polizei nicht hatte anrufen wollen.

»Gut, Herr Dr. Meier, das wär's fürs Erste, vielen Dank für Ihre Unterstützung.«

Nachdem der Mediziner gegangen war, meinte Pfeifer:

»Frau Lehmann hat angeblich einen Schrei am Abend gehört, der gut von Niko Neubach gekommen sein könnte. Wenn Benno Brauer seine Frau umgebracht haben sollte, weil sie sich zum Beispiel immer gestritten haben, warum hat er Niko Neubach ermordet? Oder bei Frau Brauer war es Selbstmord, bei Niko Neubach aber nicht mehr. Oder wir haben es mit zwei Tätern zu tun. Das ist aber bei den vielen Ähnlichkeiten wohl eher unwahrscheinlich.«

»Wenn Herr Brauer seine Frau umgebracht hat, hätte er dann nicht die Flasche längst verschwinden lassen können?«

Felbert dachte wie üblich beim Laufen nach.

»Könnten Barbara und Niko etwas miteinander gehabt haben?«

»Möglich. Die beiden waren ja offenbar oft genug zu Hause gewesen.«

»Gibt es aus der Forensik irgendwelche Hinweise auf einen möglichen Kontakt?«

Gute Neuigkeiten. Der Rechtsmediziner hatte tatsächlich einige Spuren von Barbara Brauer in Nikos Wohnung gefunden, aber auch von mehreren anderen Nachbarn.

»Chef, da ist ein Anruf für dich«,

rief ein Beamter aus dem Nebenzimmer. Felbert ging ans Telefon. Herr Neubach meldete einen Einbruch in der Wohnung seines Sohnes.

MONTAG

Die Spurensicherung kam ein weiteres Mal in der Wohnung von Niko Neubach, aber Nikos Eltern wussten nicht, ob etwas gestohlen worden war oder ob die Unordnung das übliche Maß überschritt. Felbert fragte Pfeifer nach den Ergebnissen.

»Nikos Eltern können nicht sagen, ob etwas fehlt. Herr Neubach meinte aber, dass ganz bestimmt jemand in der Wohnung gewesen sei. Die Spurensicherung konnte aufgrund der Fotos der ersten Durchsuchung zeigen, dass die Bücher und Papiere anders lagen. Nikos Vater sagte, er wäre es nicht gewesen. Er sei überhaupt nicht in der Wohnung gewesen, erst, nachdem er gesehen hatte, dass die Absperrung zerrissen war. Seine Frau war auch nicht da gewesen. Das heißt, jemand hat etwas gesucht. Neue Fingerabdrücke haben wir aber nicht.«

***

Corinna Cohnen erschien pünktlich um 14.00 Uhr bei Prof. Lehmann zur Sprechstunde. Ihre Haare hatte sie zu einem Pferdeschwanz hochgebunden, der im Rhythmus ihrer zarten Bewegungen hin und her schwang. Nachdem die Bearbeitungszeit für Anträge von Büromöbeln in der Regel bei vier bis sechs Wochen lag, hatte Lehmann mehrere Kollegen gebeten, ihm vorläufig einen Stuhl zu leihen. Ausgerechnet der ihm so verhasste Politologe stellte ihm großzügig einen zur Verfügung unter der Bedingung, ihn baldmöglichst wiederzubekommen.

Als die Studentin zaghaft klopfte und eintrat, lehnte Lehmann seitlich an seinem Schreibtisch, um insgeheim sein Spiegelbild im Glas des Fensters besser prüfen zu können. Seine Hand strich flüchtig über die blauschimmernde Hose und wischte lässig ein imaginäres Stäubchen fort.

»Ich hoffe, ich störe nicht«,

sagte sie leise. Prof. Lehmann schüttelte entgegenkommend den Kopf und deutete stolz auf den Stuhl. Er straffte die Schultern und machte es sich dann selbst bequem. Dann legte er die Fingerspitzen der linken Hand an sein Kinn und lächelte ihr aufmunternd zu, den Kopf leicht nach links gebeugt. Die Pose eines Poeten. Fasziniert betrachtete er die junge Frau, als sie sich setzte und sich über ihre Notizen beugte, das schön ausgebildete Profil, die Wölbung des Nackens, die fein geschwungenen Augenbrauen.

»Was sagten Sie?«

»Oh, wahrscheinlich langweilt es Sie, ich wollte nur noch einmal betonen, wie sehr mich ihre Substrattheorie beeindruckt hat. Eventuell könnte ich sie doch ausbauen, oder?«

Lehmann zögerte. Er überlegte, ob das vielleicht eine Scherzfrage sein konnte und sagte vorsichtshalber nichts. Corinna suchte etwas in ihren mitgebrachten Unterlagen. Ihre Hände, zart und zerbrechlich, fanden einen Stoß Blätter.

»Hier, schauen Sie einmal, das ist ein erster Entwurf für einen Artikel, meinen Sie, ich könnte den einreichen, wenn er fertig ist? Und eine Dissertation darauf aufbauen? Ich würde mich freuen, wenn Sie ihn lesen würden, falls Sie Zeit haben.«

Damit er besser sehen konnte, rückte sie ihren Stuhl um den Schreibtisch herum und saß nun neben ihm. Wie kann man nur so anmutig in Papieren blättern? Er roch ihr wunderbares Parfum. Dann sah er mit ihr zusammen die Gliederung durch.

***

Vor dem rotweißen Polizeiband diskutierte Herr Neubach Senior mit einem Herrn um die 50. Dieser war groß und von kräftiger Statur, im Gesicht glattrasiert, mit dunklen, leicht gewellten Haaren. Seine Muskeln spielten unter dem dünnen

Sweatshirt, und sein Gesichtsausdruck hatte etwas Spitzbübisch-Jungenhaftes. Eigentlich wollten die beiden die Wohnung ansehen, aber sie war ganz offensichtlich immer noch nicht freigegeben. Ela kam von Gerlinde Müller aus dem dritten Stock herunter, die sie zu einem Kaffee eingeladen hatte, als sich Müller A und Müller BC hochschleppten und sahen, wie zwei Männer vor der verbotenen Tür standen.

»Da dürfen Sie nicht hinein. Wer sind Sie überhaupt? Was wollen Sie da? Können Sie sich ausweisen?«

Herr Neubach kramte in seiner Jacke herum.

»Aber ich habe Ihnen doch schon alles gezeigt. Führerschein, Ausweis, Reisepass.«

»Trotzdem.«

»Ich auch?«

fragte Ela. Müller A hob eine Augenbraue. Er musterte sie von oben bis unten und wieder zurück. Eine kleine, wichtigtuerische Pause entstand.

»Natürlich.«

»Aber ich habe gerade keine Papiere bei mir.«

»Werte Frau, Sie wissen schon, dass Sie Ausweis oder Reisepass auf Verlangen vorzulegen haben?«

»Oh, aber ich war doch nur hier im Haus unterwegs. Außerdem haben Sie bereits meine Papiere überprüft.«

Mittlerweile hatte der andere Herr seinen Ausweis gefunden und reichte ihn den Beamten.

Kritisch sah sich Müller BC das Foto an, während Müller A fragte:

»Was machen Sie beruflich? Was machen Sie hier?«

»Ich bin Sportlehrer und ich wollte eigentlich in die Wohnung.«

Herr Neubach ergänzte:

»Herr Dornkamp ist mein Schwager, er würde die Wohnung gern mieten und vorübergehend schon mal einziehen. Wann darf ich denn wieder hinein?«

Da weder Müller A noch Müller BC das wussten, versuchten sie es mit einem Ablenkungsmanöver.

»Frau Lehmann, nicht wahr? Sie hatten doch für die Todeszeit von Niko Neubach kein Alibi, stimmt das?«

Ela nickte und trat etwas zurück. Sie dachte, sie hätte bereits alles mit den anderen beiden Polizisten abgeklärt.

»Welches Motiv haben Sie gehabt?«

»Was genau meinen Sie damit?«

Dornkamp mischte sich ein:

»Jetzt hören Sie mal, Sie glauben doch wohl nicht im Ernst, dass die Dame etwas damit zu tun haben könnte.«

Ela nickte ihm erleichtert zu.

»Und Sie, haben Sie ein Alibi?«

fragte Müller A, an Dornkamp gewandt.

»Wozu? Für wann?«

Müller A nahm seinem Kollegen den Notizblock aus der Hand und blätterte darin herum.

»Mittwoch, dritter Mai, abends.«

»Da war ich auf dem Elternabend.«

»Haben Sie überhaupt Kinder?«

»Darf ich gehen?«

fragte Ela.

»Warum? Wir sind hier noch nicht fertig.«

»Aber ich habe schon alles gesagt, außerdem muss ich zu meinem Kurs.«

Müller A überlegte ziemlich lange, bis er endlich sein Okay gab, und Ela flüchtete.

***

Gerade noch rechtzeitig kam Ela von ihrem Selbstbewusstsein-Kurs, um das Abendessen zuzubereiten. Im Feierabendverkehr drängten sich die Autos Stoßstange an Stoßstange und verpesteten die Luft mit ihren Abgasen. Von der Straße her brandete jubelnder Lärm zu ihr in die Wohnung. Momentan spielten irgendwo Griechen gegen Türken, glaubte Ela, und es war wohl ein Tor gefallen. Der Kommentator jedenfalls kriegte sich kaum noch ein. Wenig später öffnete Martin mit einem Stoß Unterlagen im Arm beschwingt die Wohnungstür und wünschte einen fröhlichen guten Abend in den Flur hinein. Ein fremdes Parfum wehte ihr entgegen.

DIENSTAG

Felbert und Pfeifer entschieden, nochmals einige der Nachbarn auf das Kommissariat zu bestellen, darunter auch Ela, die in Begleitung von Matetus erschien. Er hatte zwischenzeitlich nochmals den Tatort besichtigt, und ihm war aufgefallen, dass im Gegensatz zu Nikos Garderobe die Küchenausstattung recht farbenfroh war. Tassen, Teller und Unterteller waren rot, orange, blau, lila, grün oder gelb. Das gleiche galt für die verschiedenen Dinge in den Schubladen. Sogar die Kochtöpfe waren grün oder blau oder rot. Er sprach darüber mit Ela, die beispielsweise hauptsächlich weißes Geschirr, höchstens mit ein paar Blümchen, hatte, Edelstahltöpfe und -pfannen, Besteck aus Edelstahl und Küchenutensilien aus Holz. Sie meinte, dass sei so üblich. Matetus hatte daraufhin in den anderen Küchen des Hauses nachgesehen, einige Korrekturen bei der Sortierung in Schubladen und Schränken vorgenommen, und fand Elas These bestätigt. Ela war bereits selbst aufgefallen, dass die Küche im Gegensatz zur sonstigen Wohnung gut mit allen möglichen Küchengeräten ausgerüstet war.

Bei ihrer Kurzvisite hatte sie Toaster, Espressomaschine, Standmixer, Mikrowelle und Küchenmaschine entdeckt. Matetus und Ela entschieden, das auf jeden Fall gegenüber den Polizisten zu erwähnen. Außerdem wollte sich Matetus noch im Intranet der Polizei etwas umsehen.

Der Besprechungsraum war ziemlich klein und mager ausgestattet, ein Tisch, vier Stühle drumherum, ein Aufnahmegerät. Die Plastikoberfläche des Tisches war zerkratzt. Die Lampe an der Decke warf kaltes Licht auf die Gesichter. Müller BC sollte das Gerät einschalten.

»Test Test Test.«

Müller BC nestelte am Mikrophon herum.

»Test Test Test.«

Er hörte ab, was er aufgenommen hatte.

»Test Test Test«,

kam es aus dem Gerät. Offenbar war er noch nicht zufrieden, denn er sagte:

»Test Test Test Test Test.«

»Müller, lassen Sie das!«

»Check Check Check.«

Felbert nahm ihm das Mikro ab und setzte sich. Müller musste stehen.

»Liebe Frau Lehmann, Sie kannten Herrn Neubach näher?«

»Nein, wir wohnen noch nicht so lange in diesem Haus. Ich habe ihn gelegentlich im Flur getroffen. Einmal, als ich mich als neue Nachbarin vorstellte, bat er mich kurz in die Wohnung.«

Gelegentlich, wer sagt schon gelegentlich, dachte Felbert und blätterte demonstrativ in seinen Papieren.

»Erzählen Sie uns, was Sie an dem Tag gemacht haben, der dem Auffinden des Toten vorausging.«

Was sie tat. Sie hatte immer noch kein Alibi, aber auch kein Motiv. Das brachte nichts. Felbert und Pfeifer kannten mittlerweile überblicksweise die Bewegungen im Haus am wahrscheinlichen Todestag von Niko Neubach. Gegen Abend hielten sich sehr viele Leute in dem Haus auf, aber niemand hatte viel mit ihm zu tun gehabt.

»Darf ich noch etwas anfügen?«

Ela klang sehr formell. Felbert nickte ihr zu.

»Ich finde, dass bei Herrn Neubach etwas nicht zusammenpasst, und zwar war er immer schwarz angezogen und die Wohnung war auch ziemlich anspruchslos, aber in der Küche war alles bunt. Ich finde das verwunderlich.«

»So, finden Sie.«

Das war noch niemandem aufgefallen, könnte was dran sein. Felbert brummte zustimmend.

»Was wollen Sie damit sagen?«

»Ich würde, entschuldigen Sie.«

Ela verschluckte sich. Sie hatte gerade in ihrem Seminar gelernt, dass man sich nicht so oft entschuldigen soll.

»Vielleicht«,

wieder brach Ela ab. Sie sollte klar kommunizieren, ohne sogenannte Weichmacher. Sie holte tief Luft.

»Alles deutet darauf hin, dass für die Küche jemand anderes verantwortlich ist. Leider jedoch kenne ich keine Personen, die mit Niko befreundet gewesen sein könnten.«

Felbert war alles andere als zufrieden mit diesen Ermittlungen, weil sie durch die Schlamperei der beiden Streifenpolizisten viel Zeit verloren hatten und sie mit den Aussagen der Bewohner des Hauses und der angrenzenden Gebäude nichts anfangen konnten. Die Befragungen hatten bisher nichts Sachdienliches ergeben. Die Staatsanwaltschaft war immer noch skeptisch, obwohl man auch dort zugeben musste, dass zwei derart gleiche Selbstmorde in ein und demselben Haus so kurz hintereinander nicht wahrscheinlich waren. Frank Felbert und

Philip Pfeifer hatten von Matthias Meier erfahren, dass er am Abend des dritten Mai Besuch von Tochter und Schwiegersohn hatte, an sich nichts Ungewöhnliches, da die beiden in letzter Zeit öfter da waren. Deswegen waren nachmittags Marlies Meier und Kurt Kaufmann zu Gast auf dem Kommissariat. Sie wurden knapp begrüßt, dann bekamen sie direkt ein Glas Wasser und einen Kaffee. Felbert nahm einen Schluck aus seiner Tasse.

»Schön, dass Sie es einrichten konnten vorbeizukommen. Erzählen Sie doch einmal, was Sie am dritten Mai ab Nachmittag getan haben.«

Marlies berichtete nervös, wie sie sich nach der Arbeit geduscht, angezogen und die Mitbringsel für ihren Vater zurechtgelegt hatte, weil sie gemeinsam zu Abend essen wollten. Etwas fahrig strich sie sich eine blonde Haarsträhne aus dem Gesicht. Dann sei Kurt ebenfalls von der Arbeit gekommen, gegen 17.30 Uhr waren sie losgefahren, gegen 18.00 bei ihrem Vater eingetroffen und ungefähr eineinhalb Stunden geblieben. Sie haben gemeinsam die Wohnung ihres Vaters verlassen, sie fuhr nach Hause, während Kurt sich noch mit einem Kollegen hatte treffen wollen. Gegen 22.00 Uhr hat sie Kurt von seinem Treffen abgeholt, dann sind sie nach Hause und bald ins Bett gegangen. Soweit Pfeifer das sah, passten diese Angaben zu dem, was Marlies' Vater erzählt hatte.

»Und Ihr Kollege kann das bestätigen, wenn wir ihn fragen?«

Kurt nickte und sagte:

»Natürlich.«

»Gut. Mmmh. Sind Sie öfter in der Seidengasse 7 bei Ihrem Schwiegervater?«

Wieder nickte Kurt.

»Eigentlich ist er nicht mein Schwiegervater, aber ja, wir sind öfter dort.«

Felbert wusste momentan nicht weiter.

»Wie lange kennen Sie sich eigentlich schon?«

Marlies lächelte und antwortete:

»Einige Monate.«

Philip Pfeifer sagte:

»Das ist ja schön, dass Sie sich so gut zu dritt verstehen.«

»Ja, ich bin auch ganz froh«,

meinte Marlies.

»Wie haben Sie sich denn kennengelernt?«

Marlies erzählte von dem Fantasy-Event und entspannte sich sichtlich. Die beiden schienen sich zu mögen, dachte Felbert, der sich dieses Verkleidungstheater bei erwachsenen Menschen nicht vorstellen konnte. Während sie sprach, wanderten seine Gedanken etwas ab. Irgendwann fragte Pfeifer, der sich mit seinen Notizen wohl etwas verheddert hatte:

»Das heißt, Sie haben sich im Januar kennengelernt und besuchen seitdem öfter einmal Ihren Vater?«

»Ja, genau.«

»Und wie oft?«

»Ach, so einmal die Woche, meistens einmal am Abend, manchmal auch noch am Wochenende.«

»Und kannten Sie Niko Neubach?«

Marlies und Kurt sahen sich an, Marlies schüttelte den Kopf.

»Wenig, wir haben uns immer einmal wieder im Flur getroffen.«

»Kannten Sie Frau Brauer oder Herrn Brauer?«

»Auch nicht, wir haben uns so gut wie nie gesehen. Frau Brauer habe ich, glaube ich, ein einziges Mal getroffen. Ihren Mann kannte ich, weil er ab und zu einmal etwas bei meinem Vater repariert hat.«

Als die beiden Beamten dann die Berichte schrieben, blieb bei Pfeifer ein komisches Gefühl zurück.

***

Zu Hause wieder angekommen beeilte sich Ela zunächst, um sich für das Seminar fertig zu machen. Danach begann sie gleich mit einem einfachen Abendessen. Sie war zu erschöpft, um mehr als eine Suppe zusammenzubringen. Entsprechend enttäuscht äußerte sich ihr Gatte, der wieder bester Laune war. »Also wirklich, ich arbeite den ganzen Tag und verdiene das Geld, und du kochst so eine Suppe, und noch nicht einmal ordentlich. Es schwimmen ja ganze Brocken darin umher. Kannst du das nicht ein bisschen sorgfältiger zerkleinern? Weißt du eigentlich, mit wem du hier zusammensitzt? Ich habe jetzt zwei Doktoranden, die von mir und meinem Wissen abhängig sind. Beide haben gesagt, ich sei der einzige zu diesem Thema. Weißt du überhaupt, wie ernst die Situation ist? Immerhin, kein Salat.«

Aus didaktischen Gründen musste man im Anschluss an Negativkritik auch immer etwas Positives sagen, das hatte Martin irgendwann einmal bei einer Fortbildung gelernt. Aber Ela war der Appetit vergangen. Matetus war immer noch nicht da, und Namrod hatte sie nach Hause geschickt. Er war ihr mit seinen Vorträgen keine große Hilfe, die bekam sie schon von ihrem Mann. Gerade ging es wieder um italienische Geschichte aus geschichtsphilosophischer Perspektive. Das hatte sie sich die letzten Tage öfter anhören dürfen. Einmal war auch Namrod dabei gewesen, der gleich versuchte, sie zu Nachfragen zu überreden. Aber sie hatte die neuerlernte Technik des Nein-Sagens angewendet, Nein-Flüsterns genaugenommen, was irgendwie nicht zusammenpasste. Aber Kompromisse sichern schließlich das Überleben.

***

Es war schon fast sechs Uhr abends, als Pfeifer und Felbert ihre Ergebnisse diskutierten und Pfeifer stutzte.

»Haben Marlies Meier und dieser Kaufmann nicht gesagt, sie hätten sich auf einem Fantasy-Event kennengelernt?«

»Ja, was willst du mir sagen?«

»Und was hatte Niko Neubach auf seinem Körper?«

»Tätowierungen?«

»Und welche?«

»Drachen.«

FREITAG

Ela hatte Matetus die Nacht über vermisst, aber kaum war Martin nach dem Frühstück verschwunden, tauchte er in der Küche auf.

»Interessierst du dich für Ermittlungsergebnisse, Obduktionsbefunde, kriminaltechnische Protokolle, Gutachten, Analysen?«

Er hielt ihr einen USB-Stick vor die Nase.

Ela geriet langsam in Stress, zwei Leichen, drei VHS-Kurse, dieses Selbstwert-Power-Intensiv-Seminar und dann auch noch shoppen. Sie brauchte neue Hosen und Kleider, denn die, die sie hatte, waren zu weit geworden. Es war schon fast elf Uhr. Sie wanderte in der Fußgängerpassage umher. In einer der Auslagen sah sie ganz nette Baumwollkleider. Längsstreifen, nicht ungeschickt. Und für den zweiten Teil des Seminars sollte sie sich sportlich anziehen. Sie hatte nichts Sportliches, hoffte aber, alles auf einmal erledigen zu können. Ihr fehlte ihr Garten, die Ruhe und, nein, die alten Nachbarn fehlten ihr nicht. Im Gegenteil, sie war die Dorfgespräche leid gewesen. Jetzt aber, an diesem Vormittag ohne Termine, wollte sie auch noch zu einem Friseur. Das hatte sie ihrer Tochter versprochen.

***

Fünfzehn Tage waren nach dem Fund der zweiten Leiche vergangen, und Müller A und Müller BC sowie einige weitere Kollegen sollten bei allen Läden mit Piercings und Tattoos nachfragen, ob jemand den Toten gekannt hat und auch noch die Meier und den Kaufmann dazu. Wussten die eigentlich, wie viele solcher Shops und Studios es gab, allein in der Innenstadt? Die beiden hatten sowieso ihre eigenen Theorien. Zuerst einmal fanden sie es verdächtig, dass Frau Lehmann kein Alibi für die Tatzeit hatte, obendrein war ihre DNS in Nikos Wohnung gefunden worden. Und zweitens fanden sie es seltsam, dass niemand die Verbindung zwischen den beiden Toten sehen wollte, die zumindest für Müller A klar auf der Hand lag. Barbara Brauer war ungefähr so alt wie Niko Neubach, dieses Ungefähr legte er Müller BC zufolge etwas zu großzügig aus, und beide waren oft zu Hause gewesen.

»Was hat jetzt aber Frau Lehmann damit zu tun?«

Für Müller BC war die Sache noch nicht so klar.

»Das weiß ich noch nicht. Sie trug keine Papiere bei sich. Und was ich auch seltsam finde. Was will dieser Typ in Niko Neubachs Wohnung? Die kannten sich doch.«

»Also, das muss nichts heißen.«

Müller BC war nach wie vor skeptisch.

»Vielleicht hatte der ja was mit der Brauer.«

»Und der Brauer war eifersüchtig, klar. Aber wer ist dann der Mörder von dem Neubach, der Brauer oder der Dings?«

»Benedikt Dornkamp.«

Müller A schaute in den Notizen nach.

»Wenn die ihren Mann mit dem Dornkamp betrogen hat, müsste der dann nicht tot sein?«

Wieder Müller BC, immer noch nicht überzeugt.

»Stimmt, das passt nicht.«

»Und wenn der der Schwager von dem Vater war, war er doch auch der Onkel von dem Toten. Dann ist doch klar, dass die sich kannten.«

»Und bei Frau Brauer ist es sowieso wahrscheinlich Selbstmord.«

»Ja, wahrscheinlich. Also, ich würde sagen, sie hat ihren Mann betrogen, der hat es herausgefunden, dann war sie gefrustet und hat sich deswegen umgebracht. Er war deswegen sauer und hat dann Niko Neubach umgebracht.«

»Oder der Brauer hat seine Frau aus Eifersucht umgebracht.«

»Und dann den Neubach.«

»Genau, auf jeden Fall.«

»Benno Brauer hatte also ein Motiv. Gelegenheit und Waffe könnten hinhauen. Hat er ein Alibi?«

»Er war wohl bei der Arbeit.«

»Blöd.«

»Wir übersehen etwas, das weiß ich genau. Ich kann es förmlich riechen.«

***

Corinna saß bereits an einem der kleinen Tische ziemlich weit hinten, als Martin Lehmann in das Café kam. Seine Haltung drückte wie stets mühelose Eleganz aus. Er trug einen schicken Nadelstreifenanzug, sie ein veilchenblaues Ensemble aus Jacke und langer Hose, eine Seidenbluse und eine schlichte Perlenkette, die ihren schlanken Hals noch betonte. Das Haar war hochgesteckt. Aus den verschiedenen Ecken des Lokals drang leises Gelächter und Gemurmel. Am Nachbartisch hockte eine extrem dralle Frau breitbeinig im knallroten Minikleid und bestellte lauthals einen Frizzante – Fritzante. Die herabhängenden Fettmassen zeichneten sich deutlich unter dem enganliegenden Stoff ab. Oberkörper und Arme ruhten auf dem Tisch, insgesamt ergab sich die Form einer Pyramide mit kleinem Schweinskopf als Spitze, der ununterbrochen quasselte. Die Frau trompetete ihrem Gegenüber zu, dass sie morgen noch Betten beziehen musste und dann am Pool flacken wollte. Dann wollte sie einen Nudelsalat machen, dann die neuen Fotos auf dem Facebook-Dingsda suchen. Und ihre Astrologin hat gesagt, dass sie wegen der Reinkantation oder wie das heißt schon mehrere Leben hinter sich hätte, deswegen wäre sie auch so sensibel, das zeigten ihre Handinnenflächen ganz deutlich. Mit dem rechten Ellenbogen auf dem Tisch stocherte sie auf dem Teller herum. Die andere Hand kratzte bedächtig innen am Oberschenkel. Die Farbe der Unterhose war aber nicht zu erkennen, sie blieb hinter den Falten der Oberschenkel verborgen. Dafür wurde deutlich, dass Fett nicht vor Orangenhaut schützt, die Richtung Schritt immer ausgeprägter wurde. Die Frau beugte sich nach vorn, und die riesigen, faltigen Brüste quollen beinahe aus dem Ausschnitt. An einem anderen Tisch saßen drei Leute im Jogginganzug, dafür aber von Karl Lagerfeld, stand extra drauf. Auch auf der Unterhose des Herrn links, deren breiter Rand deutlich zu sehen war.

Eine Kellnerin kam und hielt einen Notizblock in der Hand.

»Was darf ich Ihnen bringen?«

Lehmann fuhr aus seiner Trance hoch.

»Was? Einen Kaffee.«

»Café au Lait, Melange, Latte oder Cappuccino?«

»Normal.«

»Also nicht flavored? Nicht mit Schuss?«

»Nein, normal eben.«

»Also klassisch. Mit Sahne oder mit Milch?«

»Milch.«

»Mit Kakao oder Schokostreusel?«

Himmel noch mal.

»Egal.«

»Kännchen oder Tasse? Groß oder klein?«

»Klein.«

»Und die Dame?«

»Das gleiche«,

flötete die Dame und errötete ganz zauberhaft. Sie warf einen verstohlenen Blick auf ihre zierliche Goldarmbanduhr.

»Also dann zwei kleine Tassen Kaffee klassisch. Ist das alles?«

Lehmann nickte und wedelte etwas mit der rechten Hand. Corinna beugte sich leicht zu ihm hin. Ihre Augen machten plingplingpling.

»Benötigen Sie auch Zucker?«

»Nein danke.«

Die Kellnerin ging endlich. Corinna lächelte vorsichtig. Zunächst sprachen beide nichts. Die Kaffees kamen, und zaghaft begannen sie mit einem Gespräch.

»Ich dachte, dass ich vielleicht den Artikel fertigstellen könnte.«

Martin lächelte. Schweigen. Sein Blick wanderte über die Tische, Stühle, die Leute, die sich außer ihnen im Raum aufhielten. Corinna nahm einen Schluck aus ihrer Tasse.

»Der Artikel gefällt mir gut.«

Martin sah ihr in die Augen. Corinna sah auf ihre Hände, die die Tasse umklammerten. Hoffnungsvoll blickte sie zu ihm auf.

»Sie werden mir doch helfen, oder?«

hauchte sie flehend.

»Aber natürlich.«

Jetzt lachte sie, fröhlich und offen, ihre weißen Zähne blitzten wie Diamanten zwischen den kirschroten Lippen hindurch. Die Kellnerin erschien und fragte, ob sie noch Wünsche hätten.

»Aber natürlich.«

»Darf ich dann Ihre Tassen haben?«

Gehorsam schob ihr Corinna die leere Tasse zu und auch die von Martin.

»Und was möchten die Herrschaften nun?«

Die Kellnerin wartete geduldig, bis sich Martin zu einer Antwort durchrang.

»Noch einmal das gleiche«,

flüsterte er. Dann wieder Schweigen. Corinna tupfte mit ihrer Serviette etwas von der Oberlippe, obwohl da gar nichts war. Verlegen legte sie sie dann wieder auf den Tisch. Ein Kellner brachte den Kaffee. Sie tranken schweigend.

»Wie war Ihr Studium?«

fragte Martin, um irgendetwas zu sagen.

»Darüber möchte ich lieber nicht reden.«

Eine Weile sagte niemand etwas.

»Was war Ihr Lieblingsfach?«

»Geschichte.«

Corinna stellte die Tasse auf die Untertasse und blickte im Raum umher, als suche sie Hilfe. Nichts kam mehr. Martin überlegte sich verzweifelt irgendein Thema.

»Lesen Sie gern?«

»Ja.«

Er hörte ein Zittern in ihrer Stimme, und sie senkte den Kopf. Martin sah sich wieder um. Ihm fiel nichts mehr ein. Corinna lächelte, so scheu, so zurückhaltend, so bezaubernd, dann lachte sie, perlend und klingend wie ein Glockenspiel.

»Ich glaube, ich werde Ihnen meinen neuen Entwurf und ein Exposee gleich mitgeben, ich war mir erst nicht sicher. Aber jetzt schon.«

In ihrem Gesicht erblühte ein Ausdruck reinster Bewunderung, die sich charmant mit intensivem Interesse paarte. Sie reichte ihm einen Stoß duftenden Papiers. Strahlend. Er nahm es bedächtig entgegen, bedankte sich und beglich die Rechnung. Als Corinna in einer einzigen fließenden Bewegung vom Tischchen aufstand, richteten sich zahllose Augenpaare auf sie, die männlichen voller Bewunderung, die weiblichen zusammengekniffen und distanziert. Ruhe senkte sich über den Raum, als die Studentin nun mit nichts außer einer kleinen Handtasche auf ihren hohen Absätzen entschwebte.

Kaum im Büro angekommen erreichte ihn ein Telefonanruf. Der Kollege Professor Marsie Willoy teilte ihm mit, dass er in seinem Gutachten den wissenschaftlichen Artikel von Herrn O. abgelehnt, dass aber Herr O. ihn bei einer weiteren Zeitschrift zur Peer-Review eingereicht hatte. Außerdem hätte Herr O. für sein Dissertationsprojekt, das ja wohl noch nicht abgeschlossen sei, einen Antrag auf Förderung bei der renommierten Gesellschaft für Deutsche und Internationale Forschung, kurz GeDIF, gestellt. Auch hierzu war er um ein Gutachten gebeten worden. Das würde er natürlich wieder negativ ausfallen lassen. Er würde sich selbstverständlich Zeit lassen, er hätte ein halbes Jahr, dann könne er immer noch verspätet antworten. Wäre es nicht gut, wenn Lehmann dann seinen Artikel früher herausbrächte? Ob ihn vielleicht der Antrag interessieren würde. Lehmann war verärgert. Zeitdruck konnte er nicht gebrauchen. Den Antrag schon, vielleicht ließ sich eine gewisse Inspiration daraus ableiten, und aus dem Entwurf der Studentin auch, mal sehen.

***

Ela fühlte sich mit der neuen Frisur überhaupt nicht wohl. Sie versuchte, auf dem Heimweg im Vorbeigehen ihr Spiegelbild im Schaufenster zu erkennen. Die Friseurin meinte, leicht zerzaust wirke jung und frech, und Strähnchen gehörten nun mal dazu. Als Martin früher als sonst nach Hause kam und wieder, wie schon mal, anders roch, sah er sie entgeistert an.

»Wie siehst du denn aus? Kannst du dir nicht einmal die Haare ordentlich kämmen?«

Ela war so perplex, dass sie gar nichts mehr sagte. Aber ein Bild fiel von der Wand und Martin auf die Füße.

MONTAG

Die Konturen des Hauses veränderten sich ganz langsam zu einem riesigen Ungeheuer. Arme aus Stein griffen um sich, krallten sich fest, erbarmungslos und unerbittlich. Ein seltsamer Geruch wehte zwischen den abgestorbenen Bäumen umher. Apropos Geruch, wieso kann man im Traum etwas riechen? Ela war viel zu früh wach. Sie wälzte sich hin und her, sah auf die Uhr, drehte sich um, bis von der anderen Seite des Bettes ein verärgertes Knurren kam. Also stand sie leise auf. Zwei Stunden später ging Martin ins Bad, um sein morgendliches Ritual abzuhalten. Duschen und Haare waschen/pflegen/föhnen, rasieren, Gesichtspflege, Restkörperpflege, erfolgreiches Beenden des Verdauungsvorganges, Tablettensortiment. Der Vorteil dabei war, dass Ela immer genau fünfundvierzig Minuten Zeit für die Vorbereitung seines Frühstücks hatte. Dann betrat er wieder gut gelaunt die Küche. Der dunkelblaue Anzug machte ihn noch schlanker und brachte seinen Körper gut zur Geltung, denn er kaschierte geschickt den Bauchansatz. Im Radio kamen die Nachrichten. Jemand hatte eine Frau und ihre zwei Kinder umgebracht, vom Ehemann fehlte jede Spur. Wie üblich für einen Montagmorgen besonders viel Stau. Wetter erst einmal gut. Ein paar Wolkenfetzen hingen am Himmel. Als Martin endlich ging, hätte Ela am liebsten hinter ihm die Tür zugeknallt.

***

Die Sekretärin reichte ihm einen Stoß Unterlagen zur Unterschrift. Das Arbeitszimmer war praktisch eingerichtet, die Wände vollgestellt mit Regalen, in denen sich Bücher und Aktenordner türmten. Der Schreibtisch aus Eichenholz stand vor dem Fenster, davor mehrere schlichte Sitzgelegenheiten für Besucher, während der wuchtige Chefsessel ergonomisch bequem mit verstellbarer Lendenwirbelstütze und Kopflehne ausgerüstet war. Ein Antrag für zwei Stühle, wie dämlich kann man denn sein? Missbilligend schüttelte er den Kopf und genehmigte einen davon. Vor einigen Jahren, als die Bundesregierung Studiengebühren angeordnet hatte, hatte die Universität alle Wandtafeln entsorgt und stattdessen Whiteboards anschaffen lassen, auf die entsprechend nicht mit Kreide, sondern mit speziellen Filzstiften geschrieben werden musste. Die wurden aber entweder gestohlen oder waren nach kurzem Gebrauch ausgetrocknet. Die Stifte machten inzwischen regelmäßig einen großen Anteil beim Büromaterialbudget aus. Weiterhin wurden sämtliche Schlösser ausgetauscht und durch elektronische Verriegelungssysteme ersetzt, für die jeweils ein Transponder programmiert werden musste. Beides funktionierte mit Batterien, die schnell leer wurden. Schließlich waren nach einigen kleineren Renovierungsarbeiten an Wänden und Decken die Gelder aufgebraucht. Als die Bundesregierung dann auf die neuen Bachelor-Master-Studiengänge umstellte und die Studentenzahlen rasant anstiegen, stellte man fest, dass nicht ausreichend Sitzgelegenheiten vorhanden waren. Seit dieser Zeit verschwand nachts regelmäßig der eine oder andere Stuhl aus der Bibliothek.

Der Dekan ärgerte sich wieder einmal über seinen Neuzugang. Er wusste nur zu gut, dass gerade die kleinen Universitäten, aber nicht nur, eine gewisse Abneigung verspüren, gute Arbeit auch gut zu bezahlen. Mit den entsprechenden Auswirkungen. Es lag in der Natur der Sache, dass sich die eigentlich Fähigen fernhielten, die anderen sich um so geschmeichelter fühlten und gleichzeitig sehr darauf achteten, unter sich zu bleiben und dafür sorgten, dass niemand qualitätsmäßig aus dem Ruder lief. Einer der besonders begabten hatte es nun zu ihnen geschafft.

***

Müller A und Müller BC wiederholten ihre Interviews und trafen sogar die meisten Bewohner der Seidengasse 7 an, nur nicht Herrn Brauer, der bei der Arbeit war. Bei Lundermeier öffnete niemand. Als es klingelte und sie die beiden sah, wusste Ela, was kommen würde. Und tatsächlich ließen sie sich ein weiteres Mal den Ablauf des Tages vor Auffinden von Niko Neubachs Leiche erzählen. Abschließend bedankten sie sich, und als Ela die Türe wieder schließen wollte, meinte Müller BC:

»Schick, übrigens.«

Ela fasste sich vorsichtig in die Haare.

»Steht Ihnen gut. Schönen Tag noch.«

»Siehst du, habe ich doch gesagt. Das sieht toll aus. Gupersut.«

Matetus versuchte, sie aufzumuntern.

Die beiden Beamten hatten es mit den Gesprächen nicht besonders eilig, weil sie noch Benno Brauer erreichen wollten. Als er endlich kam, baten sie ihn darum, in die Wohnung gelassen zu werden.

»Herr Brauer.«

Müller BC hielt wie üblich das Notizbuch parat, während Müller A redete.

»Könnten Sie uns sagen, was Sie an dem Tag, als wir Ihre Frau gefunden haben, taten?«

»Ich bin morgens zur Arbeit und abends nach Hause.«

»Wo arbeiten Sie?«

»Bei MTS.«

»Wie weit ist das von Ihnen entfernt?«

Benno zuckte mit den Schultern.

»Habe ich noch nicht nachgemessen.«

»Wie lange brauchen Sie, um zur Arbeit zu fahren, Mensch, wann fangen Sie an, wann hören Sie auf, meine Güte, können Sie nicht ein bisschen mehr reden?«

Was Benno nicht einsah.

»Ich muss zwischen sechs Uhr morgens und fünf Uhr nachmittags da sein. Ich brauche so 45 bis 60 Minuten, je nachdem.«

»Und an dem Tag, als Niko Neubach gefunden wurde?«

»Auch.«

»Was, auch?«

»Ich war arbeiten, wie jeden Tag.«

»Hatte Ihre Frau eine außereheliche Beziehung?«

Abrupter Themenwechsel, alter Verhörtrick. Müller BC lächelte seinem Kollegen anerkennend zu.

»Nein, also hören Sie mal.«

»Sind Sie sich da sicher?«

»Natürlich.«

»Mmmh. Gut. Danke. Auf Wiedersehen.«

Kurze Zeit später berieten sich die beiden. Als seine Frau gefunden wurde, hatte Benno gesagt, dass er gegen sieben Uhr nach Hause gekommen war. Sie beschlossen, sich am nächsten Tag den Arbeitsplatz von Herrn Neubach einmal näher anzusehen.

***

Ela schaffte es nach dem Einkaufen gerade noch rechtzeitig zum zweiten Teil des Seminars. In der Umkleidekabine begrüßten sich die verschiedenen Damen, die aus allen möglichen Altersgruppen kamen und sich mittlerweile ein bisschen kennengelernt hatten.

»Coole Frisur«,

meinte eine Mitte-Zwanzig-Jährige mit Schlappen an den Füßen, Jeans und lässigem T-Shirt.

»Ja, macht dich gleich zehn Jahre jünger«,

sagte eine andere. Eine Frau, die eher in Elas Alter war, sagte nichts, sondern verzog das Gesicht.

»Komm, mach dir nichts draus«,

flüsterte die Mitte-Zwanzig-Jährige,

»die ist nur neidisch, die wiegt bestimmt das Doppelte und sieht auch noch viel älter aus. Was glaubst du, wie alt die ist?«

»Naja, so fünfzig?«

»Nee, siehst du! Die ist 42.«

Ups. Eher gestresst als beruhigt betrat Ela die Turnhalle, als der Besuch von Nikos Vater vor ihr stand, der für diesen und den Sportteil zuständig war. Sie hatte natürlich den Namen vergessen. Er indes erkannte sie offenbar, denn er meinte:

»Sie haben eine neue Frisur, sieht gut aus.«

Grinsend nickten die anderen bis auf eine.

***

Lehmann studierte eifrig die Unterlagen von Corinna Cohnen. Gar nicht schlecht, da ließ sich was draus machen. Sehr zufrieden mit dem Gang der Dinge begann Lehmann, eine Gliederung für einen neuen Artikel zu entwerfen. Ganz in sich versunken vergaß er die Zeit. Eine mondhelle, sternenklare Nacht wölbte sich über die Stadt. Entspannt beendete er das Skript für heute und fuhr den Computer hinunter. Ein Piepston erklang, der Bildschirm flackerte. Lehmann begann langsam, seinen neuen Arbeitsplatz zu mögen.

DIENSTAG

Ein Nachbar übte Posaune auf dem Balkon. Grauslich-blecherne Klänge malträtierten freiwillige und unfreiwillige Ohren im Umkreis von vielen hundert Metern, bis die Töne irgendwann im Autolärm ertranken. Ela versuchte, sich zu konzentrieren und exerzierte vor dem Schlafzimmerspiegel die Power-Posen durch, die sie gelernt hatte. Matetus sah ihr interessiert zu. Dann begann sie mit Schattenboxen und bekämpfte ihr Spiegelbild. Das sollte sehr gesund sein. Es trainierte die Muskeln und steigerte Konzentration und Ausdauer. Außerdem ärgerte sie sich so oft über sich selbst, dass sie sich auch selbst einmal einen verpassen konnte.

»Warum bist du eigentlich so schlecht gelaunt in letzter Zeit?« wollte er wissen, und da sie nicht antwortete:

»Wegen Martin, oder? Ganz schöner Idiot, der, Tiodi schanz göner.«

Ela sah ihn böse an.

»Ich habe mir etwas überlegt«,

fuhr Matetus fort. Ela seufzte. Sie stand auf einem Bein, um den Gleichgewichtssinn zu schulen, aber geriet durch die Ablenkung ins Wackeln. Dann stellte sie sich hin, die Füße einen halben Meter auseinander, sodass sie mehr Raum einnahm, und leierte gedanklich die Anleitungen herunter, gerader Rücken, Brust raus, Schultern nach hinten, Hände in die Hüften.

»Vielleicht wäre etwas Spannung gut, nicht so ausgelutscht hinstellen und nicht so muffelig gucken.«

Martin war fertig mit dem Frühstück und verabschiedete sich bester Laune in einen neuen, erfolgversprechenden Tag. Währenddessen warteten Felbert und Pfeifer auf die Ergebnisse aus den Piercing-Studios. Währenddessen fuhren Müller A und Müller BC durch die Stadt.

***

Der Mess&Tech-Shop, kurz MTS, war ein Vertrieb für Mess-
und Prüfgeräte vor den Toren von Fahrenzburg. Müller A und
Müller BC fuhren zunächst in die Seidengasse, um von dort
die Fahrzeit zu überprüfen. Dann steuerten sie den Wagen aus
der Stadt hinaus, durch ein Gewerbegebiet, vorbei an dem Ge-
fängnis, das in einer ärmlichen Gegend lag. Hier gab es auch
die eine oder andere ältere Fabrik. Alte, ehemals rote Ziegel-
steine waren im Laufe der Zeit grau geworden. Stachel-
drahtzäune, verbeulte Autos, rostige Eisenstreben, alte Maschinen, Plastiktüten, verrottetes Laub, Unkraut und Müll
machten die Gegend zu einem unfreundlichen Ort. Schräge Fi-
guren versuchten, unbemerkt zu bleiben. Keine gute
Nachbarschaft. Nach knapp einer Stunde kamen sie an und
fragten sich bis zum Vorgesetzten ihres Verdächtigen durch,
Lagermeister Brenneke.
»Was tut Herr Brauer denn so?«
wollte Müller A wissen. Brenneke zählte einiges auf.
»Er muss die Waren annehmen, prüfen, ob alles vollständig ist,
ob nichts beschädigt ist. Dann muss er sie sortieren und richtig
lagern, dann dafür sorgen, dass alles innerhalb der Firma ord-
nungsgemäß weitergeleitet wird. Er muss Bestellungen
annehmen, die Waren verpacken und versenden, die entsprechenden Papiere prüfen, auch im Computer mit unserem
EDV-System. Er fährt auch mit dem Gabelstapler die verschiedenen Behälter und Kisten herum. Er stapelt leere und volle
Paletten beispielsweise. Unser Unternehmen ist nicht besonders groß, deswegen hat er so viele unterschiedliche Dinge zu
erledigen.«
Heftig nickend unterstrich er seine bisherigen Ausführungen.
Müller BC kam ins Schwitzen, weil er nicht so schnell schreiben konnte.

»Wann fängt er an, wann hört er auf?«

»Da muss ich nachsehen, einen Moment.«

Müller BC holte erleichtert Luft.

»Am besten, Sie sagen uns auch gleich, wann er …«

zu Müller BC gewandt:

»Wann waren die tot?«

»17.04. und 03.06.«

Müller A stutzte.

»An diesen Tagen, wann genau war er da?«

Der Vorgesetzte sah verwundert die Anwesenheitsliste durch.

»Meinen Sie letztes Jahr?«

»Wieso?«

»Wegen Juni.«

Müller A verstand nicht und sah Brenneke verwirrt an.

»Sie sagten 03.06.«

Müller A sah nun seinen Kollegen verwirrt an.

»Bertie, sag mal, was für ein Datum hast du da? Lass mich mal sehen!«

Er musterte die Notizen.

»Ist das eine sechs oder eine fünf?«

»Eine sechs.«

»Blödsinn, wie haben doch erst Mai, das muss eine fünf sein.«

»Meinst du?«

Müller A ächzte innerlich laut auf, machte eine Wegwerfbewegung mit der Hand und fixierte wieder Brenneke.

»Also, dritter Mai.«

»Hier bei den Einträgen steht das immer gleich, er kommt so um halb acht und bleibt bis um fünf oder halb sechs.«

»An diesen Tagen, wann ist er gegangen?«

»Hier steht um halb sechs.«

»Und, wie ist er so?«

»Wie?«

Jetzt mischte sich auch Müller BC ein, um die Peinlichkeit zu überspielen.

»Naja, ist er nett? Oder nicht?«

»Weiß ich nicht. Er macht seine Arbeit.«

»Welche Kleidung trägt er für gewöhnlich?«

wollte Müller BC nun wissen.

»Wieso? Ist das wichtig?«

»Das wissen wir noch nicht. Beantworten Sie bitte nur die Fragen.«

Müller A wirkte leicht verärgert und schüttelte den Kopf. Sie drehten eine Runde durch den Lagerraum. Ein Lagerist stapelte Pakete, einer fuhr mit dem Gabelstapler eine leere Palette umher, ein anderer saß an einem Computer, und Herr Brauer füllte Dokumente aus. Müller A fragte Brenneke:

»Sind die vier befreundet?«

»Ich glaube schon.«

Dann unterhielten sie sich noch mit den drei anderen Lageristen. Offenbar verband die vier eine lose Freundschaft. Ab und zu gingen sie in eine Kneipe, mit den Frauen zusammen trafen sie sich um die Weihnachtszeit einmal. Zu den beiden infrage kommenden Tagen erfuhren die Polizisten nichts Neues.

Zurück auf der Dienststelle fanden sie den Zeitplan, den sie von Benno bekommen hatten, nicht ganz so schlüssig.

»Sollen wir dem Felbert Bescheid geben?«

fragte Müller BC seinen Kollegen.

»Nein, warte noch, wir prüfen nachher nochmal die Fahrzeit.«

Sie schrieben einen Bericht, gingen in aller Ruhe Mittag essen und fuhren dann wieder zu MTS. Von dort fuhren sie dreimal, um 13.30 Uhr, um 15.30 Uhr und um 17.30 Uhr, zur Seidengasse und benötigten immer gut 45 Minuten, auch auf den Rückwegen. Bei etwas mehr Verkehr hätten sie eine Stunde gebraucht, aber nicht eineinhalb. Es fehlten also 30 Minuten.

»Weißt du, was blöd ist?«

fragte Müller A seinen Kollegen.

»Wir wissen nicht genau, wann Frau Brauer gestorben ist. Und wir wissen, dass ihr Mann saubere Hände hatte, aber hat sich jemand seine restliche Kleidung angesehen?«

»Also ich nicht«,

antwortete Müller BC.

»Ich auch nicht, echt blöd.«

Müller A geriet ins Grübeln.

»Bei Niko Neubach haben wir als Tatzeit um die 19.00 Uhr, da konnte der Brauer locker dagewesen sein. Hat ihn jemand gesehen?«

Müller A zuckte mit den Schultern.

»Also ich nicht.«

Müller A schaute seinen Kollegen entnervt an.

»Haben wir überhaupt danach gefragt? Und Frau Brauer könnte ja auch wirklich Selbstmord begangen haben.«

»Jaa, schon«,

antwortete Müller BC vorsichtig.

»Der Brauer hat für beide Tage kein richtiges Alibi. Er ist angeblich jedes Mal um halb sechs von der Arbeit aus nach Hause gefahren.«

Müller A grübelte weiter. Nach einer längeren Pause fragte er:

»Sind eigentlich Spuren von Frau Brauer in der Neubach-Wohnung gefunden worden?«

Müller BC sah im Laborbefund nach.

»Ja.«

»Und von Herrn Brauer?«

»Ja.«

»Aha.«

***

Ela spazierte gutgelaunt zur Turnhalle. Sie freute sich auf den Kurs. Die meisten der vierundzwanzig Teilnehmerinnen kamen tatsächlich immer. Heute hatte die Leiterin, die zusammen mit Herrn Dornkamp dieses Mal Rückentraining mit ihnen machen wollte, keine guten Nachrichten. In der Verwaltung gab es die zweite längere Krankmeldung, dadurch mussten mehrere Veranstaltungen entfallen. Momentan war nicht abzusehen, ob der Kurs weiter stattfinden konnte.

MITTWOCH

Der Vormittag fing sehr angenehm an. Für den Morgenkaffee nahmen Müller A und Müller BC sich umfänglich Zeit. Dann sortierten sie Unterlagen und berieten weitere Maßnahmen. KK Frank Felbert saß zusammen mit Kaffee und Zimtschnecke an seinem Schreibtisch, als es klopfte und die beiden Müller-Schupos eintraten, die bei den Toten der Seidengasse die Berichte aufgenommen hatten.

»Guten Morgen.«

Nach kurzem Zögern meinte Müller BC:

»Wir haben etwas Wichtiges herausgefunden, das Sie wissen sollten.«

»Nur zu.«

Aufmunternd nickte Felbert, in seinen Äugelein begann es zu glimmern.

»Der Brauer hat falsche Aussagen gemacht.«

Felbert reagierte nicht, Müller A fuhr fort:

»Er hat außerdem ein Motiv, er hatte Gelegenheit, er hatte Zugang zur Waffe, und er hat kein Alibi. Er hat uns für beide Tatzeiten angelogen. Er war gar nicht unterwegs. Das haben wir überprüft. Wir glauben, wir sollten ihn ernsthaft vernehmen.«

Felbert lehnte sich zurück, sagte aber nichts.

»Unserer Ansicht nach hat er beide umgebracht, weil nämlich …«

Müller A konsultierte die Notizen,

»in der Wohnung von Niko Neubach auch Spuren von Frau Brauer, aber auch von Herrn Brauer gefunden wurden. Wir glauben, dass Frau Brauer ihren Mann mit Herrn Neubach betrogen hat.«

Keine Reaktion aus Richtung Felbert. Auch Pfeifer hörte mittlerweile aufmerksam zu.

»Wir würden ihn gern nochmals offiziell befragen.«

»Darf ich mal sehen?«

Damit meinte Felbert die Schriftstücke, die Müller A in der Hand hielt. Gemächlich blätterte er sie durch.

»Ganz wie Sie meinen.«

Überrascht schaute Müller BC seinen Kollegen an, dann griente er. Das gefährliche Leuchten in Felberts Augen entging ihm.

Sie fuhren ein weiteres Mal zu MTS. Inzwischen kannten sie die Strecke recht gut. An einer Eisdiele machten sie kurz Pause, denn die Sonne war schon sehr warm. Sie genossen die Fahrt, die sie durch die Stadt zu den Außenbezirken führte. Über den Köpfen ein paar Wolken, Vögel, Flugzeuge, unten Straßen, Motorräder, Autos, Laster. Erst vertrieben sie sich die Zeit damit, sich gegenseitig Autokennzeichen abzufragen. Das wurde aber schnell langweilig, deswegen schlug Müller A vor:

»Wir könnten doch Rucksackpacken spielen.«

»Ich habe keinen Rucksack dabei.«

»Das ist ein Gedankenspiel. Ich sage was, was ich in meinen Rucksack packe, und dann sagst du was anderes. Also, ich fange an. Ich packe in meinen Rucksack eine Pistole.«

»Ich auch.«

»Nein, du musst was Neues sagen.«

»Dann eben Munition.«

»Nein, du musst erst wiederholen, was ich gesagt habe, und dann deines. Also, ich packe in meinen Rucksack eine Pistole, Munition und ein Gewehr. Jetzt du.«

»Ich packe, äh, Schokolade.«

»Du musst doch erst sagen, was ich vorher gesagt habe.«

»Habe ich vergessen. Außerdem passt ein Gewehr gar nicht rein.«

Sie kamen an, parkten in zweiter Reihe und suchten Benno Brauer, um ihn ein weiteres Mal zu den Zeiten der beiden Tage zu befragen. Erstaunlicherweise war er plötzlich gar nicht mehr kooperativ. Er behauptete, sich nicht mehr erinnern zu können.

»Herr Brauer, Sie müssen sich doch an den Tag erinnern, als Ihre Frau starb, das geht doch gar nicht anders.«

»Was wissen Sie denn? Retrographe Anarchie, schon mal gehört?«

Wahrheitsgemäß verneinten das die Beamten, fragten aber immer wieder nach, bis Benno schließlich aufgab.

»O.k. o.k. o.k. Gerade fällt es mir wieder ein. Ich war bei Maria.«

Die beiden Polizisten tauschten einen besorgten Blick aus. Das fanden sie jetzt nicht so gut. Wenn er ein Verhältnis hatte, hatte er auch ein Alibi.

»So ein Mist«,

entfuhr es Müller BC.

»Moment, wer ist Maria? Sie haben also Ihre Frau betrogen.«

Es klickerte in Müller As Hirnwindungen. Das war also der Grund für den Selbstmord. Die beiden sahen ihre schöne Theorie zerbröckeln.

»Nein, habe ich nicht, nicht so direkt.«

»Sie haben Ihre Frau indirekt betrogen?«

Müller A verstand nicht.

»Eigentlich ja, so kann man das vielleicht sagen, aber nein, eigentlich nicht.«

Benno sah auf den Boden hinunter und kickte ein Steinchen weg. Müller BC wusste nicht, was er schreiben sollte.

»Was nun. Das erklären Sie uns bitte genauer!«

Benno trat von einem Fuß auf den anderen, atmete schwer ein, wieder aus, sah Richtung Himmel und machte es so richtig spannend. Dann holte er nochmals tief Luft.

»Das ist ein italienischer Imbiss. Die Frau macht absolut grandiose Pizzas. Und die Nudeln da erst, mit Sahnesoße und Schinken und dann noch mit Käse überbacken.«

»Wo ist die denn genau?«

wollte Müller BC wissen und sah auf der Armbanduhr nach, ob schon Mittag angesagt sein könnte, aber Müller A fuhr mit der Befragung unerbittlich fort.

»Haben Sie jetzt Ihre Frau betrogen? Was hat das mit Nudeln zu tun?«

Nun standen Tränen in Bennos Augen.

»Sie hat so furchtbar schlecht gekocht, deswegen bin ich öfter zu Maria. Weil das mit dem Internetcafé, das hat sie gemerkt, und da war sie vielleicht sauer! Außerdem war ich die Currywurst auch schon leid. Ich hatte echt keine Lust mehr auf diese ewigen Diskussionen wegen Gemüse und das musst du essen und das ist gesund und immer zu wenig Salz, und Ketchup durfte ich ja nicht. Also habe ich bei Maria gegessen und bei Barbara immer nur ein wenig. Sie dachte, ich wollte abnehmen.«

Benno war nun sehr, sehr traurig. Er tat Müller BC richtig leid, da auch er gern Ketchup aß.

»Wobei auf Pizza würde ich kein Ketchup wollen«,

wandte er mitfühlend ein. Benno nickte.

»Bei Maria brauchte ich auch keins, aber das hätte ich Barbara doch nie verraten dürfen«, flüsterte er.

»Wieso haben Sie das denn nicht gleich gesagt?«

»Hatte ich vergessen.«

Müller A blickte frostig.

»Naja, ich dachte, dass Sie glauben, ich könnte vielleicht meine Frau wegen dieser Streitereien umgebracht haben. Und außerdem soll man doch nicht schlecht über Tote reden.«

»Hat diese Maria vielleicht auch eine Telefonnummer?«

Hatte sie, und sie konnte in der Tat Bennos Anwesenheit, zumindest am Tag des Auffindens von Barbaras Leiche, bestätigen, ganz einfach, weil er in den letzten zwei Monaten jeden Montag da gewesen war, nach dem Tod seiner Frau mindestens dreimal die Woche, wahrscheinlich auch an dem anderen Tag, so glaubte sie zumindest. Nach ausführlichem Nachdenken fragten sie Benno nach Rechnungen für den dritten Mai. Die zeigten, dass er um 19.00 Uhr bei Maria gezahlt und eine halbe Stunde später in der Nähe von MTS getankt hatte. Damit hatte er nicht um kurz nach sieben in der Seidengasse sein können. Bedrückt fuhren sie zurück auf die Dienststelle und informierten Felbert, dass Benno Brauer als Täter auszuschließen war. Felbert nahm dies schweigend zur Kenntnis, denn er hatte Benno bislang sowieso nicht in Betracht gezogen.

***

Ela ging bangen Herzens zu ihrem Kurs. Sie hatte sich so schön an Frisur und Sport-Outfit gewöhnt und fühlte sich immer wohler. Der Kurs machte Spaß. Den anderen ging es ähnlich.

»Das kann doch nicht so schwer sein, da diesen Schreibkram hinzukriegen«,

meinte eine der Jüngeren.

»Wahrscheinlich zahlen die bloß nichts«,

eine andere. Allgemeines Jammern, bis die Kursleiterin erschien.

»Wie war das noch? Solltet ihr nicht positiv denken?«

Matetus hatte Ela begleitet und brabbelte ihr nun ins Ohr, dass sie auch etwas sagen sollte. Er pikste ihr seitlich in die Rippen.

»Könnt ihr nicht jemanden einspringen lassen?«

wollte Ela also wissen. Fast hätte sie gekichert, weil sie seitlich an denn Rippen ziemlich kitzelig war. Offenbar war so ein Jemand, der sich mit Organisation, Buchführung und Internetrecherche auskannte und obendrein auch noch Zeit hatte, nicht so leicht zu kriegen.

»Mach du das doch«,

schlug Matetus vor. Ela versuchte, gerade zu stehen, nicht zu lachen und auch nicht seinen spitzen Finger wegzuschlagen. Das erforderte sehr viel Konzentration und ruhiges Ein- und Ausatmen.

***

Martin Lehmann las den Antrag durch, den Herr O. bei der GeDIF gestellt hatte. Er musste zugeben, dass er wirklich gut war. Aufbau, Argumentation, Formulierungen. Lehmann machte sich daran, den Text, leicht umformuliert, zu übernehmen. Zusammen mit den vorläufigen Ergebnissen aus den Unterlagen von Frau Cohnen eignete sich das Material hervorragend für seinen neuen Artikel.

Später am Nachmittag, als er von einem Spaziergang kam und gerade zurück in sein Büro wollte, lief ihm Corinna über den Weg. Sie sah wieder bezaubernd aus. Ein dunkelblaues Kleid mit gewagtem Ausschnitt umspielte sanft ihre Figur und betonte ihre Kurven um so mehr. Lehmann konnte nicht anders, er musste sie anstarren. Sie kam näher und hob etwas ihr Kinn an, um zu ihm aufzusehen. Die Augen waren so wunderbar, und er begann sich in ihnen zu verlieren. Sie flüsterte etwas, er nahm es gar nicht richtig wahr, so umhüllt fühlte er sich von ihrem Wesen.

»Haben Sie meinen Entwurf schon gelesen?«

Lange währte das Schweigen.

»Jaja, natürlich.«

»Und?«

Martin überlegte, wie er das jetzt am geschicktesten formulieren könnte.

»Nun, also, em, genaugenommen, also, im Grunde eignet er sich nicht für eine wissenschaftliche Arbeit.«

Ihre Augen wurden groß und füllten sich mit Tränen. Martin wurde blass. Himmel noch mal.

»Und kann man da nicht irgendetwas machen?«

»Ich fürchte nein.«

»Aber bitte, sehr verehrter Herr Professor, was soll ich nun tun? Ich hatte so sehr gehofft, ich könnte daraus ein Projekt gestalten.«

Martin schwieg, nun rot im Gesicht. Er wollte zurück an seinen Schreibtisch, einerseits, aber wirklich nur einerseits, denn andererseits sog sich sein Blick mehr und mehr an der Studentin fest.

»Ich kann das unmöglich allein schaffen. Oh Gott, wie soll ich die nächste Nacht überstehen?«

Ein verzweifelter Schluchzer entrang sich ihrer wunderschönen, zarten Kehle.

»Bitte helfen Sie mir?«

***

Fahrenzburg bereitete sich auf eine weitere Nacht vor. Im Zentrum pulsierte noch immer das Leben. Schwerfällig wand sich der Fluss durch die östlichen Gebiete, wo er bald darauf die Stadt verließ. Die Lichter der Häuser spiegelten sich im schwarzen Strom und warfen silbrig glänzende Muster. Das Wasser schlug mit flüsternden Wellen rhythmisch gegen das Ufer. Die Luft roch nach Feuchte, nach Gras und Steinen, nach Abend. Langsam veränderten sich die Geräusche der Stadt.

Matetus stellte sich, als Ela wieder vor dem Spiegel stand, seinerseits breitbeinig hin, die Arme in die Hüften gestemmt.

»Soll ich dir mal was sagen?«

Ela konzentrierte sich auf ihren Atem. Beim Putzen in Martins Zimmer war ihr wieder dieses Parfum aufgefallen. Da half es wenig, wenn Matetus begeistert schnupperte und andächtig was von vollem Tapüm, duper Suft, hauberzaft, schanfastit säuselte.

»Sag!«

»Was hältst du davon, wenn ich morgen einmal mit Martin an die Uni fahre und nach dem Rechten sehe?«

Bedrückt blickte Ela hoch. Sie war sich nicht sicher, ob sie das wollte.

***

Beim allabendlichen Bier schwiegen sich Müller A und Müller BC zunächst ausgiebig an, bis Müller A meinte:

»Und was ist mit dem Dings, mit dem Benedikt Dornkamp?«

»Was soll mit dem sein?«

fragte sein Kollege.

»Na, was wollte er in der Wohnung?«

»Hat der Vater doch gesagt, ansehen.«

»Das war vorgeschoben.«

»Wieso?«

»Der hat so gekuckt.«

»Wie?«

»Doch, als würde er was verschweigen.«

»Und er hatte ein aggressives Auftreten uns gegenüber.«

»Stimmt.«

Beide nickten.

»Hatte der nicht ein Alibi?«

»Er hat gesagt, er wäre auf einem Elternabend gewesen.«

»Aber niemand hat gesagt, wir sollen das überprüfen.«

»Warum sollte er Niko umgebracht haben?«

»Vielleicht wollte er die Wohnung.«

Schweigend schoben sie ihre Biergläser hin und her.

»Wir brauchen einen Plan.«

DONNERSTAG

Ela gewann mehr und mehr den Eindruck, dass Martins Bade-
zimmerrituale in letzter Zeit noch länger dauerten als üblich.
Zumindest, was den Bedarf an Pflegeprodukten betraf, hatte
sie diese Woche mehr einkaufen müssen. Martin erschien wieder einmal bester Laune am Frühstückstisch und hielt sich
nicht lange auf, bevor er ging, einen grinsenden Matetus auf
den Fersen. Ela schickte beiden eine Runde Schatten-
boxschläge hinterher.

***

Frank Felbert und Philip Pfeifer inspizierten ein weiteres der
zahllosen Piercing- und Tattoo-Studios, den Bodyart-Tempel,
die Schaufenster schmierig, die ausgestellten Gerätschaften
auch nicht so ganz sauber. Sie traten ein und warteten, bis man
sie zur Kenntnis nahm. Nach einer ganzen Weile erschien ein
im Gesicht stark behaarter Mann.

»Na, was geht? Ich sag's euch ganz konkret. Wir haben garantiert, was ihr braucht, verschiedene Piercing-Arten und alle

möglichen Tattoo-Styles, Asian und Fantasy, Trash Polka, old-schoo …«

Die Dienstausweise brachten den Mann augenblicklich aus dem Konzept und zum Schweigen. Er begann, mit allen Fingern auf der hölzernen Theke herumzutrommeln. Pfeifer sah sich um. Fläschchen in verstaubten Regalen, Urkunden von Tattoo-Conventions, T-Shirts und Bilder an den Wänden. Auf einigen waren Tätowierungen zu sehen, ein anatomisches Herz, ein Schwert, Pflanzenranken, weiter vorne auch noch eine eingerahmte Mona Lisa, eine Preisliste, vom Ohrläppchen-Piercing für 15 Euro bis zum Zungenpiercing für 55 Euro. Davor standen einige fleckige Plastikstühle. Auf einem lag ein nicht fertig gegessener Hamburger. Einladend war etwas anderes. Pfeifer nahm die Fotos in die Hand.

»Wir würden gern wissen, ob Sie von diesen Leuten hier schon einmal jemanden gesehen haben.«

Sehr vorsichtig näherte sich der Mann den Fotos, die nun auf dem Tresen lagen, und warf einen kurzen Blick darauf. Dann schüttelte er den Kopf.

»Nee, kenn ich nicht, nie gesehen.«

»Sie sollten schon genauer hinsehen. Wir ermitteln in einem Mordfall, und da sind Falschaussagen nicht so spaßig.«

Felbert konnte sehr gefährliche Augen machen, wenn er wollte. Er versuchte, den Mann von oben herab anzusehen. Seine bescheidene Körpergröße ermöglichte es allerdings kaum, die nötige Herablassung zu zeigen, auch nicht auf Zehenspitzen. Zögernd trat der Mann einen kleinen Schritt näher und nahm sich nun etwas mehr Zeit. Dann rief er überrascht:

»Ja! Natürlich!«

Er tippte auf das Bild von Niko Neubach.

»Klar, der wollte ein Apadravya.«

Pfeifer fühlte Übelkeit in sich aufsteigen.

»Und, hat er es bekommen?«

»Ja klar. Aber die werden nicht ganz so oft verlangt.«

Stolz wagte der Mann ein vorsichtiges Lächeln.

»Kennen Sie sonst noch jemanden?«

Der Mann ging noch einmal alle Fotos durch und wählte dann zwei weitere aus.

»Die kenne ich auch. Die haben hier Tattoos bekommen.«

Marlies Meier und Kurt Kaufmann.

***

Es war später Vormittag. Martin setzte sich an den Computer, der summend zum Leben erwachte und freudig blinkte, als er ihn einschaltete. Liebevoll strich er über die Tastatur. Ein Logo erschien und eine Eingabemaske für Login und Passwort. Martin tippte geruhsam die beiden Formeln ein, betätigte die Return-Taste, und dann öffnete sich die Datei mit dem Manuskript des neuen Artikels. Er hatte bereits einen wesentlichen Teil fertig, jetzt noch etwas Feinschliff, hier und da ausformulieren, Fehler korrigieren. Zwischendurch sah er die E-Mails durch, mal wieder eine gewaltige Summe gewonnen, ein Angebot für eine Penis-Verlängerung, hier verweilte er gedankenverloren einige Minuten und starrte den Bildschirm an, dann ein paar Fragen von Studenten, aber nichts Wichtiges. Matetus besichtigte währenddessen die Räumlichkeiten. Die Bibliothek des geschichtswissenschaftlichen Instituts der altehrwürdigen Universität von und zu Fahrenzburg war doch wohl mehr etwas für Namrod. Andererseits aber war der kleine Büroraum, in dem Martin hockte, schon interessant, denn da roch es ziemlich gut, auch wenn der Urheber dieses Geruchs nicht so einfach auszumachen war. Die Frauen drumherum kamen jedenfalls nicht in Frage, und dass es sich wohl eher um Frauen handeln dürfte, setzte Matetus jetzt einfach einmal voraus. Ihm kam es sehr gelegen, dass die Leute hier amerikanisch-modern immer ihre Türen aufließen. So konnte er überall ungestört hineinwandern.

***

»Was meinst du, ob Niko Neubach und Marlies Meier und Kurt Kaufmann sich besser kannten?«

Felbert überlegte auf dem Weg ins Büro, wie sie weiter vorgehen sollten.

»Da müssten wir die beiden wohl noch einmal fragen.«

Sie disponierten um. Marlies war Bürokauffrau und arbeitete in einem Unternehmen in Fahrenzburg. Das lag näher als die Firma, in der Kurt Kaufmann als Koch in der Kantine beschäftigt war. Heute war sie geschminkt, trug eine Hochsteckfrisur und wirkte äußerst attraktiv. Die Kombination aus Jeans und Blazer war schlicht und dabei etwas elegant. Philip Pfeifer musste gleich zweimal hinsehen.

»Sagen Sie, Frau Meier, wie genau kannten Sie Niko Neubach?«

Felbert sah sie prüfend an.

»Aber das habe ich doch schon gesagt, eigentlich nicht so richtig. Wir sind uns vielleicht das eine oder andere Mal im Flur begegnet, aber mehr auch nicht.«

»Ihr Vater und Nikos Großeltern waren doch viele Jahre lang Nachbarn?«

»Das stimmt.«

»Dann müssten Sie und Herr Neubach sich doch öfter begegnet sein.«

»Ja, schon, aber gekannt haben wir uns nicht so wirklich.«

Was immer das auch heißen mochte.

»Wie würden Sie Ihre Beziehung zu Herrn Kaufmann beschreiben?«

Dieser Kurswechsel brachte Marlies momentan aus der Bahn. Sie blies Luft aus den gespitzten Lippen und sagte nichts. Felbert und Pfeifer warteten geduldig ab.

»Grad nicht so gut.«

»Warum?«

Marlies gab zu, dass Kurt ziemlich eifersüchtig sein konnte.

»Wegen jemandem bestimmten?«

Natürlich hatte Felbert jetzt Herrn Neubach vor Augen, Marlies nannte allerdings keine Namen. Nur so allgemein.

»Also läuft es grad nicht so gut bei Ihnen.«

Das war nicht sehr intelligent, aber Pfeifer wollte dem Gespräch etwas Schwung geben. Marlies räumte ein, dass Kurt sehr wenig redete und dass sie das ganz gut fand. Aber manchmal war er doch zu eigenbrötlerisch. Sie erzählte ihm immer alles, auch von früher wusste er mittlerweile viel von ihr. Aber umgekehrt wusste sie kaum etwas.

Eine halbe Stunde später betraten Pfeifer und Felbert die Kantine, in der Kurt Kaufmann arbeitete. Sie fragten ihn ebenfalls zu Niko Neubach aus. Aber auch er erklärte, den Toten praktisch nicht gekannt zu haben.

»Na gut, dann erzählen Sie doch etwas von sich.«

Pfeifer schaute sich um. Kurt war mit der Vorbereitung für das Mittagessen beschäftigt. Vor ihm standen mehrere Teller und Schalen mit verschiedenen Gemüsestücken, Fleisch, Kräuter, Gewürze, Mehl, alles sauber und ordentlich sortiert, die Stücke jeweils gleich groß. Daneben lagen Messer in unterschiedlichen Größen.

»Gibt es da irgendein System?«

wollte Pfeifer wissen. Kurt blickte argwöhnisch. Er nickte finster.

»Natürlich.«

»Und Sie und Frau Meier kennen sich nun schon ein paar Monate, oder?«

versuchte es Pfeifer weiter.

»Ja.«

Kaufmann blieb weiterhin einwortig.

»Und wie waren Ihre Beziehungen zu anderen, äh, Frauen?«

»Was soll das denn heißen?«

Eigentlich wollte Pfeifer wissen, ob da vielleicht noch was am Laufen war oder ob der Herr es eher mit Damen oder mit Herren hatte. Die Aggressivität, die ihm jetzt entgegenloderte, ließ ihn aufhorchen. Auch Felbert hatte es mitbekommen und starrte seinerseits Kaufmann intensiv an. Es folgte eine sehr lange Pause. Normalerweise bekamen Felbert und Pfeifer mit Schweigen immer irgendwelche Verlegenheitsrepliken, aber in diesem Fall funktionierte das nicht. Kaufmann schwieg eisern. Die beiden hatten nichts gegen ihn in der Hand, was ein ernsthaftes Verhör rechtfertigte, aber Felbert bekam schon wieder so ein Funkeln in die Augen.

»Wo waren Sie am dritten Mai um 19.00 Uhr?«

»Bei Matthias Meier. Habe ich bereits erwähnt.«

Das hatten sowohl Herr Meier als auch seine Tochter ebenfalls ausgesagt.

»Wie lange?«

»So etwa bis halb acht.«

»Und dann?«

»Dann bin ich in die Blechtrommel und habe mich mit einem Kollegen getroffen.«

»Wie lange?«

»Ich glaube, so um zehn hat mich Marlies abgeholt.«

»Und Sie sind sich da sicher?«

»Ja.«

»Wie lange arbeiten Sie schon hier?«

Kurt nahm sich viel Zeit für die Antwort.

»Zwei, drei Jahre.«

»Und davor?«

Davor war er zwei, drei Jahre in der Kantine einer Versicherung gewesen, davor zwei, drei Jahre wieder woanders und so ging es weiter. Pfeifer und Felbert verabschiedeten sich und fuhren nun wirklich ins Büro.

***

Matetus verfolgte begeisterungsfrei den Disput zwischen Martin Lehmann und Herrn Janßen, der alsbald zum Monolog mutierte, eine ziemlich komplizierte Geschichte über Narrationstechniken, Nachlassmaterialien, Rekonstruktionen und Diskursivität. Lehmann blieb ungewöhnlich wortkarg. Mit einem gönnerhaften kleinen Lächeln nickte er hie und da und tippte angelegentlich mit dem rechten Zeigefinger auf den Tisch. Ab und an ließ er ein Fein oder ein Soso hören. Matetus interessierte das überhaupt nicht. Aber da ihm einige Türen bisher verschlossen geblieben waren, entschied er sich dazu, Lehmann den Rücken zuzukehren und eine Weile mit diesem Janßen unterwegs zu sein. Vielleicht kam er so dem Duft auf die Spur. Matetus folgte Herrn Janßen zu ihm bisher unbekannte Gebiete des Campus, zur Philosophie, die aber ebenfalls mehr für Namrod war, zur Literaturwissenschaft bis hin zur Toilette. Er kannte die Polizeiakten auswendig, und deswegen gingen bei ihm sofort die Alarmglocken los.

***

Pfeifer und Felbert verglichen nochmals alle Aussagen. Leider hatte einer der Herr Meiers gesagt, mehrere Stimmen aus Matthias Meiers Wohnung gehört zu haben und dann auch noch beobachtet, wie Kurt und Marlies gegen halb acht gingen.

***

Als sie die Wohnung betrat, wusste sie sofort, dass etwas nicht in Ordnung war. Ein furchtbar aufgeregter Matetus kam auf sie zu und tanzte um sie herum. Sie ahnte Ungutes. Nichts, das sie wissen wollte.

»Du glaubst es nicht, du glaubst es nicht.«

Ela schwieg vorsichtshalber, innerlich hielt sie die Luft an. Matetus musterte sie argwöhnisch.

»Du hast wegen dem Job nicht nachgefragt, oder?«

Matetus setzte ihr mit seiner Idee, in der Verwaltung der Gleichstellungsinitiative auszuhelfen, ziemlich zu. Sie schüttelte den Kopf. Aber Matetus war gedanklich schon wieder weiter.

»Da war einer, der hat das gleiche Tattoo auf der A...«

Er verstummte abrupt, denn Ela legte großen Wert auf Manieren, auch auf verbale, und erwog Alternativ-Formulierungen.

»Pobacke.«

Ela war erleichtert, nicht, dass sie verstand, was er meinte. Matetus nahm einen neuen Anlauf.

»Du erinnerst dich an den Obduktionsbefund von Niko, oder? Die hatten da eine Tätowierung gefunden, die angeblich selten ist. Und dieser Herr Janßen hat genau die gleiche. Auch einen blauen Skorpion mit zwei Schwänzen. Was sagst du nun?«

»Dann gibt es eine Verbindung zwischen den beiden.«

»Genau! Und nicht nur eine. Die haben nämlich beide was mit Philosophie zu tun. Da war der nämlich auf der Toilette, und da habe ich das Tattoo entdeckt. Außerdem finde ich auch, dass Niko ungeschminkt ganz anders wirkt. Auf den Obduktionsfotos, die sind ja jetzt auf dem Computer, sieht man, hmm, wie soll ich sagen, sein Gesicht sieht da viel sanfter aus.«

Sie betrachtete eingehend die Fotos. Es stimmte, die vollen Lippen waren fein geschwungen, die hatte er sich sonst immer überschminkt. Überhaupt sah der Tote viel zarter aus, als sie ihn in Erinnerung hatte. Traurig.

»Aber ich kann schlecht zu den Polizisten gehen und denen erzählen, was fremde Männer auf ihrem Hinterteil tätowiert haben.«

»Musst du auch gar nicht.«

Matetus lief aufgeregt hin und her, setzte sich, stand wieder auf.

»Wir besuchen die Tattoo-Studios und fragen, wer solch eine Tätowierung gemacht hat. Die Liste dieser – Etablissements ist auch auf dem USB-Stick. Ich suche dann danach die Unterlagen durch. Und dann sehen wir weiter.«

Einmal mehr wunderte sie sich, wie auf so einem kleinen, harmlos aussehenden Teil so viel Information gespeichert werden konnte. Tiefe Ehrfurcht vor Informatik und Computern erfüllte sie.

»Heute aber nicht mehr, oder willst du allein los?«

Matetus war schon weg. Ela wusste gerade nicht, ob sie froh sein sollte, dass er zu dem anderen Thema gar nichts gesagt hatte.

FREITAG

Am nächsten Morgen machte sich Matetus wieder auf den Weg zur Universität, um zu erfahren, wo Jürgen Janßen wohnte. Ela hatte vormittags sowieso keine Zeit. Daher begleitete er ihn bei seinen Seminaren, Toiletten- und Cafeteria-Besuchen, insgesamt eine furchtbar öde Angelegenheit. Irgendwann nachmittags ging Janßen endlich nach Hause. Als Matetus die Wohnung im Erdgeschoss betrat, wurde ihm so Einiges klar. Wie vom Donner gerührt blieb er stehen und riskierte vor lauter Aufregung fast einen Zusammenstoß. Gerade noch rechtzeitig flüchtete er unter den Küchentisch, von wo aus er wartete, bis sich die Gelegenheit für weitere Untersuchungen bot.

***

Müller A und Müller BC hatten sich entschlossen, mehr über Benedikt Dornkamp herauszufinden. Straftaten oder Anzeigen gegen ihn gab es nicht. Aber das heißt ja nichts.
»Zunächst einmal, hat er gesagt, wo er zu der Tatzeit war?«
»Du meinst Niko Neubach? Barbara Brauer war dann doch Selbstmord?«
»Nehmen wir erst Neubach, und die Rekonstruktion des anderen Hergangs heben wir uns für danach auf.«
Sie gingen zu der Schule, an der Herr Dornkamp als Sportlehrer arbeitete, und erkundigten sich beim Schulleiter nach den abendlichen Aktivitäten seiner Mitarbeiter. Wie es schien, hatte am dritten Mai tatsächlich ein Elternabend stattgefunden, an dem alle Lehrer teilnahmen, jedoch erst ab 20.00 Uhr.

***

Felbert verabschiedete sich mental von seinem aktuellen Lieblingsverdächtigen, als die beiden Schupos wieder auftauchten.
»Na, was gibt es Neues?«
grinste Felbert.
»Wir haben etwas herausgefunden.«
»Nur zu!«
Schon wieder, dachte Pfeifer. Felbert schien gespannt.
»Benedikt Dornkamp hatte ein Motiv.«
»Und zwar?«
»Er wollte die Wohnung. Außerdem hatte er auch reichlich Gelegenheit, denn er war der Onkel von Niko Neubach. Und.«

Müller A machte eine theatralische Pause, schaute zu seinem Kollegen, dann zu Felbert und Pfeifer und sagte:

»Und er hat uns angelogen. Er war überhaupt nicht beim Elternabend.«

»Und woher wollen Sie das wissen?«

Felbert beugte sich interessiert vor.

»Weil der Elternabend erst gegen 20.00 Uhr losging, das hat uns der Schulleiter gesagt.«

»Was meint Herr Dornkamp dazu?«

Müller A und Müller BC sahen sich erstaunt an.

»Ich höre.«

Felbert klang nicht mehr so freundlich.

»Keine Ahnung.«

Müller BC zuckte mit den Schultern.

»Das heißt, Sie haben ihn gar nicht gefragt?«

Kleinlaut verabschiedeten sich die beiden Streifenpolizisten, während Felbert und Pfeifer vielsagende Blicke tauschten.

»Interessant. Lügen sind immer interessant.«

»Wenn es denn eine Lüge ist.«

***

Matetus musste lange warten, bis Jürgen Janßen seine Wohnung wieder verließ und er sich alles in Ruhe ansehen konnte. Als erstes durchsuchte er den Schreibtisch und fand mehrere Mailausdrucke von Niko Neubach. Unter einem Stapel Bücher lagen Briefe und ein paar lose Blätter, eines davon wohl der Entwurf zu einem Brief oder einer Mail.

Lieber Niko,
so kann das nicht weitergehen. Was denkst du dir denn? Du musst auf jeden Fall ruhig bleiben, sonst ist das mein Ruin. Versteh doch bitte, versetz dich doch einmal in meine Situation. Sie ist ohnehin

schwierig genug jetzt, wo mein Doktorvater in die Staaten gegangen ist.

***

Ela schloss auf und betrat die Wohnung, die still und dunkel vor ihr lag. Von draußen schimmerte die Straßenbeleuchtung durch die Fenster und tauchte alles in ein unheimliches Licht, aus Schatten wurden Schemen, die sich geisterhaft bewegten, wenn sie nur lange genug hinsah. Niemand zu Hause. Die bedrückte Stimmung schien sich langsam auf ihre Wahrnehmung auszuwirken. Ela sah die Liste mit den Tattoo-Studios durch, die Matetus ihr ausgedruckt hatte. Heute hatten sie sich verpasst. Sie wusste nicht, wo er steckte. Sie machte sich das Essen von gestern warm, hob auch etwas für Martin auf, und setzte sich vor den Fernseher. Ein Glas Wein in der einen Hand suchte sie mit der Fernbedienung einen akzeptablen Film. Langsam entspannte sie sich. Ein Mann, der eigentlich ganz normal wirkte, sprang mindestens zweieinhalb Meter frei aus dem Stand heraus hoch und zog sich am Container aufs Dach, obwohl er mehrere Schusswunden hatte. Wahnsinn.

SAMSTAG

Samstagmorgen. Matetus schlich vorsichtig durch die Wohnung. Er war müde, weil er nach dem Besuch bei Janßen zwei Nächte lang in den Unterlagen aller möglichen Tätowier-Studios nach den Namen von Niko Neubach und Jürgen Janßen gesucht hatte. Erst ziemlich spät heute Nacht war er erfolgreich gewesen. Während Martin sich wieder ausführlich pflegte, legte Matetus Ela seinen neu ausgearbeiteten Plan für die weitere Vorgehensweise der kommenden Tage dar. Ela bremste ihn gleich ab, weil am langen Pfingstwochenende Läden und Universität geschlossen waren. So eine blöde Angewohnheit, ständig immer alles zuzumachen, dachte Matetus genervt.

»Dann müssen wir eben bald los.«

»Wann öffnet der Laden?«

»Erst um elf, aber dafür haben die heute bis um 15.00 Uhr auf.«

Ela probierte noch eine Weile am Makeup herum und übte vorsichtig, in den neuen High Heels zu laufen. Eine Stunde später, Martin war versorgt und arbeitete an einem furchtbar wichtigen Artikel, sogar mit Deadline, und zwar zu Hause, denn es war Samstag, suchten sie in einer ziemlich verrufenen Ecke von Fahrenzburg den *Inky Joss*. Die Straße war mit Kopfsteinpflaster gemacht, und Ela verfluchte ihre neuen Schuhe, weil sie Angst hatte, sich einen Knöchel zu verletzen. Punkt elf standen sie vor dem Laden und vor der verschlossenen Türe. Eine Klingel gab es nicht. Also warteten sie. Eine geschlagene halbe Stunde. Matetus hüpfte hochexplosiv um Ela herum, die selbst immer nervöser wurde. Die Gebäude in dieser Straße wirkten schmutzig. Viele waren dunkel, einige auch etwas verfallen mit dicken Staubschichten und Spinnweben in den Schaufenstern. Endlich machte dieser Joss auf. Ungepflegter Vollbart, Vollglatze, voll schmuddelig alles hier, dachte Ela. Das Trikolon oder die Dreierfigur, dachte sie weiter, um sich zu beruhigen. Sind diese Tätowierleute eigentlich nicht jünger? Der Herr war etwa so alt wie sie, falls man das überhaupt bei ihm schätzen konnte. Er trug Ohrringe in beiden Ohren und eine schiefe Nickelbrille auf der Nase. Sie trug ein neues Kleid und neues Makeup. Es war ihr nicht klar, wie sie die langen Blicke des Herrn interpretieren sollte. Eher gut oder eher schlecht? Der Herr schwieg. Offenbar hielt er nichts von den soziokulturell üblichen Begrüßungsritualen der mitteleu-

ropäischen Region. Sein ärmelloses Shirt ließ prächtige mus-
kulöse, braungebrannte Oberarme frei. Der Raum befand sich
in einem schlechten Zustand. Regale, Theke und ein paar
Stühle, die schon bessere Tage gesehen hatten.

»Also«,

begann Ela wenig einfallsreich und bekam einen Ellenbogen in
die Rippen.

»Ich interessiere mich für ausgefallene Tattoos für meinen Nef-
fen. Der ist Anfang zwanzig und hat etwas problematische
Eltern, Sie verstehen?«

Inwiefern der Herr verstand oder nicht, war nicht ersichtlich.
Er fokussierte Ela, die tätowierten Arme vor der sehr breiten
Brust verschränkt. Sachte spielte er mit dem rechten Bizeps.
Dort war Munchs Schrei eindrucksvoll und in Farbe zu sehen
und bewegte sich sanft im Spiel der Muskeln.

»Nun, äh, ich würde ihm gern ein Geburtstagsgeschenk machen, weil seine Eltern doch so konservativ sind, und was
gegen – Bodystyling haben, und ein Bekannter hat gesagt, Sie
hätten da eine ganz tolle Auswahl, und ich würde mich gern
beraten lassen, ob das preislich überhaupt in meinen Rahmen
kommt, passt.«

Leider reagierte der Herr immer noch nicht. Ela wurde zusehends kribbeliger.

»Ich dachte da vielleicht an was mit Sternkreiszeichen?«

»Sternzeichen.«

Aha, der hörte ja doch zu. Die Stimme klang tief, rauchig, aber
doch klar, insgesamt angenehm. Der linke Bizeps machte eine
Beule.

»Oder Tierkreiszeichen«,

fuhr er fort.

»Wie?«

»Entweder oder, aber nicht mischen.«

Er sah sie ernst und durchdringend an. Meine Güte, da versprach man sich EIN Mal, und gleich –.

»Ja, irgendetwas Individuelles. Keine Drachen oder Totenköpfe oder so. Oder Herzen. Oder Rosen. Was Besonderes.«

»Und wann hat Ihr Neffe Geburtstag?«

»Wieso wollen Sie das denn wissen?«

»Wollen Sie nun ein Sternzeichen?«

»Ja, stimmt. November, am fünfzehnten.«

»Scorpio.«

Der Herr richtete sich nun gerade auf und lehnte sich etwas zu Ela hin.

»Zwischen dem 24. Oktober und dem 22. November. Element Wasser, Planet Pluto, Glücksstein Hämatit. Ein Kämpfer voll Ausdauer, Leidenschaft und Disziplin. Fleißig, ehrgeizig, geheimnisvoll.«

Ela zeigte sich angemessen beeindruckt. Drohend blickte er sie aus seinen stahlblauen Augen an und beugte sich noch ein Stückchen weiter vor. Mit tiefer Stimme raunte er:

»Ich bin selbst ein Scorpio.«

Sein Mund öffnete sich und deutete ein Lächeln an. Sie sah die perfekten, strahlend weißen Zähne durchblitzen. Ela schluckte zweimal. Matetus fasste ihre Hand und drückte sie beruhigend. Ela schluckte noch einmal.

»Hätten Sie da was?«

Lange schwieg der Herr wieder, bis er in volltönendem Bass murmelte:

»Aber natürlich.«

Ela wartete und sagte vorsichtshalber nichts.

»Kommen Sie mit!«

Der Herr schritt gelassen und ehrfurchtgebietend durch die hintere Tür in den nächsten Raum. In den Regalen lagen Edelsteine, Totenköpfe und Drachen. An der Wand hingen einige Fotos von tätowierten Armen, Bäuchen und wahrscheinlich

Hinterteilen. Er nahm eines der Alben, blätterte etwas darin herum und zeigte Ela mehrere Skorpion-Motive. Ein einziges hatte zwei Schwänze.

»Das da.«

Ela tippte drauf.

»Nun«,

hob er vielversprechend an, verstummte aber gleich wieder. Es folgte eine Pause.

»Wie sieht das denn in echt aus?«

wollte Ela wissen. Matetus hatte das mit ihr vorher durchgesprochen. Oh Mann, hoffentlich hatte der sowas nicht hinten, ääh, sie wollte sich das lieber nicht vorstellen. Aber er reagierte nicht. Gott sei Dank. Ela hakte nach.

»Ich würde das gern mal in natura sehen.«

»Warum?«

»Ich kann mir das von den Fotos her nicht so richtig vorstellen.«

Ela wartete geduldig auf eine Antwort. Wahrscheinlich kapiert der überhaupt nicht, was ich will, überlegte sie.

»Ich dachte, vielleicht sagen Sie mir die Namen von Leuten, die so ein Tattoo haben, und dann könnte ich die doch fragen.«

Das war natürlich eine saublöde Idee von wegen Datenschutz und Intimsphäre, aber der Typ konnte ja wohl nicht wissen, dass sie wusste, dass die das Bild hinten auf der Hinterbacke hatten. Sie fuhr fort:

»Ob die mir das zeigen könnten? In echt, auf der Haut? Dann könnte ich auch die Farbnuancen besser beurteilen.«

Nachdem der Herr immer noch nicht reagierte, versuchte es Ela mit Lächeln, Kopf schief halten, Finger an den Mund und leicht blöd gucken. Der Herr schluckte.

»Es funktioniert«,

blökte ihr Matetus ins Ohr, der die Vorstellung gebannt verfolgte. Vor Schreck stellte sich Ela ganz gerade hin, dabei schob sie die Brust nach vorn, der Stoff spannte sich und der Herr senkte den Blick.

»Wenn Sie wollen«,

raunte er, den Blick noch immer gesenkt. Ela drehte sich weg. Wenige Minuten später hatte sie die Namen von genau zwei Personen mit dem blauen, zweischwänzigen Skorpion, wie Matetus prophezeit hatte.

»Aber ich brauche noch ihre Telefonnummer«,

bat Inky Joss sie nun entschlossen.

»Warum?«

Unvorbereitet traf sie ein zartschmelzender Blick.

»Wenn ich noch mehr Informationen finden würde, könnte ich sie Ihnen direkt übermitteln.«

Zögernd schrieb ihm Ela die Nummer auf. Der Typ war ihr nicht geheuer. Sie bedankte sich ausgiebig.

»War mir ein Vergnügen. Solch interessanten Damen wie Ihnen tue ich doch gern einen Gefallen.«

»Und nun?«

flüsterte Matetus. Nun kam der schwierige Teil, weil Ela wieder schwindeln musste.

***

Am frühen Nachmittag kam Ela, mit Matetus natürlich, am Polizeigebäude an und ließ sich den Weg zu Felberts Büro erklären. Pfingstsamstag hin oder her, Felbert und Pfeifer waren da. Ela erklärte den beiden, ihr sei eingefallen, dass Niko Neubach ihr einmal, als er wieder etwas geraucht hatte, von seinem Tattoo erzählt hatte, dass sein Freund das gleiche hätte und dass sie beide sich das von Inky Joss hätten stechen lassen.

»Das habe ich übrigens bereits verifiziert. Und der Name des Freundes lautet Jürgen Janßen«,

sagte Ela.

Wäre das nicht ein guter Hinweis? Vielleicht auf einen eifersüchtigen Lover? Über die Liebesbriefe, die Matetus bei Janßen gefunden hatte, durfte sie natürlich nichts sagen. Aus ihnen ging hervor, dass Niko nichts gegen das Outen gehabt hatte, Janßen aber sehr wohl. Denn er promovierte an einer erzkonservativen Universität, und das Thema sei äußerst heikel gewesen. Niko schien auch ziemlich eifersüchtig gewesen zu sein. Matetus sah mindestens zwei Mordmotive, die Ela als mögliche Szenarien vor den beiden Beamten verbal durchspielte.

»Wir befinden uns zwar im Bereich der Vermutungen. Aber die allermeisten Gewaltverbrechen sind Beziehungstaten, und Opfer und Täter kennen sich. Meistens ist es ein eifersüchtiger Freund. Oder Ehemann, aber das kommt hier wohl eher nicht in Frage«,

fügte sie abschließend an.

Dann wurde sie hinauskomplimentiert.

»Interessant, wir kriegen immer mehr Verdächtige«,

meinte Pfeifer, der mitgeschrieben hatte. Felbert sagte:

»Wobei ein Herr Janßen ja noch gar nicht aufgetaucht ist. Wenn du mich fragst, ist das Blödsinn. Lass uns aber mal zu dem Dornkamp gehen.«

Die Straße war erfüllt vom Gemurmel der Menschen und dem Brummen vieler Autos. Ela bekam nichts davon mit, so sehr ärgerte sie sich. Matetus folgerte messerscharf:

»Die nehmen uns nicht ernst.«

Ela pflichtete ihm bei.

»Wie wäre es, wenn du noch einmal bei Herrn Winkler anrufst und ihn um seine Meinung bittest? Ich gehe zurück zur Polizei.«

***

Wo könnte ein Sportlehrer an einem Samstagnachmittag wohl sein? Zu Hause? Oder eher nicht? Pfeifer rief ihn vorsichtshalber an. Er war unterwegs, und zwar im Fitness-Studio, wo er auf dem Laufband erst noch seine Kilometer fertig machen wollte. Sie verabredeten sich für 19.00 Uhr bei ihm in der Wohnung. Sie war klein, ein Zimmer, Bad und Küche. Aber dieses eine Zimmer hatte er erstaunlich geschmackvoll eingerichtet. Kleiderschrank, Kommode, Bett und Schreibtisch aus edlem Holz, dezente weiße Vorhänge, die den Raum größer wirken ließen, ein sehr geschmackvoller Druck von van Gogh. Das Bett war zu einem Sofa umgeschoben, davor stand ein kleiner Beistelltisch. Aus dem Fenster blickten sie auf Baumwipfel und Dächer, einige mit Terrassen und Blumenkübeln. Dazwischen ragten Kirchtürme, Fernsehantennen und Schornsteine in den Himmel. Gegenüber spazierte eine schwarze Katze an der Dachrinne entlang, rieb sich den Rücken, streckte sich und verschwand aus dem Blickfeld. Weiter hinten konnte man den Fluss vermuten. Dort war ein Park. Ein schönes und friedliches Panorama. Man überblickte einen großen Teil der Stadt. Sie saßen auf dem Sofa, Herr Dornkamp holte sich einen Klappstuhl aus der Küche, und tranken Kaffee. Dazu gab es Gebäck, und kein schlechtes. Matetus sah sich zwischendurch etwas um, aber das erwies sich aufgrund der Enge als schwierig. Noch schwieriger war es, nichts von den Keksen zu essen. Pfeifer plänkelte los, um eine lockere Stimmung zu erzeugen. Währenddessen musterte Felbert aufmerksam Dornkamp mit zusammengekniffenen Augen. Dieser Mann war ihm zutiefst unsympathisch. Die kantigen Gesichtszüge könnten durchaus als gutaussehend und attraktiv bezeichnet werden. Lange, dichte Wimpern umrahmten dunkelbraune Augen. Größere Männer als er selbst waren ihm stets suspekt, und dieser hier hatte nicht nur eine einschüchternde Körpergröße, sondern auch einen gut durchtrainierten Körper und tadellose

Manieren. Dornkamp schilderte seine Aktivitäten am fraglichen Tag. Ohne große Fragen stellte sich heraus, dass er nachmittags im Fitness-Studio und ab etwa 18.30 Uhr im Schulgebäude gewesen war, um den Elternabend vorzubereiten, der um 20.00 Uhr begann, zu dem aber immer schon einige Eltern eine halbe Stunde früher erschienen. Mit einigen hatte er sich auch unterhalten. Für 19.00 bzw. 19.13 Uhr hatte er allerdings keinen Zeugen. Felbert richtete sich so groß auf wie es ging und lief im Zimmer auf und ab, um das Meiner-ist-größer-als-deiner-Motiv darstellerisch umzusetzen und aller Wahrscheinlichkeit nach das Gegenteil zu kompensieren. Die beiden Beamten fanden, dass eine neue Wohnung schon angesagt wäre, aber als Mordmotiv war das nicht sehr wahrscheinlich. Als sie sich verabschiedeten und Matetus sich so gerade zwischen den dreien hindurchschlängeln konnte, nachdem er doch noch schnell einen Keks gegessen hatte, speicherten sie Dornkamp als peripher in Frage kommend ab.

SONNTAG

Der Pfingstsonntag war ein wunderschöner Tag. Auf dem Marktplatz saßen die Menschen auf den Bänken, hielten das Gesicht in die Sonne und genossen die Ruhe. Kinder spielten. Einige Familien spazierten durch die Anlage.
Ela beschloss, zum Gottesdienst zu gehen. Martin wollte nicht mit, und Matetus riet sie dringend von einer Begleitung ab, denn es würde viel zu voll werden. So ging sie allein und setzte sich nach hinten, um die stimmungsvollen Bilder und Deckenverzierungen zu genießen, weniger, um die Predigt zu hören. Sie hatte festgestellt, dass sie dann manchmal auf neue Ideen kam. Schließlich war die Kirche aus. Viele Besucher blieben draußen noch etwas stehen. Auch der Pfarrer gesellte sich

dazu, schüttelte Hände, lauschte höflich, nickte dem einen oder anderen freundlich zu. Ela verließ auch endlich die Kirche und warf noch einen letzten Blick auf den Altar. Dann blieb sie überrascht stehen. Mit dem hatte sie hier nicht gerechnet.

DIENSTAG

Der Morgen begann warm und sonnig und versprach, noch besser zu werden. Kaum Wolken am Himmel. Das Licht war klar und schuf scharfe Konturen. In den Bäumen lärmten die Vögel, und auch Martin war ganz offenkundig wieder einmal bester Laune. Ela schob das auf den Artikel, den er fertig hatte und bald einreichen wollte. Das hatte er ihr in den letzten zwei, drei Tagen mehrfach erklärt. Auch, worum es ging, aber sie merkte sich das erst gar nicht. Matetus wollte wieder mit zur Universität. In der Bibliothek gab es genügend Arbeitsplätze, so dass Namrod dort nachts ungestört lesen und surfen konnte, während er tagsüber auf seinem Speicher schlief. Ela war froh. Zwei, die dauernd Vorträge hielten, waren ihr einfach zu viel. Sie war erstaunt, dass etwas noch langweiliger sein konnte als Geschichte. Namrod wollte eine neue Philosophie des Menschen verfassen, auf der Basis seiner Beobachtungen der letzten Tage. Nur verstand er die christliche Glaubenslehre nicht. Angeblich habe Gott den Menschen nach seinem Ebenbild erschaffen – aber dabei hat er ganz offensichtlich versagt, und was ist das für ein Gott, der sowas nicht schafft? Oder er taugte von Anfang an zu nichts. Oder aber die gottgleichen Eigenschaften Adams hat die Evolution im Laufe der Zeit abgebaut. Insgesamt also eine denkbar armselige Geschichte, seiner Meinung nach. Ela wusste darauf nichts zu sagen. Möglicherweise fände man eine Erklärung in der irdischen Auffassung von Komik. Oder eventuell Ironie. Das Prinzip der bildhaften Erzählweise konnte er augenscheinlich nicht nachvollziehen, dachte Ela. Oder es lag daran, dass Plugismonier eine starke Aversion gegen Hierarchien hatten und ihnen das Konzept eines Gottes fremd war. Und auch viele der Essensgewohnheiten blieben ihm unverständlich. So entzog sich ihm der Sinn von Zitronat – offenbar nahm auch er mittlerweile, wie Matetus, feste Nahrung zu sich, falls sie süß war. Das würde zumindest den gestiegenen Schwund an Zucker und Schokolade erklären. Besonders seltsam fand er, dass manche Menschen das Gehirn von Kühen als seltene Delikatesse verzehrten. Ela versuchte erst gar nicht, einen Zusammenhang zwischen Kalbshirn und Religion zu suchen. Für ihn war außerdem die Idee wesentlich, dass man die Welt nicht nur durch Handeln, sondern auch durch Nichthandeln beeinflusste. Dies als Erklärung für seine momentane Forschungsaufgabe. Sie mochte seine ausschweifenden philosophischen Ausführungen schon nicht mehr hören. Noch weniger aber Matetus' Gesäusel zum Thema Scorpio. Er war es gewesen, den sie in der Kirche gesehen hatte. Er war auch direkt zu ihr gekommen und hatte ihr schöne Pfingsten gewünscht – und sie gefragt, ob er sie einmal anrufen dürfte. Er hatte ihr das Du angeboten, nennen Sie mich doch Jossy, und sie hatte ihn perplex angestarrt, etwas von verheiratet gestottert, aber dann geschwiegen. Offenbar war ihm das gar nicht unangenehm. Im Gegenteil, er hatte ihr seine Pläne zur Karma-Optimierung dargelegt. Dazu gehörten, unter anderem, Kirchenbesuche und gute Taten. Grundsätzlich und ohne Hintergedanken. Er würde ihr jederzeit zur Verfügung stehen, falls sie ihn brauchte, das hatte er gleich zweimal gesagt. Ela hatte sich dann gefangen und sich vorsichtig wohlwollend über das veränderte Aussehen geäußert, er stand in einem SEHR gepflegten, gutsitzendem Anzug vor ihr, die blauen

Augen strahlten und passten genau zu der Farbe des Hemdes, und er entschuldigte sich für sein Auftreten vor kurzem im Tattoo-Studio, aber er müsse sich in jeder Beziehung seiner Kundschaft anpassen. Ela beging den großen Fehler, alles Matetus zu erzählen, der sie jetzt mit diesem Typen aufzog.

***

Um elf Uhr kam die Staatsanwältin zu einer Besprechung auf das Kommissariat, eine schlanke, gepflegte Frau Anfang Vierzig, die Haare zurückgebunden, das Make-up dezent, das dunkle, schlichte Kostüm tadellos. Nachdem Felbert die bisherigen Vorgänge und Ergebnisse zusammengefasst hatte, lehnte sie sich zurück und blätterte die Unterlagen durch, Fotos, Protokolle, Berichte, Obduktionsbefunde. Zwischendurch sah sie wiederholt und mit gerunzelter Stirn auf die Uhr. Sie betrachtete abschätzend die Anwesenden. Zwei Leichen und erstaunliche Parallelen, was Modus Operandi und Tatwaffe anbelangte. Und Tatzeit, wie die Staatsanwältin anmerkte. Felbert musste zugeben, dass ihm das noch nicht aufgefallen war. Beide im gleichen Mietshaus innerhalb kurzer Zeit. Beide ungefähr im gleichen Alter. Kryptische Aufnahmeprotokolle. Mehrere Verdächtige, jeweils schwache Beweisführung, Benno Brauer, der Ehemann des ersten Opfers, Kurt Kaufmann, Benedikt Dornkamp. Ihr Gesicht sprach Bände, sie war nicht amüsiert.

»Also, wenn wir es hier mit einem Serienmörder zu tun haben, und darauf deuten die vielen Gemeinsamkeiten ja hin, müssen wir uns beeilen«,

warf Müller A in das allgemeine Schweigen hinein.

»Tatsächlich?«

sagte die Staatsanwältin. Er fühlte sich ermutigt.

»Ja, denn so gut wie keiner hört mit dem Töten von allein auf. Außerdem folgen die Morde gewöhnlich immer schneller aufeinander.«

Als niemand darauf antwortete, fuhr er fort.

»Die meisten wirken völlig normal, denn sie sind zwar eigentlich meistens Soziopathen, aber mit guter Schulausbildung, passen sich an, wirken völlig unauffällig und führen ein ganz normales Leben.«

»Ist es möglich, dass sich die vielen Parallelen aus den Lücken des Aufnahmeprotokolls ergeben?«

Müller A begriff nicht ganz und warf ihr einen entsprechenden Blick zu.

»Wäre ich doch nur mit Ihrer Naivität gesegnet.«

Die Staatsanwältin schüttelte den Kopf.

»Herr Felbert?«

Nun wandte sie sich an den KK, aber auch der blieb stumm.

»Meine Herren, es wurden bei beiden Leichenfunden weder der Rechtsmediziner geholt noch Spuren sichergestellt. Die beiden Schupos haben sauber gepennt.«

Es war klar, dass noch mehr kommen würde. Sie sah sich in der Männerrunde um wie ein Pitbull kurz vor dem Absprung.

»Herr Felbert, das ist nicht die erste Ermittlung, die aus dem Ruder läuft.«

Felbert wollte etwas sagen, wurde aber mit einem scharfen Blick sofort ausgebremst. Eine blasse Zungenspitze schoss zwischen seinen Lippen hervor, und er machte ein lautes, saugendes Geräusch, als sie zurück in den Mund schnellte. Philip besah sich das Muster auf dem Boden, Müller A und Müller BC wussten gerade nicht genau, worum es ging, und die übrigen Anwesenden aus den Bereichen Forensik, Kriminal- und Schutzpolizei hielten versammelt den Atem an. Jeder dachte das gleiche: Es sei ihm gegönnt.

»Wir haben bereits die Stelle ausgeschrieben, vor zehn Tagen, ich dachte, ich sehe noch eine Weile zu, wie Sie sich da herausmanövrieren würden beziehungsweise ob. Aber nein. Gott sei Dank haben wir seit gestern nun einen KHK, der die Leitung der Mordkommission übernimmt.«

Sie sah wieder auf ihre Armbanduhr.

»Er wird jeden Moment hier auftauchen.«

Und tatsächlich klopfte es, und herein trat ein großer, schlaksiger, schüchtern wirkender Mann mit blitzenden, ozeanblauen Augen, der zurückhaltend und sehr höflich in die Runde nickte und von der Staatsanwältin mit Handschlag begrüßt wurde. Er entschuldigte sich für die Verspätung, er hatte länger in einem Stau gesteckt, und lauschte dann konzentriert der nun eigens für ihn wiederholten Standortbestimmung im Fall Niko Neubach. Das wäre eigentlich nicht nötig gewesen, denn er kannte sich bereits aus. Ela hatte ihn am Vorabend über die aktuellen Entwicklungen informiert, denn Matetus verfolgte über eine Online-Verbindung mit dem Kommissariat diskret alle neuen Einträge. Vor allem registrierte er die Lücken.

***

Der Kollege von der Universität Kalmensburg, Professor Marsie Willoy, ein Till Schweiger-Verschnitt mit blauen Augen, schmachtendem Blick und knackigem Hinterteil, war der Traum so mancher Studentin. Er galt für viele Themen als wichtiger Gutachter, da er nie eine Bitte um Peer-Review, also der Begutachtung eines eingereichten Manuskriptes als Kollege, abschlug und immer lieferte, nicht unbedingt pünktlich, aber irgendwann. Ihn hatte Lehmann bereits darüber informiert, dass er einen brandneuen Artikel beim *Journal of Historical Legacy* einzureichen gedachte. Die Zeitschrift pflegte

einen leidlich guten Ruf, da sie englisch-, deutsch- und franzö-
sischsprachige Manuskripte akzeptierte und das *double blind
review*-Verfahren anwendete. Dadurch sollte die in akademi-
schen Kreisen sehr verbreitete Gefälligkeitsbegutachtung
unterbunden werden. Inoffiziell kannte Willoy den Chefherausgeber und hatte umgehend in einer seiner E-Mails
erwähnt, dass er sich für das Thema, Lehmann hatte es ihm
ausführlich erläutert, interessierte und durchaus gern einmal
wieder ein Gutachten übernehmen könne. Dieser wiederum
freute sich, dass ihm die lästige Suche nach einem passenden
Peer-Reviewer erspart blieb, der in der Regel umständlich gesucht, hofiert und gebeten werden musste. Auch die Suche
nach dem Zweitgutachter erübrigte sich, den hatte Willoy
gleich mit vorgeschlagen. Das hatte den weiteren praktischen
Nebeneffekt, dass die beiden Gutachten nicht allzu weit voneinander abweichen würden und sich ein ausführliches Pro
und Contra bei der Schlussbeurteilung erübrigte. So sah Martin Lehmann also seinen Artikel in guten Händen, als er das
Manuskript am Dienstagabend per Mail dem Herausgeber des
Journal of Historical Legacy zur Veröffentlichung vorschlug. Anschließend widmete er sich wieder seinem Buchprojekt,
zufrieden wie kaum jemals zuvor.

***

Ela wartete eine Stunde mit dem Essen. Aber als Martin viel zu
spät nach Hause kam, hatte er keinen Hunger. Frustriert
räumte sie den Tisch ab. Während ihr Mann sich wie üblich in
sein Arbeitszimmer zurückzog, sah sie einen Film im Fernsehen. Aber auch über den musste sie sich ärgern, weil wieder
einmal eine Leiche direkt aus dem Wasser gezogen wurde, die
ganz trocken geblieben war. Sie schaltete um zu einer Bastel-
sendung, Nistkästen mit Gunther, und schlief ein.

Die Stadt sah schön aus in der Morgensonne. KHK Winkler, der neue Leiter der Mordkommission Neubach, sortierte die Unterlagen und las, unterhielt sich mit den Kollegen und überlegte, wie ernst er den Verdacht von Ela Lehmann nehmen sollte, dass Jürgen Janßen an der Tat beteiligt sein könnte. Er benötigte den ganzen Tag, um sich einzuarbeiten. Etwas stimmte nicht, etwas nagte in seinem Unterbewusstsein. Irgendwann abends beschloss er dann, mit Janßen zu reden.

Die Nacht war schwarz und sternenlos, und auch der Mond ließ sich nicht blicken. Offenbar bahnte sich schlechtes Wetter an. Einige Autos erleuchteten die Straßen. Die Kirchturmuhr schlug neun. Winkler und Pfeifer trafen Janßen zu Hause an. Bald wurde klar, was Ela Lehmann mit einem garantierten Zusammenhang gemeint hatte. Denn auf die Farbexplosionen, die sie erwartete, waren sie nicht gefasst.

Während Winkler Jürgen Janßen ins Wohnzimmer begleitete und dort Platz nahm, bot Pfeifer an, mit den Gläsern und dem vorgeschlagenen (alkoholfreien) Bier zu helfen. So kam er auch in die Küche. Hier standen in den Regalen Tassen und Teller in vielen unterschiedlichen Farben. Aus dem Messerblock ragten Messerrücken in rot, blau, grün und gelb, und auch die Küchengeräte waren nicht einfach nur aus Edelstahl, sondern ebenfalls bunt. Das Ganze mutete anstrengend, aber doch harmonisch an. Mit drei Gläsern ging er hinter Janßen her zurück ins Wohnzimmer, wo er sich wieder aufmerksam umsah. Der Raum wirkte sehr gepflegt, wie alles hier. Zwei Sessel und eine Couch waren um einen kleinen Tisch herumplatziert. In den Regalen standen Bücher und einige gerahmte Fotos. Es roch angenehm herb und sauber. Auf der Fensterbank reihten sich so viele Orchideen aneinander, dass kaum Platz für alle Töpfe war. Auf dem Tischchen sah er eine Vase mit Blumen, die

Kissen auf dem Sofa waren bunt. An den Wänden hingen mehrere abstrakte Bilder in intensiven Farben. Von irgendwo zog es, denn die Blätter auf dem Schreibtisch raschelten sachte. Pfeifer stand, mit einem Glas Bier in der Hand, wieder auf und wanderte durch den Raum und zum Schreibtisch. Oben lag ein an Niko Neubach gerichtetes Schreiben.

»Sie kannten Niko Neubach?«

Erstaunt sah Janßen auf.

»Wieso?«

»Weil Sie hier offenbar einen Brief schreiben wollten, oder?«

Pfeifer las laut vor.

»Sie kannten sich wohl ziemlich gut, würde ich sagen.«

»Wie kommen Sie denn …«

Janßen unterbrach sich und ging zum Schreibtisch.

»Woher haben Sie den?«

»Ich habe ihn zufällig gesehen, er lag ganz oben auf diesem Stapel hier. Also, Sie kannten sich?«

Matetus machte sich ganz dünn, um nicht zwischen Tisch und Pfeifer zu geraten.

»Ja, und? Und wieso *kannten*?«

»Weil Herr Neubach nicht mehr lebt, und wahrscheinlich war es kein Unfall.«

»Ach, das wusste ich gar nicht.«

Winkler und Pfeifer hatten da aber so ihre Zweifel, denn Janßens Replik kam ziemlich lahm rüber.

»Wie genau kannten Sie sich?«

Winkler warf Janßen einen ungemütlichen Blick zu. Die Theorie von Frau Lehmann ging ihm nicht aus dem Kopf.

»Wir waren befreundet.«

»Und wo waren Sie am dritten Mai abends?«

»Das weiß ich nicht mehr.«

Soweit Winkler sich erinnern konnte, hatte niemand der Nachbarn jemanden gesehen, der nicht zum Haus gehört hätte, abgesehen von Marlies und Kurt, für die eine Art hausexterne Zugehörigkeit galt. Pfeifer versuchte, sich gegen seine spontan aufspringenden Klischees zu wehren. Aber die Lehmannsche These war nicht von der Hand zu weisen. Er formulierte wenig vorsichtig:

»Sie waren mit Niko Neubach mehr als befreundet. Sie hatten eine Beziehung. Deswegen haben Sie auch seine Küche umgestaltet. Er wollte sich outen, Sie nicht, steht ja hier, und deswegen haben Sie ihn umgebracht, um Ihre Karriere nicht zu gefährden.«

Janßen wirkte plötzlich alt und müde. Er nahm den Kopf in beide Hände und atmete schwer.

»Wir waren liiert. Mehr als das. Aber ich habe ihn nicht umgebracht. Das müssen Sie mir glauben.«

JUNI

DONNERSTAG

Winkler stand vor der riesigen weißen Tafel, die eigens für ihn angeschafft worden war. Er erstellte eine Tabelle, in die er oben eine Eins für den Fall Brauer und eine Zwei für den Fall Neubach schrieb. In die Spalte ganz links kamen die verschiedenen Aspekte, die beim Auffinden der Leichen relevant waren wie persönliche Angaben des Opfers, Todesursache, Zeit des Auffindens, wahrscheinliche Tatzeit, Ort, Stellung, Wunden, Tatwaffe, Tabletten, Abschiedsbrief, entwendete Gegenstände, sexuell motiviert oder, dass die Wohnungstür jeweils nicht abgeschlossen war. Das war seine Grundlage für die Fall- bzw. Tatortanalyse. In der zweiten Tabelle trug er die vier Namen ein, Benno Brauer, Dornkamp, Kaufmann und Janßen, in der linken Spalte Motiv, Gelegenheit, Mittel, Alibi. Er erklärte den Anwesenden, dass die Fallanalyse von der eigentlichen Tatortarbeit zu trennen sei, denn da ging es mehr um die Spurensicherung und -auswertung. Bei der Fallanalyse jedoch sollten auch die Abläufe im Zusammenhang mit der Tat rekonstruiert werden.

Müller A meldete sich.

»Ich finde, wir sollten bei den Verdächtigen auch diese Lehmann mit aufnehmen.«

»Warum das denn?«

»Weil sie kein Alibi hat.«

»Aber«,

sagte Winkler und blätterte in den Notizen,

»sie war doch gerade erst eingezogen, als Barbara Brauer starb.«

»Eben drum. Und ihre DNS wurde in Nikos Wohnung gefunden. Wir haben außerdem festgestellt, dass ein gewisser Luzius Lundermeier ebenfalls kein Alibi hat und vor allem schweigt, das dürfte verdächtig sein«,

fügte Müller A noch hinzu. Winkler wandte sich an Felbert und Pfeifer.

»Dazu habe ich gar keine Notizen, was ist mit dem Mann?«

Felbert wartete, um seine Machtsituation optimal nutzen zu können, bis er antwortete:

»Der ist durch und durch unfähig. Der würde nie einen solchen Mord hinkriegen.«

»Na gut, wir lassen ihn vorerst beiseite.«

Winkler wusste, dass es aufgrund unzureichender Mittel beim hiesigen Landeskriminalamt keinen für die Fallanalyse spezialisierten Mitarbeiter gab, deswegen wurde er expliziter.

»Wir müssen zunächst mehr über den Tathergang wissen. Dann können wir erstens mehr zum Modus Operandi erfahren und vielleicht ein Täterprofil erstellen. Dazu gehören beispielsweise Herkunft bzw. Kindheit, Tätigkeit, kognitive und kommunikative Fähigkeiten, kriminelle Vergangenheit, Auffälligkeiten.«

»Was ist denn mit Auffälligkeiten gemeint?«

wollte Philip Pfeifer wissen.

»Na, zum Beispiel, ob er als Kind Tiere gequält hat«,

meinte Felbert und sah vorsichtig zu Winkler, ob der eventuell nickte.

»Wie kann man das wissen?«

fragte Müller A.

»Indem man mit Leuten redet, die ihn schon als Kind oder Jugendlichen kannten oder etwas aus seiner Kindheit wissen. Die Informationen zum Täterprofil können wir dann mit der Datenbank abgleichen, um herauszufinden, ob der Täter schon bekannt ist.«

Damit meinte Winkler ViCLAS, das *Violent Crime Linkage Analysis System*, das Daten zu verschiedenen Tötungs- und sexuell motivierten Gewaltdelikten aus zahlreichen Ländern zusammenfasst. Müller BC hatte sich bereits ausgeklinkt und ließ die Augenlider sachte zuflattern. Müller A schüttelte den Kopf. Kein Wunder, der ist ja schon beim Rucksackpacken gescheitert, dachte er.

»Und wozu das mit den kommunikativen Fähigkeiten?«

Felbert sah zweifelnd in die Runde.

»Es hat sich gezeigt, dass ein Mensch in der Regel, was sein Verhalten anbelangt, konsistent ist. Das bedeutet, dass seine kriminellen Handlungen denen der sonstigen ähneln, sein persönlicher Umgang mit Menschen beispielsweise, und dazu gehört die Art und Weise, wie er mit anderen spricht oder sonstwie kommuniziert. Gut?«

Felbert schien nicht überzeugt zu sein.

»Also statistisch gesehen, oder?«

»Genau. Das dient einem ersten Einstieg. Wir versuchen zu verstehen, was im Einzelnen geschah, wie Opfer und Täter miteinander agierten.«

Felbert zuckte mit den Schultern. Von mir aus, dachte er.

»Das vergleichen wir dann außerdem mit den bisherigen Verdächtigen, momentan sind es vier. Natürlich bedeuten solche statistischen Verfahren nur einen der möglichen Wege bei der Aufklärung. Wir müssen uns darüber hinaus auch in unserer Gruppe austauschen und dabei Hypothesen formulieren. Gern auch abwegige. Aber sie müssen mit der Datenlage zusammenpassen. Angenommen, es handelt sich in beiden Fällen um Mord, und aufgrund der vielen Parallelen können wir das nicht ausschließen, was wissen wir über den Mörder?«

»Er kannte sich aus«,

meinte Pfeifer.

»Und wenn er sich auskannte, wenn er die jeweilige Wohnung kannte?«

»Dann dürfte er auch die beiden Opfer gekannt haben.«

»Ja, das sehe ich auch so.«

»Und geht er eher planend vor oder ist er eher impulsiv?«

Klar erstes, sonst wären sich die beiden Fälle nicht so ähnlich geworden.

»Aber war das erste Verbrechen genauso geplant wie das zweite?«

wollte Pfeifer wissen. Winkler sah ihn nachdenklich an.

»Woher kamen die Messer?«

»Jeweils aus der Wohnung.«

»Wie sieht es aus mit Fingerabdrücken? Sonstige Spuren?«

»Nichts. Im ersten Fall war die Wohnung schon aufgeräumt, als die Kollegen von der Spurensicherung kamen. Im zweiten Fall stammte das Blut am Messer vom Opfer, fremde Fingerabdrücke an der Waffe gab es nicht.«

»Wenn es also ein Mord war, war er wohl eher gezielt erfolgt. Was haben wir noch? Die Tabletten. In beiden Fällen die gleichen. Somnizepam, ein Schlafmittel. Barbara Brauer hatte sie von ihrem Arzt. Wie war das bei Niko Neubach? Nahm er diese Tabletten?«

Pfeifer blätterte.

»Laut Aussage des Vaters nicht, keine Schlafprobleme. Er war wohl auch nicht depressiv, nur etwas labil.«

»Dann hat der Mörder die Tabletten mitgebracht. Als nächstes müssen wir nicht nur überlegen, was der Täter gemacht hat, sondern was er nicht gemacht hat.«

»Er hat zum Beispiel keinen Abschiedsbrief getürkt«,

schlug Müller BC vor, der wieder aufgewacht war. Dafür bekam er einen heftigen Stoß in die Seite.

»Gefälscht, du sollst doch nicht diskriminieren«,

zischelte ihm Müller A ins Ohr.

»Ich dachte, dass gilt nur für Frauen«,

zischelte dieser zurück.

»Nein, auch für Schwule.«

»War das denn schwulenfeindlich? Was hast du gegen sie?«

Winkler hörte darüber hinweg.

»Richtig, und worauf weist das hin?«

Alle dachten nach. Er antwortete selbst.

»Bei einem Brief hätte er vielleicht etwas über sich verraten, durch die Wortwahl, durch die Schrift, die Tinte, dadurch, wie er das Papier angefasst oder gefaltet hätte. Also?«

Wieder wartete Winkler etwas ab.

»Er ist intelligent«,

schlug Pfeifer vor. Winkler nickte vielsagend.

»Das führt über zur nächsten Frage, wurde der Tatort bewusst gewählt?«

Winkler blickte in erwartungsfrohe Gesichter. Während Pfeifer sich eifrig Notizen machte, schien Müller BC leicht überfordert.

»Wenn die Tat geplant war, in beiden Fällen, dann wohl auch der Ort«,

sagte Pfeifer. Wieder nickte Winkler und wandte sich der zweiten Tabelle zu.

»Jetzt zu den Verdächtigen. Benno Brauer. Hatte er ein Motiv für den ersten Mord?«

»Er war mit der Toten verheiratet«,

sagte Müller BC.

»Ja, das wissen wir. Das ist kein Motiv.«

»Doch. So wie die aussah.«

Winkler guckte Müller BC böse an.

»Die haben viel gestritten, hieß es.«

»Und hatte er Gelegenheit? Ja. Die Mittel? Die Tatwaffe war in beiden Fällen ein einfaches Küchenmesser, da kommt jeder dran. Und kannte er die Tote und die Wohnung? Ja. Alibi? Ja. Und was ist mit dem zweiten Mord?«

»Vielleicht hat Niko ihn mit Barbara betrogen, deswegen hat er ihn umgebracht?«

Müller BC wurde immer leiser.

»Hat man die beiden einmal zusammen gesehen?«

Müller A und Müller BC drucksten etwas herum, denn das wussten sie nicht.

»Aber immerhin wurde ihre DNS in seiner Wohnung gefunden.«

»Benno Brauer hat für den zweiten Mord ebenfalls ein Alibi. Also?«

»Aber er ist vorbestraft. Und hat gelogen«,

wandte Müller A ein.

»Ja und? Also, Motiv, Gelegenheit, Waffe, Alibi. So. Dornkamp. War der Onkel des zweiten Opfers. Für diesen Mord hat
er angeblich ein Alibi. Elternabend.«

»Vielleicht hat der was mit Frau Brauer gehabt, und Niko hat
das gewusst und ihn erpresst, dann hat er ihn umgebracht.«

»Und Frau Brauer?«

»Das war Selbstmord.«

»Für den dritten Mai hat er erst ab 20.00 Uhr, höchstens eine
halbe Stunde davor ein Alibi, das könnte knapp reichen für einen Mord«,

fand Felbert. Er mochte diesen Dornkamp überhaupt nicht.

»Und er hatte ein Motiv«,

sagte Müller A. Winkler sah ihn wartend an.

»Er wollte die Wohnung. Und er kannte das Opfer und die
Wohnung, hatte also Gelegenheit.«

Winkler fand das nicht sehr überzeugend.

»Kurt Kaufmann. Hat für den zweiten Mord ein Alibi. War
zum Zeitpunkt des zweiten Mordes mit Freundin und deren
Vater zusammen. Haben wir sonst noch etwas?«

»Ich fand ihn etwas schwierig bei der Befragung. Ansonsten
wechselt er oft seinen Job«,

fügte Pfeifer nach einer Pause noch hinzu.

»Jürgen Janßen war mit dem zweiten Opfer liiert und hat ein
Motiv. Niko wollte sich outen und für ihre Beziehung einste-
hen, Janßen wollte das nicht, weil es seine Karriere gefährdete.
Er hat kein Alibi, allerdings ist den Nachbarn auch keine
fremde Person zu den fraglichen Zeiten im Haus aufgefallen,
und einige scheinen sehr sensibel gegenüber allen Vorfällen im
und um das Haus herum zu sein.«

»Und seine Beziehung zu Barbara Brauer?«

fragte Felbert.

»Tja, weiß ich auch nicht«,

gab Winkler zu.

»Insgesamt reicht das alles nicht aus, um jemanden ernsthaft als Verdächtigen zu vernehmen.«

Winkler schien fertig zu sein. Müller A räusperte sich laut. Winkler sah zur Decke hoch und atmete langsam aus, bevor er meinte:

»Gut. Ela Lehmann. Hat für den zweiten Mord kein Alibi. O.k.? Hat aber auch ü-ber-haupt kein Motiv. Und außerdem ist es fraglich, ob sie die nötige Kraft für die Stichwunden aufgebracht hätte.«

Damit war das Thema für ihn erledigt. Müller A wollte noch darauf hinweisen, dass sie doch auch ausgefallene Hypothesen formulieren sollten, aber als Motiv fiel ihm nichts ein, deswegen ließ er es bleiben. Nach einigen Schweigeminuten aber nahm er einen weiteren Anlauf.

»Wir haben fünf Verdächtige, fünf. Wenn bei den ersten vier die Datenlage nicht ausreicht, dann erst recht. Außerdem hatte sie Gelegenheit. Sie war jeweils die Nachbarin. Oder, was sagst du?«

Müller BC sagte:

»Ja.«

Gleichmütig stand Pfeifer auf und ergänzte die Tabelle. Vor Winkler auf dem Tisch lagen die bisher sehr mageren Daten zu den beiden Opfern. Tatortfotos mit Leichen gab es keine.

»Könnten Sie eine Zeichnung anfertigen, damit wir einen Eindruck davon bekommen, wie die Toten gelegen haben?«

Müller A und Müller BC tauschten einen langen Blick.

»Wir können es versuchen.«

»Außerdem benötigen wir mehr Informationen über die Vergangenheit der beiden Opfer. Unsere Opferprofile sind zu dünn. Unsere Täterprofile auch. Wir müssen genau wissen, wer zum Zeitpunkt des Todes wo war und was gemacht hat.«

Müller A meldete sich.

»Wieder so mit einer Tabelle?«

»Ja, ganz genau.«

»Aber an der Wand ist doch kein Platz mehr«,
wandte Müller BC ein.

»Dann nehmen Sie Papier.«

Die beiden Streifenpolizisten machten sich direkt daran, auf
den Fotos der Tatorte die Leichenlage einzuzeichnen, allerdings waren sie sich nicht mehr ganz darüber einig, wo genau
jetzt welcher Arm gelegen hatte.

»So ein Scheiß.«

Müller A drehte eines der Fotos im Kreis herum und schob es
dann hin und her.

»Pass auf, dass der Winkler das nicht mitkriegt.«

»Was?«

»Dass du nichts machst.«

»Ach der, der ist doch harmlos.«

Die beiden waren von der Staatsanwältin wegen Schlamperei
ernsthaft verwarnt worden mit dem Hinweis, ein Tag später,
und Herr Felbert hätte sie rausgeworfen, er hatte bereits einiges an Verfehlungen gegen sie zusammengestellt. Außerdem
hatte sie ihnen mit einem Monat Geschwindigkeitskontroll-
dienst gedroht. Jetzt mussten sie ihr glatt noch dankbar sein.

»Also, wenn du mich fragst, diese Frau Lehmann verhält sich
verdächtig.«

»Inwiefern?«

fragte Müller BC.

»Ist dir mal aufgefallen, dass sie uns nicht immer ansieht,
wenn wir mit ihr reden? Sie guckt ab und zu zur Seite, manchmal dreht sie auch den Kopf so leicht weg. Ich finde das richtig
unheimlich. Jemand, der nichts zu verbergen hat, sieht einem
doch in die Augen, oder? Ich finde, sie verschweigt uns etwas.«

»Stimmt, kann gut sein«,

gab Müller BC zu.

»Und warum ist sie direkt vor den beiden Morden in das Haus gezogen, hmm? Kannst du mir das vielleicht verraten? Um besser in die Wohnungen zu kommen natürlich. Und sie versucht, den Verdacht von sich abzulenken, was soll diese Geschichte mit dem Janßen?«

«Keine Ahnung, aber der Winkler hat doch gesagt, dass sie gar nicht in der Lage gewesen wäre, die Stiche so durchzuführen.«

»Vielleicht hatte sie einen Komplizen. Außerdem, der Winkler ist voreingenommen. Sie auszuschließen, bloß weil sie eine Frau ist.«

»Nee, das geht nicht, das ist Diskriminierung von Männern.«

»Was sollen wir nun tun?«

Müller BC wusste es nicht.

»Auf alle Fälle müssen wir vorsichtig sein. Die Staatsanwältin hat uns nicht umsonst verwarnt.«

»Wir könnten uns die Lehmann noch mal näher ansehen, wahrscheinlich finden wir dann auch ein Motiv.«

Die beiden beendeten ihre Zeichnungen und verabschiedeten sich. Sie fuhren wieder zur Seidengasse, um Ela Lehmann zu befragen. Allerdings war niemand zu Hause.

»Kannst du mal aufpassen, dass mich keiner sieht?«

flüsterte Müller A, während er den Flur scannte. Dann begann er, die Türe mit einem Draht aufzusperren.

»Niemand da«,

raunte Müller BC verschwörerisch, dann glitt sein Kollege lautlos in die Wohnung von Ela Lehmann. Dort sah er sich gründlich um. Räume gab es genug. Die wohnen nicht schlecht, dachte er. Wozu brauchen die so viele Büros? In einem fand er hauptsächlich Bücher und ein paar Stapel bedrucktes Papier, aber es duftete angenehm. Im anderen gab es dafür kaum Bücher, aber eine ganze Menge Aktenordner. Bis er die durchhatte, das würde dauern. Der Polizist begann, überall hineinzuschauen, dann fand er Unterlagen zu den beiden Mordfällen. Wow, interessant, wie kommt die denn da dran? Das kann ja wohl schlecht eine Hackerin sein. Da hörte er die Wohnungstür. Panisch blickte sich Müller A um, aber er fand nichts, wo er sich verstecken konnte. Er schlich vorsichtig hinaus in den Flur und erinnerte sich, dass im Schlafzimmer ein leidlich großer Schrank gewesen war. Er kroch hinein und hielt den Atem an. Draußen hörte er Stimmen, nein, nur eine Stimme. Die von der Lehmann. Vielleicht telefonierte sie?

Ela war von der heutigen Stunde ziemlich erschöpft, trotzdem, sie musste noch einmal ihre Power-Posen durchgehen. Nur, wenn sie das täglich machte, konnte es zu neuen neurologischen Verbindungen im Gehirn kommen. Also zog sie sich Jacke und Schuhe aus und ging barfuß ins Schlafzimmer, um dort vor dem Spiegel zu üben. Beine mehr als hüftbreit auseinander, Schultern nach hinten, Kinn hoch, Hände in die Hüften. Sich öffnen ist gut für das Selbstbewusstsein, und sich mehr Raum nehmen demonstriert Macht. Schritt eins. Schritt zwei *nein* sagen. Sie brüllte laut ein paarmal *nein*. Beine sicher platzieren, aufrechte Stellung, Arme vor den Körper, achtsam sein, alles wahrnehmen. Sie blickte sich mit böser Miene im Zimmer um. Die Fenster müssten mal wieder geputzt werden, dachte sie kurz. Rechte Hand nach vorn ausstrecken, Hand offenlassen. Das signalisiert bis hier und nicht weiter. Dann ging sie die verschiedenen Verteidigungs- und Angriffshaltungen durch. Müller A sah ihr durch den Spalt zwischen den Schranktüren zu. Matetus saß auf dem Bett und kontrollierte jede Bewegung.

»Mehr Spannung.«

Ela wiederholte alles von Anfang an.

»Brust mehr raus, Kopf gerade, Schultern«,

kommandierte er. Ela korrigierte nach. Dann begann sie wieder von vorn.

»Du musst dir auch laut vorsagen, dass du keine Angst hast.«
Er hatte sie heute zum Seminar begleitet und gelernt, dass allein schon die mental durchgeführten Bewegungsabläufe den Übungsfortschritt unterstützen. Zusätzlich sollte man immer begleitend laut verbalisieren, das begünstigt den Lernprozess noch mehr.

»O.k.«,

fauchte Ela.

»Ich habe keine Angst. Verschwinde. Ich mache dich sonst fertig.«

Müller A machte sich ganz klein. Wie konnte sie ihn sehen? Matetus hopste ihr vor der Nase herum.

»Schlag mich doch, schlag mich doch!«

Ela holte in Richtung Matetus aus. Der duckte sich weg und kam von links. Sie boxte und hüpfte dabei.

»Du musst mehr reden!«

Ela schlug nach links und brüllte:

»Ich mach dich fertig. Ich schlag dich nieder.«

»Super, super.«

Matetus sprang nach rechts.

»Ich kann nicht mehr.«

Ela war nun müde und beendete das Training für heute. Sie ging kurz ins Bad, dann in die Küche, wo sie erzählte, was sie am kommenden Tag zu tun gedachte. Müller A schlich benommen aus der Wohnung. Kurz darauf stieg er zu seinem Kollegen ins Auto.

»Diese Frau ist höchst verdächtig, wenn du mich fragst. Sie trainiert Kampfsport, stell dir vor. Und: Sie hat Informationen zu den beiden Fällen. Ich habe sie kurz durchgeblättert. Die sind doch vertraulich. Scheint eine Hackerin zu sein. Und alles ordentlich abgeheftet, ordentlich!«

berichtete er fassungslos.

»Aha, ist unser Mörder nicht planvoll?«

Müller BC erinnerte sich.

»Stimmt. Jetzt, wo du es sagst. Und noch etwas. Sie redet ständig laut.«

»Ein Komplize?«

»Habe ich mir auch schon überlegt. Die stehen in Verbindung. Mit drahtlosen Ohrhörern, die sind total klein. Mit denen kann man unauffällig und verdeckt miteinander reden.«

Müller BC kratzte sich gedankenschwer unter dem Kinn und überlegte.

»Mit den Ohrhörern?«

»Und mit dem Handy natürlich.«

»Klar. Aber unauffällig? Du hast es doch bemerkt.«

»Die war doch allein. Deswegen redet die mit sich selbst. Und deswegen hat die auch immer den Kopf so weggedreht, weil sie dem Komplizen zugehört hat. Der hat ihr bestimmt immer gesagt, was sie uns antworten soll. Ich sag es dir, die sieht vielleicht harmlos aus, aber mich kann sie nicht täuschen.«

»Mich auch nicht.«

Müller BC war überzeugt.

»Wir sollten dranbleiben.«

»Genau. Machen wir. Aber erst morgen.«

FREITAG

Der Tag begann diesig. In vielen Straßen herrschte dichter Verkehr. Die Wolken drückten die Stimmung zusätzlich. Winkler fand, dass er sich, was das externe Ambiente betraf, nicht verbessert hatte. Als erstes rief er an diesem Morgen bei Ela an, um sich für die Hinweise zu bedanken.

»Es freut mich sehr, dass ich Ihnen behilflich sein konnte. Sind Sie denn schon weitergekommen?«

Natürlich wusste sie, dass er nicht viel sagen durfte, aber gefragt haben wollte sie ihn schon. Winkler blieb auch recht allgemein.

»Lieber Herr Winkler, Sie müssen auch gar nicht viel verraten. Ich weiß ja, dass Sie vier Leute im Visier haben.«

Tatsächlich wusste sie, dass es fünf waren. Denn alles stand im Bericht zur letzten Sitzung, der im Computer lagerte und den Matetus dank seiner illegalen Internetverbindung gleich am Abend noch gelesen hatte.

»Aber wenn ich trotzdem irgendetwas für Sie tun kann, lassen Sie es mich wissen.«

Winkler hatte von den Qualitäten seiner neuen Mitarbeiter keinen so guten Eindruck bekommen, deswegen zögerte er nun. Er kannte Ela etwas und wusste, dass sie gute und vor allem wichtige Hinweis liefern konnte.

»Tja, um ehrlich zu sein, mir fehlt etwas der Überblick über die Vergangenheit der beiden Toten.«

Ela schwieg.

»Aber mehr kann ich dazu nicht sagen. Und Sie dürfen sich natürlich auch nicht in unsere Ermittlungen einmischen.«

»Natürlich, selbstverständlich.«

Ela blieb kryptisch, ihr Mann war noch in der Wohnung und konnte jeden Moment aus dem Bad auftauchen. Aber Matetus, der bisher mit einem Ohr am Hörer festgeklebt war, hüpfte um so heftiger um sie herum.

»Ich weiß genau, was ich jetzt machen werde«,

rief er aufgeregt. Ela verabschiedete sich von Johannes Winkler, machte große, warnende Augen und klimperte sie auf und zu. Sie wollte nicht, dass Matetus eines der Bilder von der Wand hampelte. Als sie dann eine halbe Stunde später zu einem ihrer Volkshochschulkurse ging, kam Matetus nicht mit, dafür aber, in sicherer Entfernung, zwei Polizisten.

***

Johannes Winkler beabsichtigte, zusammen mit Philip Pfeifer noch etwas mehr zu den Hintergründen der beiden Fälle herauszubekommen – Felbert war zu den einfachen Allgemeindelikten strafversetzt worden. Sie mussten zum Beispiel für alle Bewohner die Hintergrundinformationen zusammentragen, das war bisher versäumt worden. Aber während Benno Brauer ziemlich viel erzählte, ohne dass etwas Neues dabei gewesen wäre, blieb Dornkamp bei seiner Geschichte, Janßen hatte immer noch niemanden gefunden für sein Alibi und Kaufmann war so wortkarg wie zuvor. Doch das schräge Gefühl im Bauch ließ Winkler nicht los. Zurück im Kommissariat ging er nochmals die Unterlagen durch. Irgendwann fasste er sich an die Stirn.

»Mensch, ich wusste doch, dass da was nicht stimmt.«

Er reichte Philip Pfeifer die Laborberichte.

»Fällt dir was auf?«

Pfeifer las und schüttelte dann den Kopf. Winkler half.

»In Nikos Körper ist kein Schlafmittel gewesen.«

Pfeifer sah ihn erstaunt an, dann dämmerte es ihm.

»Aber in der Bierflasche.«

»Genau.«

***

Die beiden Polizisten verfolgten Ela den gesamten Tag. Das hieß, sie blieben draußen vor der Volkshochschule stehen, nachdem sie sich vergewissert hatten, dass *Kaufmännische Grundlagen – Crashkurs für AnfängerInnen* keine Gefahr für die Öffentlichkeit darstellte. Anschließend schlenderten sie hinter ihr her durch die Stadt, um die Erwerbungen zu notieren, ein pfirsichfarbenes Duschtuch und zwei laut Kassiererin dazu passende Handtücher in *watermelon*, die ebenfalls von ihnen als ungefährlich eingestuft wurden. Dann ging es zurück in die Seidengasse, dann wieder zu einem Kurs, der allerdings mehr nach Kampfsport aussah, obwohl ihnen die Teilnehmerinnen wiederum eher harmlos aussahen. Unbedingt interessant war aber ihre Entdeckung, dass einer der Kursleiter Dornkamp war. Das brachte sie zum Grübeln.

***

Martin Lehmann las die Mail des Herausgebers vom *Journal of Historical Legacy*, in dem der ihm mitteilte, dass sein Manuskript zur Begutachtung angenommen und bereits an zwei Gutachter weitergeleitet worden war, und freute sich.

SAMSTAG

»Bitte schildern Sie uns genau, was Sie am 17. April und am dritten Mai tagsüber und abends getan haben.«
Müller A und Müller BC nahmen die Aufgabe, die Leute nochmals zu vernehmen, sehr ernst. Sie begannen am Samstagmorgen bei Ela. Müller A führte das Interview, während Müller BC seinen Schreibblock nebst Stift parat hielt.
Ela suchte ihren Kalender mit den Notizen für die verschiedenen Kurse heraus.
»Am 17. April bin ich, glaube ich, so gegen 7.30 Uhr aufgestanden. Das war unser erster Montag hier, und ich musste noch einiges auspacken und einräumen.«
»Glauben Sie oder wissen Sie?«
»Ich glaube.«
»Also wissen Sie es nicht?«

»Nein, tut mir leid, ich weiß es nicht mehr. Vielleicht waren es auch ein paar Minuten früher oder später.«

»Gut, fahren Sie fort, so genau wie möglich.«

»Also, ich stand auf, GEGEN 7.30 Uhr, dann ging ich zum Bad, öffnete die Badezimmertür, ging zur Toilette, hob den Deckel hoch – wollen Sie die Einzelheiten im Bad wirklich im Detail?«

»Neinnein, das können Sie übergehen.«

Dann schilderte sie den Tagesablauf, der auf Müller BC einschläfernd wirkte. Irgendwann erhielt er einen Rippenstoß und schrie auf.

»Was hast du denn?«

fragte sein Kollege vorwurfsvoll.

»Allergie.«

»Was für eine Allergie? Seit wann bist du denn allergisch? Gegen Arbeit oder was?«

»Frag doch lieber wo.«

»Also gut, wo?«

»Na überall hier.«

Müller BC zog Hemd und Unterhemd aus der Hose und zeigte den beiden seine linke Seite inklusive Schlabberbauch. Ein riesiger roter Fleck sprang ihnen entgegen, und Ela wandte sich dezent ab.

»Um Gottes Willen, was ist das denn?«

»Du kannst dir nicht vorstellen, wie das wehtut. Und es wird immer größer.«

Müller A ging einen Schritt zur Seite. Ela wartete höflich ab, dann fragte sie:

»War's das?«

»Ja. Nein, ist Ihr Mann zu Hause?«

»Ja, aber er ist im Bad.«

»Können Sie ihn bitte herholen? Wir müssten ihn ebenfalls sprechen.«

Einige Minuten später erschien ein verstimmter Martin Lehmann und beschwerte sich über die Verletzung der Intimsphäre an einem Wochenende, an dem jedem vernünftigen Menschen schließlich die langverdiente Pause vom arbeitsreichen Alltag zustand. Auch er sollte über seinen Tagesablauf berichten. Da er in beiden Fällen von morgens bis abends deutlich nach zwanzig Uhr an der Universität gewesen war und dafür mehrere Zeugen aufzählen konnte, mussten die Beamten ihn wieder ins Bad gehen lassen. Dann verabschiedeten sie sich und verließen die Wohnung. Im Flur fiel Müller A auf, dass sie vergessen hatten, Frau Lehmann zum zweiten Tag zu befragen. Also drehten sie wieder um und klingelten erneut.

»Auch dieses Mal weiß ich nicht exakt, wann ich aufgestanden bin«,

gab sie gleich zu bedenken.

»Gutgut, für den Morgen reicht es so ungefähr.«

Ela hatte sich zwischenzeitlich genau überlegt, was sie an jenem Mittwoch getan hatte und ob ihr irgendwann jemand über den Weg gelaufen war. Ihr Kurs hatte bis ungefähr sechs Uhr gedauert, sie erledigte noch ein paar Einkäufe, dann ging sie nach Hause. Dort war sie allerdings allein, wie bereits vermerkt. Wann genau sie nach Hause gekommen war, wusste sie nicht, und ob sie jemand im Haus gesehen hatte, auch nicht.

»Das sieht nicht gut für Sie aus, das wissen Sie, oder? Und wie genau kennen Sie diesen Herrn Dornkamp?«

»Benedikt?«

»Benedikt, soso.«

Müller A zog vielsagend die Augenbrauen hoch.

»Ja, nun, im Kurs duzt sich jeder, das ist im Sport so üblich.«

»Tatsächlich?«

Jetzt grinste der Beamte vielsagend. Ela wusste nichts darauf zu antworten, auch nicht, ob sie das vielleicht als Kompliment nehmen sollte. Matetus stand hinter ihr und begann leise, über die Beamten zu schimpfen. Dabei nutzte er den neu im Internet erworbenen Fäkalwortschatz. Das führte wiederum dazu, dass Ela die Luft anhielt und rot wurde. Das wiederum bestätigte Müller A in seiner schmutzigen Phantasie, und er grinste noch etwas mehr.

»Noch einmal, wie lange kennen Sie sich?«

Ela war jetzt wirklich irritiert und sprach etwas stockend.

»Ich glaube, das erste Mal habe ich ihn hier im Flur getroffen, da waren Sie dabei gewesen, aber an das Datum kann ich mich nicht erinnern.«

»Ihre Erinnerungen sind seltsam löcherig.«

Müller A nickte ihr höflich lächelnd zu, zufrieden mit dem Ergebnis. Er sah im Geiste einen Komplizen materialisieren. Als Müller BC mit seinen Notizen fertig war, verabschiedeten sich die Beamten erneut.

»Aber Sie sollten ernsthaft darüber nachdenken, ob das alles so stimmt, was Sie uns erzählen, denn einem Beamten die Wahrheit zu verheimlichen, tststs, das ist nicht gut.«

Müller A warf noch einen weiteren vielsagenden Blick in Richtung Kollege, pikste sich mit seinem Zeige- und Mittelfinger vorsichtig in die Augen und streckte dann die beiden Finger in Richtung Ela aus. Dann stolperte er über seine Schnürsenkel, die offen waren und sich irgendwie mit den Schnürsenkeln von Müller BC, ebenfalls offen, verheddert hatten. Matetus bekam die Gelegenheit, zwei neue Wörter in seinen Fäkalwortschatz aufzunehmen.

***

Da Müller A eigentlich hatte, was er wollte, verliefen die übrigen Befragungen etwas weniger streng, und er und Müller BC genehmigten sich ein frühes Feierabendbierchen. Am nächsten

Vormittag präsentierten sie Ela Lehmann auf dem Kommissariat als eine der Hauptverdächtigen.

***

Matetus war wütend.

»Du weißt schon, dass die dir zwei Morde anhängen wollen? Diese Idioten.«

Matetus wurde noch deutlicher, bekam aber gleich einen besonderen Blick von Ela zugeworfen, der die Ausdrucksweise abmilderte.

»Warum denn, ich habe doch überhaupt keinen Grund, die beiden umzubringen, ich kannte sie noch nicht einmal.«

»Tja, kannst du das denn beweisen? Überleg doch, ob du nicht vielleicht doch jemanden getroffen hast.«

Sie erinnerte sich nach wie vor nicht. Alles um sie herum war viel zu neu gewesen.

»Irgendetwas müssen wir tun, damit die wieder in die richtige Richtung kommen«,

sagte Matetus. Sie beschlossen, die Nachbarn einzuladen, offiziell zum Kennenlernen, und mehr über Hintergründe, Bekanntheitsgrade und Bewegungen zu Tatzeiten herauszubekommen. Alle willigten freudig ein. Den Anfang nahmen die Herren Meier und Müller von ganz oben, der Herr aus der dritten Wohnung weilte im Krankenhaus. Dieser Herr Meier war 77 und schon etwas tattrig. Herr Müller hingegen war 74 und ein feiner, angenehmer, gebildeter Mann. Meist spielte ein gütiges, fast schon weises Lächeln auf seinen Lippen. Er war sehr freundlich und beugte charmant den Kopf etwas, als er Ela begrüßte. Ela bot Eierlikör und Kirschlikör an, aber die beiden lehnten ab.

»Ich hab's nicht so mit Obst«,

meinte Herr Meier. Sie wartete, bis er sich auf dem Sofa zurechtgesetzt hatte.

»Mehr mit Kräutern.«

Sie schlug Jägermeister vor. Nach einem genießerischen, spitzlippigen Schmack! erzählte Herr Meier ihr vom Leben etc. Herr Müller schwieg zunächst, dann versuchte Ela, das Thema auf Haus und Bewohner zu lenken. Matetus saß hinter der Tür an der Wand gelehnt und schrieb mit.

»Wir kennen uns schon sehr lange, nicht? Seit wann wohnen wir hier jetzt? Seit ungefähr vierzig Jahren. Ich weiß noch, wie du damals mit deiner Familie eingezogen bist. Da war doch dieser kalte Winter?«

fragte Herr Meier.

»Nein, das war ein Jahr später.«

»Nein, ich glaube nicht. Das war, als ihr eingezogen seid. Da hatten wir Eiszapfen innen an den Fenstern. Jedenfalls … Da wohnte noch dieser, dieser, Dings in der Wohnung unten rechts, wie hieß er noch, der war doch im Fernsehen.«

»Stimmt. Der hatte eine Frau, meine Güte, die hat doch direkt was mit dem von gegenüber angefangen, der mit dem VW.«

»Du hast recht. Das war damals ein sehr gutes Auto. Und der daneben, der hatte sogar einen BMW. Der hatte sich doch einmal fast mit dem, Sondermeier, glaub ich, oder Gundermeier, geprügelt, wegen dem lauten Fernseher. Du kanntest den besser, oder? Unser Fernseher war ziemlich oft kaputt, und wir mussten ständig den Elektriker holen, weil wir uns keinen neuen leisten konnten. Heutzutage wird einfach alles weggeworfen, wenn mal was nicht geht. Also, wenn du mich fragst.«

Die beiden Rentner prosteten sich zu und schoben die leeren Gläser unauffällig Richtung Ela.

»Der Gundermeier …«

»Ich glaube, es war doch Sondermeier.«

»Da bin ich mir jetzt nicht mehr so sicher. Also, der war doch der Schwager von dem Hausmeister, weißt du noch? Und der hatte gegenüber seine Mutter wohnen, wie hieß der noch gleich? Aber der hat ja nie so richtig gearbeitet. Und ganz oft die Post vertauscht. Und sie hatte öfter Streit mit der Frau von weiter oben, die war allein da, nicht verheiratet. Also, wenn du mich fragst, die hatte immer viel zu viel Geld, die teuren Sachen, die die anhatte. Und wie hieß noch der Nachbar von der Witwe, die mit dem Hund? Damals durfte man ja noch Tiere haben.«

»Der mag doch nur seine eigene Stimme so gern«, maulte Matetus dazwischen.

»Und daneben, da wohnte ein junges Ehepaar, sehr nett. Der Mann war bei der Stadt.«

Matetus gähnte.

»Genau. Und darüber direkt der Journalist. Der hatte damals über diesen Unfall berichtet, mit dem Kind, weißt du noch?«

»Ja, meine Frau hat ihn ab und zu getroffen und mir davon erzählt.«

»Und den unter ihr haben sie einmal festgenommen, war aber nichts. Der ist dann bald weggezogen.«

So ging das noch eine Weile weiter. Ela beschloss, die nächsten einzeln einzuladen, um die Dichte der nutzbringenden Informationen zu erhöhen. Am ertragreichsten verlief das Gespräch mit Gerlinde Müller, mit der Ela bereits mehrere Male gesprochen hatte. Sie war ganz anders als die Herren. Nicht nur, dass sie Eierlikör vorzog, sie konnte auch recht detailliert und vor allem differenziert über die eigentlich wichtigen Dinge berichten. So erfuhr Ela insgesamt, wer wie lange im Haus wohnte, sich wie lange kannte und mochte oder auch nicht. Als Letzten hatte sie sich Lutzo aufgehoben, erstens, weil sie etwas Angst vor ihm hatte, aber die beiden Plugismonier hatten versprochen, auf sie aufzupassen, und zweitens, weil sie danach lüften und sauber machen wollte. Wie befürchtet interessierte er sich nicht für Likör. Alle Angebote schlug er mit einem Kopfschütteln und angewidertem Gesichtsausdruck aus. Sie hatte wohlweislich eine Flasche Schnaps besorgt und ihm dies auch bei der Einladung gesagt. Zunächst brachte sie ihn nicht zum Sprechen, nach etwa der Hälfte der Flasche kam das eine oder andere Wort, nach zwei Dritteln sagte er etwas von fliegenden Messern und Papieren, die durch die Luft schwebten. Hier nahm sie sich vor, noch einmal ein Wörtchen mit Matetus zu wechseln, der wieder vor der Tür saß und wie bei allen Unterredungen mitprotokollierte.

»Und sagen Sie, als Niko gefunden wurde, ist Ihnen da etwas aufgefallen?«

»Ja.«

Das war's, mehr kam nicht. Nur war die Flasche nun leer. Lutzo trank den letzten Schluck aus dem Glas, rülpste umständlich, wischte sich über den Mund und schien zu warten, sicher war sie sich aber nicht, weil er wie üblich in die Luft stierte. Er hustete und saß regungslos da. Offensichtlich gab es keinen Nachschlag.

»Wollen Sie nicht vielleicht doch etwas Jägermeister?«

Viel war nicht übrig. Lutzo nickte. Besser als nichts. Sein Level hatte er noch nicht erreicht, denn er blieb reserviert. Ela zögerte, dann wiederholte sie die Frage. Lutzo nickte abermals. Dann war auch diese Flasche leer. Von hinten brüllte Matetus, sie solle ihn doch noch mit dem Kirschlikör abfüllen, den stinkenden Saufkopf. Aber als sie das, selbstverständlich umformuliert, laut äußerte, begann Lutzo zu würgen. Einer seiner gigantischen Hustenanfälle erfüllte die Wohnung. Ela stand auf und sah bereits ihre Sofakissen voll Lutzokotze, deswegen beeilte sie sich, ihn zur Tür zu begleiten.

Eine halbe Stunde später kam ein Anruf vom Kommissariat. Müller A erklärte ihr, dass sie verdächtig sei und demnächst mit einer Einladung auf das Kommissariat rechnen müsse.
»Fuck!«
sagte Matetus, der wie üblich mit den Ohren am Hörer hing.
»Matetus!«
sagte Ela.
»Juck fou, besser?«
»Nein.«

***

»Dieser Polzeimensch meint das ernst, das ist dir doch klar? Und wenn ich mir diese Gesprächsprotokolle so ansehe, dann sagen die Leute kaum etwas Aussagekräftiges aus. Da kann dich niemand ernsthaft entlasten. Was, wenn die nicht mehr Informationen zusammenbringen? Dann hängen sie dir das wirklich noch an. Vor allem dieser Lutzo ist mir zu schweigsam.«
Ela blätterte die Papiere durch, sowohl die eigenen als auch die aktualisierten aus dem Kommissariat. Matetus druckte ihr immer alles aus, weil sie befürchtete, am Bildschirm etwas zu übersehen.
»Ja, das stimmt. Aber wie willst du die denn dazu kriegen, mehr zu sagen?«
fragte Ela. Matetus hatte so eine Idee.
»Ich weiß, wie wir das machen. Diese Dumpfbacke, dieser Blödarsch, Ödblarsch, Kaufsopf.«
Matetus' Augen leuchteten verdächtig auf. Ela bekam es mit der Angst und vergaß ganz, die verbalen Entgleisungen zu rügen.

»Willst du nun Winkler helfen oder nicht? Und wozu machst du diesen Kurs? Du musst doch dein Selbstbewusstsein testen.«

Matetus stand mit vor der Brust verschränkten Armen da und hob das bläulich schimmernde Kinn. Die schwarzen Welpenaugen funkelten und glitzerten. Ela sah immer noch stark verschreckt aus. Matetus erklärte ihr, wie er sich das vorstellte.

***

Winkler und Pfeifer reichte die bisherige Ausbeute der beiden Streifenpolizisten ebenfalls nicht aus. Die Erfolgsbilanz bislang war mäßig. Auch die anderen an der Befragung Beteiligten hatten nichts wesentlich Neues zu Tage gefördert, und zu Ela wollte Winkler vorläufig nichts weiter hören. Einer der Herren hatte am Abend des dritten Mai einen anderen der Herren im Treppenhaus getroffen, wusste aber nicht mehr, wer es gewesen war, aber es wäre jemand vom Haus gewesen. Der Nachbar daneben meinte ebenfalls, jemanden gesehen zu haben, aber nur von hinten und er wäre deutlich jünger als so siebzig, achtzig gewesen. Frau Sornig war abends gegen 19.00 Uhr oder kurz davor nach Hause gekommen und hatte Herrn Lundermeier im Treppenhaus gesehen. Ein anderer Herr sagte aus, er hätte bis mindestens acht aus dem Fenster geschaut, aber niemanden kommen sehen, die ganze Zeit vorher nicht. Dann hatte er Tagesschau geguckt. Das konnte der Nachbar von darunter bestätigen, weil der Fernseher so laut gewesen war.

Also nahmen sie sich noch einmal die Eltern von Niko vor.

»Sagen Sie, welchen Eindruck hat Niko in letzter Zeit auf Sie gemacht? War er nervös, verängstigt, anders als sonst?«

»Aber nein, überhaupt nicht. Er lebte immer schon zurückgezogen und hat sich nicht besonders viel bei uns gemeldet, seitdem er dort wohnte, aber er war die letzten Male wie immer, eher zu ruhig, finde ich.«

Nikos Mutter schnäuzte sich und der Vater nickte zustimmend.

»Außerdem erwähnte er erst kürzlich, dass wir uns nun keine Sorgen mehr um ihn machen sollten«,

sagte sie.

»Warum?«

Nikos Vater schaltete sich ein. Seine Frau sah ihn nicht an.

»Wann hast du denn mit ihm geredet?«

Seine Frau ignorierte die Frage.

»Ich glaube, er meinte damit, dass er gerade kein Geld von uns brauchte«,

flüsterte sie zaghaft.

»Brauchte er denn Geld von Ihnen?«

Winkler musterte sie erwartungsvoll.

»Naja, ab und zu schon.«

Die Mutter hatte dem Sohn hin und wieder ausgeholfen, ohne dass der Vater davon wusste.

»Aber damit sei jetzt erst einmal Schluss. Das hat er mir versprochen. Und es ging ihm gut, das hat er extra noch gesagt.«

Wieder musste sie sich schnäuzen. Das Gespräch war beendet. Es ging weiter zu Benno Brauer.

»Erzählen Sie uns etwas über Ihre Frau. War sie in letzter Zeit anders?«

»Sie war schwierig, das habe ich doch schon gesagt.«

»Aber warum sollte sie sich umgebracht haben?«

»Das weiß ich nicht.«

»Wie lange kannten Sie sich?«

Benno überlegte.

»Vielleicht fünfzehn Jahre?«

»Und was wissen Sie von ihr in der Zeit davor?«

»Gute Frage, sie hat nie über ihre Vergangenheit geredet, aber irgendetwas muss gewesen sein, hat der Arzt mal so angedeutet, weil sie mit ihren Depressionen schon sehr lange in Behandlung war.«

Pfeifer und Winkler beendeten das Gespräch und beschlossen, bei dem behandelnden Mediziner vorbeizufahren. Wie erwartet zierte der sich etwas.

»Schweigepflicht, als ob Sie das nicht wüssten.«

»Jaja, natürlich. Aber vielleicht könnten Sie uns irgendetwas sagen, was uns ein bisschen weiterbringen könnte.«

Dr. Meier überlegt geruhsam.

»Nein, ich denke nicht, dass ich Ihnen weiterhelfen kann.«

Damit wandte er sich ab. Die beiden Beamten kamen sich vor wie kleine Schuljungen. Kurze Zeit später waren sie wieder auf dem Weg ins Büro.

»Wie interpretieren wir das nun? Dass es nichts gab oder dass er etwas, was wichtig sein könnte, verschweigt?«

Einige Zeit verging.

»Sag mal Philip, die Mutter hat doch gesagt, dass Niko neuerdings kein Geld mehr von ihr gebraucht hätte. Hat sich eigentlich einmal jemand seine Finanzen angesehen?«

fragte Winkler.

»Wir haben in der Wohnung einige Kontoauszüge gefunden, aber die meisten fehlen. Der Mann war insgesamt nicht sehr ordentlich.«

»Dann müssen wir bei der Bank nachhaken.«

»Geht klar.«

Da Samstag war, würden sie zwei Tage warten müssen.

***

Elas Seelenlage tendierte Richtung desolat. Sie hob sich auch nicht unbedingt, als ihr Matetus wiederholt die Dringlichkeit der Situation auseinandersetzte. Sie stand im Kreuzfeuer der Polizeiarbeit und würde sich bald schon einen Anwalt nehmen müssen, wenn sie nichts unternahm bzw. unternahmEN. Lange schwiegen beide.

»Hast du denn deine Übungen heute schon ordentlich gemacht?«

»Ich mache meine Übungen immer ordentlich.«

»Ist ja gut, ich wollte nur Konversation betreiben.«

Ela musste einfach lächeln. Sie war sich sicher, dass Matetus, im Gegensatz zu einem gewissen jemand anderen, ihr zuverlässig zur Seite stehen würde. Schließlich sah sie ein, dass sie etwas tun musste. Schweren Herzens willigte sie irgendwann in Matetus' Plan ein.

Langsam ging die Sonne unter und verwandelte die Farbe des Himmels von gelb-orange zu rot-violett, bis sie ganz verschwand. Hier und da meldete sich ein Stern zur Stelle und beschützte die Stadt, die sich still und friedlich um ihre eigenen Angelegenheiten kümmerte.

MONTAG

Am Montagvormittag ging Ela zu Lutzo, begleitet von Matetus und Namrod. Es hatte die Nacht hindurch geregnet, die Wolken waren noch immer recht dicht. Draußen blieb es dunkel, einige Regentropfen trommelten gegen die Fenster. Sie hatte sich noch einen letzten Anlauf ausbedungen, aus ihm die angedeuteten Informationen auf humane Weise herauszuholen, bevor Matetus seinen Plan umsetzten durfte. Sie wollte den Druck schrittweise aufbauen und die nicht ganz zu vermeidende Aggression, das sah sie ein, so gering wie möglich halten. Also klingelte sie bei Lutzo und wiederholte ihre Fragen, jedoch umsonst. An der Wand hinter Lutzo lag ein

Haufen mit Kleidung, an der Decke hingen Spinnweben. Fette Schmeißfliegen summten um einen Abfalleimer herum, der im Gang stand, und um die leeren Schnapsflaschen daneben. Ela betrachtete alarmiert die Spinnennetze, die sich verdächtig tief über ihrem Kopf aufspannten, und stellte sich vor, wie die eine oder andere Spinne in ihren Haaren herumwandern würde. Das brachte sie kurz aus der Fassung, aber nach einem Rippenstoß fing sie sich wieder. Sie holte tief Luft und sammelte sich. »Also gut, wie Sie wollen.«

Die nächste Stufe nach freundlich fragen war, ihn erst nur ein bisschen einzuschüchtern, indem sie ihm drohte, ihre übersinnlichen Kräfte einsetzen zu wollen. Das interessierte Lutzo aber auch nicht weiter. Er versuchte, die Türe zu schließen, als Ela begann, verschwörerisch die Arme zu heben und zu murmeln:

»Ibbedi, bibbedi, buuh!«

Sie rotierte dabei um die eigene Achse und hob und senkte langsam die Arme. Gleichzeitig fegte Matetus ein paar Lumpen aus der Ecke und warf sie in die Luft. Namrod hob eine Bierdose hoch. Lutzo schaute hinter ihr her und versuchte, sie zu fangen. Erstaunlich schnell fasste er zu und stellte sie wieder auf den Tisch, zu den dreckigen Tassen und Tellern. Dann machte er sie doch sicherheitshalber gleich auf. Es knackte und zischte, und er schluckte den Inhalt komplett hinunter. Er begann, zu würgen oder zu husten, so genau konnte man das nicht sagen. Dann wischte er sich mit dem Ärmel über den Mund, rülpste ausgiebig und sah Ela böse an, sagte aber nichts, was menschliche Artikulation hätte genannt werden können. Ela wartete noch etwas, dann musste sie einsehen, dass sie um den Ersatzplan wohl nicht herumkam. Sie begann, Lutzo zu überreden, zu ihr zu kommen und versprach ihm dieses Mal zwei Flaschen Schnaps. Es dauerte, da er entweder gar nicht oder zeitlich verzögert reagierte und immer wieder zurück in die Wohnung taumeln wollte, eine zweite Bierdose fest im Blick. Sie brauchte ihn aber in Matetus' Zimmer, also beschloss dieser, nachzuhelfen. Die beiden Plugismonier schoben von hinten behutsam an oder stützten seitlich ab, je nachdem. Lutzos Augen quollen aus ihren Höhlen. Er wollte wohl etwas sagen, aber ein Husten-Würg-Anfall verhinderte das. Vorne höflich bittend und hinten leicht schiebend bekamen sie ihn dann gemeinsam langsam, aber sicher in den Flur, durch die Tür und schließlich in Matetus' Zimmer. Hier waren alle Möbel bis auf einen Stuhl fortgeräumt, lediglich ein paar Lautsprecher hingen oben in den Ecken. Von draußen schien Sonne in den Raum und wärmte die ungemütliche Atmosphäre etwas auf.

»So, lieber Herr Lundermeier, nochmal, bitte erinnern Sie sich doch. Was ist Ihnen aufgefallen, als Niko gefunden wurde. Oder am Tag davor?«

Lutzo stierte ins Nichts und machte keine Anstalten zu reden. Matetus stupste ihn an.

»Los jetzt. Was ist dir aufgefallen, Freundchen, ich kann auch anders.«

Aber Lutzo reagierte nicht, nur seine Augen begannen seltsam zu rollen. Vielleicht war die Oberflächensensorik schon zu stark angegriffen.

»Lieber Herr Lundermeier, bitte reden Sie, sonst werden wir ungemütlich.«

»Was? Sonst? Wie ungemütlich?«

»Sonst gibt es eine Runde Bajuvaren-Boarding«,

antwortete Ela. Lutzo verharrte sprach- und regungslos, was unter anderem daran lag, dass er sie nicht verstand. Auch sie hätte vor kurzem nichts verstanden. Matetus wurde ungeduldig und drängelte, endlich anfangen zu können, freute er sich doch schon seit gestern darauf, diese eigens von ihm entwickelte Verhörtechnik ausprobieren zu können. Sie war

angelehnt an das Waterboarding, einer alten Hinrichtungs-
und Foltermethode. Er hatte mit Namrod auch um die Zeit bis
Einsetzen der Wirkung gewettet. Dieser war ebenfalls anwesend und verfolgte gespannt das Spektakel.

»Also gut, wie Sie meinen.«

»Was meine ich?«

fragte Lutzo alarmiert und schon nicht mehr so undeutlich.
Aber schon hatte Matetus die Lautsprecher, soweit es ging,
aufgedreht, und es erklang bayerische Volksmusik. Ela konnte
sich nun nur noch mimisch und gestisch mitteilen, was bei
Lutzo nicht verfing. Schließlich hackte sie ihre linke Hand mit
den geschlossenen Fingern mehrmals in die Handfläche der
rechten. Die Musik brach ab. Erleichtert entspannte Ela sich
wieder.

»Was war das denn?«

Lutzo sprach flüssig und verständlich. Matetus wollte wissen,
ob das schon als Wirkung zählte, aber Namrod verneinte ener-
gisch. Er setzte zu einer Definition des Begriffs *Wirkung* an,
wurde aber von Ela unterbrochen.

»Verraten Sie uns, was Sie wissen? Dann mache ich die Musik
auch nicht wieder an.«

»Wieso uns?«

Lutzo guckte noch etwas dümmlicher als sonst, blieb jedoch
schweigsam.

»Also gut. Dreh die Musik wieder auf!«

Wieder Umtatawumtata, ziemlich lange und vor allem sehr
laut. Die Scheiben begannen zu vibrieren. Lutzo fing an zu to-
ben und um sich zu schlagen. Er ballte die Fäuste, wurde
knallrot im Gesicht, schnaubte und rannte wütend gegen eine
Wand. Seine Augen quollen aus ihren Höhlen, sein Gesicht
verzerrte sich zu einer bizarren Maske. Dann fiel er auf die
Knie, brüllte erneut und schlug rhythmisch, im Takt der Musik, mit dem Kopf auf den Fußboden. Immer wieder. Immer

wieder. Ela wurde schlecht und verließ das Zimmer, um draußen akustisch Luft zu schnappen. Als sie kurz darauf wieder den Raum betrat, hatte Lutzos Gesicht eine bleiche Farbe, er sabberte und wackelte mit dem Kopf. Die Musik hörte auf. Ela wischte sich Schweiß von der Stirn.

»Nein, nein, nein«,

klagte er immer wieder.

»Also, was wissen Sie?«

»Gar nichts, ich weiß gar nichts.«

Womöglich erinnerte er sich wirklich nicht?

»Doch, sonst mach ich die Musik wieder an.«

Ela wartete umsonst. Matetus fand, es dauere viel zu lange. Namrod freute sich, denn er hatte durchaus damit gerechnet, dass sie länger als eine Minute benötigen würden, um brauchbare Ergebnisse zu erzielen. Lutzo atmete ganz flach und abgehackt. Er hyperventilierte. Die Sache war etwas gefährlich, denn sie durften die wenigen verbliebenen Hirnwindungen nicht unnötig zerstören.

»Gut, dann eben weiter.«

Wieder Musik, diesmal noch länger. Ela dachte, sie müsse sich übergeben. Dann warf Lutzo den Stuhl an die Wand und brüllte irgendetwas, Matetus machte die Musik aus, und Lutzo begann zu schluchzen. Er brach mit einem Aufschrei zusammen. Zeitgleich riefen die beiden:

»Fuck. Mist. Wette verloren.«

»Aufhören, aufhören, um Gottes Willen, ich sag ja alles. Was wollen Sie wissen?«

***

Winkler ging die Bewegungen auf Niko Neubachs Konto durch.

»Interessant. Da war meist wenig drauf. Am Wochenende kamen regelmäßig hundert Euro, ansonsten Abbuchungen. Aber hier am 19. April sind fünfhundert Euro von ihm eingezahlt worden. Gearbeitet hat er nicht. Frag doch einmal bei der Mutter nach, wie ihre finanzielle Unterstützung ausgesehen hat, wann, wieviel und so weiter.«

»Habe ich schon. Sie hat gesagt, dass sie ihm ab und an ein paar Scheine in die Hand gedrückt hätte, mal zwei Zwanziger, mal einen Fünfziger, aber in den zwei Wochen vor seinem Tod nichts. Offiziell haben ihm die Eltern an jedem Montag hundert Euro überwiesen. Das war ein Dauerauftrag und bewusst wöchentlich, weil sie wussten, dass er nicht mit Geld umgehen konnte. Fixkosten wie Wohngeld, da waren Strom, Heizung und Wasser mit drin, haben die Eltern direkt von ihrem Konto beglichen. Viel Vertrauen hatten sie ja wohl nicht. Die fünfhundert Euro sind bisher nicht erklärbar.«

»Hat die Befragung der Nachbarn zum Einbruch etwas Verwertbares ergeben?«

»Nein.«

***

Nachmittags. Martin probierte wieder an seinem Buchmanuskript herum und saß außer Hörweite in seinem Zimmer. Vor dem Fernseher und einer Tasse Kaffee beriet Ela mit Matetus, wie sie die neuen Erkenntnisse einordnen sollten. Von dem Film bekamen sie nichts mit, sonst hätten sie wieder zu schimpfen begonnen. Denn der Mann war zwar fast ertrunken, aber staubtrocken aus dem See gekommen. Schlimmer noch, Matetus verpasste eine Tafel Schokolade, denn er hatte mit Ela gewettet, dass es einen Satz gibt, der in jedem, in wirklich jedem Film vorkam, und zwar »Alles wird gut.« So auch jetzt. Der Mann war also fast ertrunken, schleppte sich mit letzter Kraft aus dem See, schwer verletzt, quasi tot, Frau und Kind waren tot, also richtig, und der Retter, ein Polizist, sagte: »Alles wird gut.«

Normalerweise fuhr Matetus auf, wenn er das hörte, und Ela musste Schokolade aushändigen. Sie hatte wohlweislich einen Vorrat angelegt, denn seine Trefferquote bisher lag bei hundert Prozent. Einschränkend musste man anmerken, dass einmal ein Film den Satz »Es ist alles gut« hatte. Während Matetus der Ansicht war, dass könnte man als Variante zählen lassen, war Ela dagegen. Aber rein mathematisch und bei korrekter Rundung änderte das nichts am Ergebnis. Heute waren Matetus und Ela jedoch abgelenkt. Lutzo hatte an beiden Abenden jemanden gesehen, der nicht ins Haus gehörte. Er meinte sogar, dass es die gleiche Person gewesen und dass sie aus den jeweiligen Wohnungen gekommen wäre. Er konnte erstaunlich gut Größe und Figur beschreiben. Aber Ela war sich nicht sicher, ob er das nur gesagt hatte, damit sie die Musik leiser stellte. Das Dumme an Folter war, dass die Leute irgendwann alles zugaben. Für die Verurteilungen von Hexen im Mittelalter war das zwar praktisch gewesen, um die Frauenquote in der Bevölkerung zu drücken, aber jetzt eben nicht. Sie beschlossen, einmal so zu tun, als ob alles stimmte. Auf jeden Fall aber hatte er auch Ela gesehen, als sie am Tag, als Niko starb, um sieben Uhr abends mit ihren Einkäufen nach Hause gekommen war. Damit hätte sie ein Alibi. Aber war er ein glaubhafter Zeuge?

Ela rief auf dem Kommissariat an und teilte Winkler mit, dass sie zufällig Herrn Lundermeier im Treppenhaus begegnet sei und diesem wäre wieder einiges eingefallen. Ela durfte dabei sein, als Pfeifer und Winkler dreißig Minuten später mit Lutzo sprachen. Der hatte ganz eindeutig Angst. Aber er schwieg wie üblich. Matetus stupste ihn von hinten an und Lutzo fuhr mit vor Schreck geweiteten Augen hoch.

»Die, diese Frau. Sie hat.«

Er suchte nach Worten.

»Übernatürlich, magisch. Kräfte.«

»Tatsächlich?«

Pfeifer lächelte.

»Sie lässt Dinge durch die Luft schweben.«

»Ach ja?«

»Sie hat mich gefoltert.«

»Also Folter, das ist schon ein starkes Wort«,

gab Pfeifer mit einem amüsierten Blick Richtung Ela zu bedenken.

»Sie hat versucht, mich zu töten.«

»Tatsächlich?«

sagte nun Winkler.

»Wie denn? Mit einem lila Messer?«

Pfeifer konnte es sich nicht verkneifen.

»NEIN.«

»Sondern?«

Jetzt wieder Winkler.

»Mit Blasmusik.«

Nun meldete sich Ela leise und vorsichtig.

»Ich spiele gar kein Instrument. Das habe ich schon oft bedauert.«

»Nun, Herr Lutz, Herr Lutzermeier. Sie haben uns etwas zu sagen, wie ich meine.«

Ela ruckelte auf ihrem Stuhl umher und räusperte sich, Lutzo duckte sich und erzählte. Anschließend ging Ela mit den beiden Beamten auf das Kommissariat.

»Gut, Frau Lehmann, Sie sind aus dem Schneider, ich hätte sowieso nicht geglaubt, dass Sie etwas mit der Sache zu tun haben. Aber wie es scheint, hängen die beiden Fälle zusammen. Es handelt sich um nur einen Täter, und der gehört nicht ins Haus. Wenn es der war, den Lundermeier gesehen hat, scheidet Benno Brauer aus, er ist eher klein und ein Nachbar. Die anderen drei sind jedoch alle eher groß, was immer das auch heißen mag. Benno Brauer hat zwar keine lilienweiße Vergangenheit, war aber in beiden Fällen erwiesenermaßen nicht im Haus. Nachdem die zweite Tat der ersten stark ähnelt, ist der Täter präzise und planmäßig vorgegangen. Er hat sogar ein Schlafmittel in Nikos Bier gemischt, um es wie Selbstmord aussehen zu lassen. Und wahrscheinlich wäre er auch damit durchgekommen, wenn Frau Lehmann uns nicht auf die Parallelen aufmerksam gemacht hätte. Wieso wussten Sie überhaupt so gut Bescheid?«

Johannes Winkler sah Ela nachdenklich an.

»Naja, ich habe vor allem Nikos Schilderung des Anschlages ernst genommen, als einzige. Alle anderen dachten, er wäre viel zu bekifft gewesen und hätte geträumt. Deswegen war es für mich kein Zufall, als er dann kurz darauf starb. Deswegen habe ich dann auch die Übereinstimmungen zwischen den beiden Fällen gleich gesehen. Und deswegen war mir klar, dass auch Barbaras Tod sicher kein Selbstmord gewesen sein dürfte. Nur haben die beiden Polizisten mir nicht geglaubt.«

»Nun gut. Die Tat war gut vorbereitet, nicht aus dem Affekt heraus, er kannte sich aus. Das würde zu Kurt Kaufmann passen, er hat jedoch ein Alibi im zweiten Fall. Es könnte auch zu Jürgen Janßen passen, denn der geht als angehender Wissenschaftler ebenfalls sehr methodisch vor. Es ist aber fraglich, wie er sich mit dem Tatort Brauer hat auskennen können. Schließlich haben wir noch Benedikt Dornkamp. Der kannte den zweiten Toten und wahrscheinlich auch die Wohnung und hat im zweiten Fall kein sicheres Alibi. Beide haben für den ersten Mord kein Alibi. Janßen könnte für den zweiten Mord ein Motiv haben, aber warum Barbara umbringen?

Schließlich könnte es auch noch jemand ganz anderes sein. Aber wir suchen einen Mann, da ist sich Lundermeier sicher. Nur solange wir kein Motiv haben, kommen wir in dem Fall nicht weiter. Die Tatortspuren reichen nicht aus.«

Matetus interpretierte das als Aufforderung. Er war sich bereits mit Ela darüber einig, dass die Interviews nicht genügend Hinweise zu Tage gefördert hatten und sie festhingen. Allerdings wollte er die Sache so nicht auf sich beruhen lassen.

»Wie könnte Niko an das Geld gekommen sein? Und hängt das vielleicht mit dem Einbruch zusammen?«

fragte Matetus. Er verfolgte die neuen Protokolle in Echtzeit.

»Wir könnten uns noch einmal alle Leute vornehmen«,

schlug er vor. Seine Augen glänzten und funkelten.

»NEIN«

Ela hatten die vielen langweiligen Gespräche etwas mitgenommen. Aber Matetus rief enthusiastisch:

»Das wird bestimmt lustig, sowie letzte Woche die Sache mit dem nervigen Kind, den Gummibärchen und dem Alleskleber.«

Namrod nickte begeistert, wandte sich Ela zu und öffnete den Mund.

»Das will ich gar nicht wissen«,

rief sie.

»Oder die Woche davor mit dem Gummiball und dem lauten, hochgetunten Auto«,

fuhr Namrod fort.

»Und dem Auspuff.«

Auch hierzu verweigerte Ela weitere Erläuterungen.

»Ich könnte mir auch noch einmal alle Wohnungen ansehen«,

räumte Matetus ein.

»Und wonach willst du suchen?«

»Keine Ahnung.«

Damit war Matetus dann die nächsten Nächte beschäftigt.

Die Sonne ging unter. Langsam verdunkelte sich der Himmel über der Stadt von bleigrau über dunkelgrau bis hin zu schwarz. Ein feiner Nieselregen wob sich durch die Straßen und wurde zu Nebel. Die Straßenlampen leuchteten feucht. In den Häusern gingen die Lichter an. Immer noch waren viele Menschen unterwegs.

SONNTAG

Er schlang seine Arme wie von selbst um ihren zarten Hals, spürte die seidigen Haare zwischen seinen Fingern, ließ einzelne Locken durch die Hände gleiten, dann traten sie die Reise den Körper hinunter an und wieder hinauf, von den Oberschenkeln zur Taille, zur Brust. Er küsste ihre zarten Finger, den Unterarm, den Hals und näherte sich den Lippen, die sich bereitwillig öffneten. Er war den Tränen nahe, so glücklich fühlte er sich. Die Lippen öffneten sich noch etwas mehr. Er stöhnte.
»Weiter«,
hörte er es hauchen.
»Weiter«,
diesmal lauter.
»Weiter weg, rück weiter weg, Himmel, du wirfst mich ja aus dem Bett.«
Ela war wütend und Martin wach.

MONTAG

Nach mehreren Nächten in fremden Wohnungen blieb nur noch die des netten Herrn Müller von ganz oben rechts. Vorsichtig öffnete Matetus die Balkontür und trat in das Wohnzimmer, das eine freundliche, sonnenblumengelbe

Wand hatte. Ein Teppich lag unter einem Beistelltisch. Die Möbel waren aus hellem Holz. Im Bücherregal standen zahllose große und kleine Bände, viele CDs und einige Schachteln. Fernseher und Stereoanlage bildeten einen Turm, der gesondert in einer Ecke stand. Die Fernbedienungen lagen ordentlich aufgeräumt in einer Schale. Gegenüber auf dem Sofa waren die Kissen korrekt nebeneinander angeordnet. An der Wand hing ein Bild, das einen französischen Garten darstellte. Matetus inspizierte auch das Bad. Es war weiß gefliest mit einem dunkelblauen Rand oben. Die Badewanne war unauffällig, aber es roch gut. Matetus fand in einer der Schachteln ein Notizbuch, in dem Herr Müller seine Einnahmen und Ausgaben detailliert eingetragen hatte, also am 9. Juni im Uldi 27,90 Euro für Lebensmittel, am 10. Juni im Café 3,70 Euro für Brot, und als er zurückblätterte, am 19. April 500,00 Euro für Niko. Das passte gut zu den Kontobewegungen, über die Matetus natürlich im Bilde war.

***

Nachmittags. Ela ging dieses Mal nicht gern zu ihrem Kurs. Sie war die ganze Nacht wach gewesen. Wegen Lutzo hatte sie ein furchtbar schlechtes Gewissen, und das Verhalten ihres Mannes war mehr als eindeutig. Er hatte im Schlaf etwas von Corinna gemurmelt, zweimal schon. In der Umkleidekabine wurde sie auch gleich angesprochen.

»Was machst du denn für ein Gesicht?«

»Ach, gerade läuft es nicht so gut.«

»Was denn?«

»Ärger zu Hause?«

»Naja.«

»Geht dir dein Mann auf die Nerven?«

»Ja, das sowieso, aber …«

»Hat er eine andere?«

»Na, dem würde ich was erzählen. Kratz ihm die Augen aus!«

»Dem gehört doch die Fresse poliert.«

»Reiß ihm die Haut ab!«

»Nieder mit dem Patriarchat!«

»Reiß ihm das Herz raus!«

»Hat er überhaupt eins?«

»Misch ihm E605 ins Essen!«

»Das ist schwer zu bekommen.«

»Echt jetzt? Dann eben Rattengift, das geht immer.«

Die Damen waren sich einig, das war nicht zu tolerieren. Aber Ela wiegelte ab.

»Ich weiß es doch gar nicht so genau.«

»Schmeiß ihn doch einfach raus.«

»Das schadet nie, auch prophylaktisch.«

»Einfach? Und wer zahlt die Rechnungen?«

»Meine Damen, bitte Beeilung!«

Die Kursleiterin erschien in der Tür und hatte offensichtlich mitgehört, denn sie meinte:

»Kannst du zufällig gut mit Computern umgehen und kennst du dich zufällig ein bisschen mit Buchführung aus?«

Ela druckst etwas herum, bevor sie antwortete:

»Zufällig und ein bisschen, ja.«

***

»Warum sollte so ein alter, netter Herr Niko Neubach Geld geben, was meinst du?«

Matetus schritt vor Ela auf und ab und imitierte dabei Felberts affige Haltung.

»Na, sicher nicht, weil er Hasch dafür bekommen hat«,

sagte sie,

»aber freiwillig hat er es ihm nicht gegeben, würde ich tippen.«

»Dann wurde er erpresst«,

meinte Matetus. Nach fünf weiteren Schritten fragte er:

»Traust du Herrn Müller einen Mord zu?«

»Nein, der kommt mir so korrekt und rechtschaffen vor. Außerdem schwächelt er etwas.«

»Vielleicht hat Niko noch mehr Leute erpresst?«

»Gab es denn noch mehr auffällige Kontobewegungen?« fragte Ela.

»Moment, ich schau nach.«

Matetus bediente seine spezielle Verbindung zum Polizei-Intranet, für das diese Bezeichnung strenggenommen nun nicht mehr passte.

»Nein, die fünfhundert waren einmalig.«

»Seltsam.«

DIENSTAG

Ela verbrachte eine weitere schlaflose Nacht, in der sie ihre Bedenken wegen des neuen Jobs zu riesigen Ängsten wachsen ließ, während Martin immer einmal wieder wohlig aufstöhnte. Ganz unbeeindruckt vom von Sorgen und Kummer gegrämten Gesicht seiner Frau machte er sich fröhlich beschwingt auf den Weg zur Universität, nachdem er ihr noch einen flüchtigen Luftkuss zugeworfen und verkündet hatte, sein Artikel sei angenommen worden. So schnell und ganz ausgezeichnete Gutachten, das sei ganz außergewöhnlich und bestätigte die einmalige Qualität. Der perlgraue Anzug stand ihm ausgezeichnet, das leicht grau gehaltene Hemd saß perfekt.

»Vielleicht hat Lutzo ja noch etwas gesehen«,

überlegte Matetus ein paar Minuten später.

»Und er weiß etwas, was er uns noch nicht verraten hat.«

Riesige schwarze Hundeaugen schauten flehentlich zu Ela empor. Es war ihr absolut schleierhaft, wie sie der Polizei ihre Entdeckung begründen sollte.

»Also gut.«

Ela ging hoch zu Lutzo und klingelte. Man hörte etwas rascheln, aber die Türe blieb verschlossen.

»Ich gehe von hinten rein.«

Die Balkontüren waren über die Feuerleiter erreichbar und ließen sich mit etwas Geschick leicht knacken. Matetus betrat kurze Zeit später die Wohnung von der anderen Seite aus, während Namrod bei Ela blieb. Lutzo lag auf dem Sofa und sah entgeistert, wie die Balkontüre aufschwang. Matetus schlenderte ohne große Vorsicht zur Wohnungstür. Papiere und Müll trat er auf seinem Weg schwungvoll beiseite. Dann machte er Ela auf, die ihre Hand gerade wieder an den Klingelknopf heben wollte. Sie starrte nicht sehr intelligent auf Matetus, trat ein und riss die Tür schnell wieder zu.

»Herr Lundermeier, ich hätte da noch eine Frage.«

Aber der stierte immer noch die offene Balkontüre an. Die Geräusche der Stadt waren deutlich zu hören, das Raunen der vielen Autos, Windböen, die um die Ecken jagten, das Pfeifen der Vögel. Ein Flugzeug donnerte über die Dächer. Der Klangbogen verhallte nur langsam. Sie hob die Arme.

»Herr Lundermeier, ich werde jetzt wieder einen Zauber wirken.«

Sie zappelte mit allen zehn Fingern und kontrollierte Lutzos Gesichtsausdruck. Leider schien die Apathie nicht zu weichen. Dann zog er langsam den Kopf ein. Wirklich sehr langsam.

»Ich möchte, dass Sie sich erinnern. Gehen Sie mit Ihren Gedanken in die Vergangenheit. Einige Tage. Noch ein paar Tage. Einige Wochen. Erinnern Sie sich. Haben Sie jemanden aus der Wohnung von Niko Neubach kommen sehen?«

Lutzo wiegte mit dem Kopf hin und her, einen blödsinnigen Ausdruck im Gesicht. Der Mund stand offen. Spucke rann am Kinn hinunter.

»Jaaaa.«

»Wen?«

»Herrn Müller, den netten.«

»Wann?«

»Am zehnten Mai. Abends. Beim Tatort.«

Ela erinnerte sich. Das ganze Haus war still gewesen, weil im Fernsehen ein Film mit dem Münsteraner Team wiederholt wurde.

»Würden Sie das bezeugen?«

Elas Hände schwebten beschwörend vor Lutzos Augen auf und ab. Er sabberte immer noch.

»Jaaaa.«

»Prima.«

Matetus klatschte begeistert in die Hände. Dann führte er mit Namrod ein High Five aus. Die beiden Hände schwangen nach unten und schlugen ein weiteres Mal zusammen. Namrod bewegte die bläulich schimmernden Lippen zu dem Äquivalent eines Lächelns. Da Elas Gesichtszüge eine fragend-dümmliche Note annahmen, erklärte Matetus.

»Top Gun.«

Das half Ela aber auch nicht weiter.

Kurz darauf telefonierte sie mit Winkler, um ihm von einem weiteren zufälligen Treffen mit Herrn Lundermeier zu berichten. Winkler traute seinen Ohren nicht. Einer der alten Herren soll den Einbruch verübt haben? Na, das ließe sich ja schnell klären. Winkler und Pfeifer unterzogen zuerst Lundermeier einer eingehenden Befragung. Bevor sie aber noch irgendetwas sagen konnten, teilte der ihnen erstaunlich wortreich und klipp und klar mit, die Hexe – und hier folgten einige Beispiele aus der diskriminierenden Vulgärsprache – dürfe seine Wohnung keinesfalls erneut betreten. Anschließend Herrn Müller. Ela durfte nicht dabei sein, aber Matetus gelang es, sich in die Wohnungen hineinzumogeln. Zwei Stunden später klingelte er triumphierend bei Ela.

»Sag, hat Niko Herrn Müller wirklich erpresst? Womit?«

Matetus bat zuerst um eine kleine Tafel Schokolade. Das war seine Art, etwas höflich zu sein, denn Ela hatte nur eine Größe.

»Seine Frau und Nikos Großmutter waren befreundet gewesen. Als Burgi Müller an Krebs erkrankte und immer schlimmere Schmerzen bekam, hat ihr Mann ihr Drogen besorgt. Das verriet sie kurz vor ihrem Tod Nikos Großmutter, da war sie schon sehr angegriffen und nicht mehr ganz bei sich. Als Nikos Vater ihm Anfang des Jahres drohte, seine Zahlungen einzustellen, musste Niko sich eine andere Einnahmequelle überlegen. Er erinnerte sich, wie seine Oma ihm einmal die Sache mit den Drogen für Burgi erzählt hatte. Da er ja über genügend Verbindungen in die Szene verfügte, fragte er sich durch, bis er den Lieferanten von Herrn Müller fand. Dann sagte er dem alten Herrn, er würde ihn auffliegen lassen, er wüsste, wann, wieviel und von wem er die Drogen bekommen hätte. Das hat Herr Müller alles ohne weiteres zugegeben. Aber den Mord an Niko bestreitet er vehement.«

Die beiden freuten sich noch eine ganze Weile über ihren Erfolg, bis Ela einfiel, dass sie es noch ein paar Mal hatte Rumpeln hören und dass sie den Mörder immer noch nicht hatten.

MITTWOCH

Der Himmel war anfangs bedeckt, aber nach und nach verschwanden die Wolken. Den ganzen Tag lang schien die

Sonne, der Himmel blieb klar. Ela versuchte, Ordnung in die Papierberge zu bringen, die sich im Büro der Gleichstellungsinitiative angesammelt hatten. Sie war als Vertretung für zwei erkrankte Frauen da und gleich in medias res gelandet, wie Martin es ausgedrückt hätte. Sowohl die Kursleiterin als auch Benedikt Dornkamp hatten ihr immer wieder gesagt, wie sehr sie sich freuten, dass sie einsprang. Der Tag war lang, aber sie hatte am Ende das gröbste Durcheinander beseitigt und viele der Unterlagen sortiert und abgeheftet. Auch die Eintragungen im Computer waren aktualisiert. Ihre Ermittlungen hatten Pause. Aber nur, bis sie am späten Nachmittag wieder zu Hause war. Ela überlegte laut.

»Lass uns von vorn anfangen. Was war früher, Barbaras Tod oder die fünfhundert Euro?«

Sie blätterte in den Notizen.

»Erst starb Barbara, dann bekam Niko das Geld. Und was bringt uns das?«

Sie seufzte.

»Welche ernsthaft Verdächtigen haben wir denn überhaupt?«

Matetus machte es Ela nach und schrieb seine Gedanken systematisch auf.

»Benno Brauer und Kurt Kaufmann scheiden aus, weil sie ein Alibi haben. Bleiben Dornkamp …«

»Nein«,

sagte Ela.

»Warum nicht?«

Sie druckste etwas herum.

»Weil du ihn magst?«

Matetus schüttelte den Kopf.

»Das zählt nicht. Also noch einmal. Es bleiben Benedikt Dornkamp, Jürgen Janßen und vielleicht doch jemand, an den wir bisher nicht gedacht haben oder den wir nicht kennen.«

»Ich finde ja, dass dieser Janßen noch am ehesten in Frage kommt. Bei Niko auf alle Fälle. Aber bei Barbara? Ich weiß nicht.«

Ela war müde. Es fehlt etwas? Was bloß? Ich habe doch einmal ein lautes Poltern gehört, wann war das noch? dachte sie. Das war, als sie im Treppenhaus stand und ihre Wohnungstür abschloss. Sie meinte, der Lärm wäre aus Nikos Wohnung gekommen, denn der Krach schien über ihrem Kopf gewesen zu sein, und die Wohnung im ersten Stock war tagsüber immer leer. Sie suchte in ihrem Kalender nach den Einträgen. Sie hatte jeweils genau festgehalten, wann welcher Kurs mit welcher Lektion stattfand, und sie meinte, an diesem Tag wäre Englisch für Fortgeschrittene 2 dran gewesen, weil es in der Lektion um Einbruch gegangen war, der Text hatte »It's rumbling in the apartment next door« geheißen, und das fand sie unheimlich. Ja, der vierte Mai. Und da war Niko schon tot gewesen. Mmh. Und sie hatte auch eindeutig Poltergeräusche aus der Wohnung über ihr gehört, sie erinnerte sich wieder. Das war, nachdem man Barbara gefunden hatte und ihr Mann schon wieder zur Arbeit ging. Sie hatte sich damals nichts dabei gedacht. War das immer der Mörder gewesen? Der vielleicht etwas gesucht hat? Wer hat tagsüber Zeit, in fremden Wohnungen zu suchen? Die Rentner, aber die waren alle älter und nicht mehr ganz so rüstig. Die anderen arbeiteten.

»Soll ich mich bei den beiden einmal umschauen?«

Matetus unterbrach ihre Überlegungen und grinste.

»Warum nicht, wenn uns das weiterbringt?«

»Du hast doch bestimmt die Adresse von dem Dornkamp«, wollte Matetus wissen. Bei Jürgen Janßen war er bereits einmal gewesen.

»Sicher.«

Statt zu kochen, machte sich Ela eine Tüte Chips auf. Frustessen war das. Sollte Martin doch sehen, wo er blieb. Wenn er überhaupt kam. Im Fernsehen fand sie nichts Interessantes. Sie versuchte es zur Abwechslung mit einem Buch und schaute in der Ecke nach, in der ihr Mann seine Bücher hatte. Sie nahm sich irgendeines und schlug es auf. Kampf blablabla Maschinenpistole blablabla er drückte die Waffe gegen die Schulter und feuerte. Sie blätterte eine Seite weiter. Ein Schuss, er ging zu Boden blablabla … toughe Männer … der Schuss traf ihn in die Brust, er rannte weiter blablabla sie hörte Schreie … er schoss den Weg zum Dach frei … zwei Männer lagen am Boden blablabla ein Krachen der Boden bebte die Mündung der Waffe richtete sich auf ihn – Ela schlug das Buch wieder zu. Die Flasche Wein war fast leer. Sie ging ins Bett. Unruhig drehte sie sich immer wieder von der einen auf die andere Seite. Irgendwann kam ihr ein Gedanke. Sie versuchte, ihn zu ignorieren und einzuschlafen. Aber er dehnte sich aus und wuchs und breitete sich immer mehr aus. Etwas war mit Nikos Wohnung, sie war sich sicher. Sie hatte etwas übersehen. Ela versuchte, sich an Nikos Wohnung zu erinnern und ging in Gedanken noch einmal alles durch, die karge Einrichtung, der neue Fernseher, die Unordnung, die dunkle Kleidung und dann die bunte Küche. Das hatte ihr sofort zu denken gegeben. Aber das war es nicht. Im Gegenteil, das hatte sie abgelenkt. Sie stand leise auf und bat Matetus um Hilfe.

»Ich bin mir sicher, dass ich etwas übersehen habe. Und es hat mit Nikos Wohnung zu tun. Schildere mir doch noch einmal deine Eindrücke, du warst ja öfter dort.«

Matetus liebte alles, was mit intellektuellen Herausforderungen zu tun hatte. Er begann, detailliert zu berichten.

»Warte mal, was war an der Küche besonders?«

Matetus legte den Kopf schief.

»Na, aus eurer Sicht wohl erstens die vielen Farben und zweitens die vielen elektrischen Geräte.«

»Ja, sicher, und was noch?«

Matetus wusste nicht genau, worauf sie hinauswollte.

»Wir sollten noch einmal nachsehen«,

flüsterte sie.

»Aber gern doch.«

Matetus freute sich.

»Gib mir ein High Five!«

»Was? Na gut, wo soll ich das suchen?«

DONNERSTAG

Das Kunststück bestand darin, das Schlafzimmer zu verlassen, ohne Martin aufzuwecken. Aber das kriegte sie hin. In der folgenden Nacht wanderten Matetus und Ela in aller Ruhe um drei Uhr morgens durch die Wohnung der Neubachs. Es war praktisch noch so wie beim letzten Mal, obwohl die Eltern bereits aufgeräumt hatten. Herr Dornkamp würde sicherlich bald einziehen können. Ela gefiel die Vorstellung, einen etwas jüngeren Nachbarn zu bekommen. Die Nacht war hell und ruhig. Mond und Sterne schickten unisono mit den Straßenlaternen Licht durch die Häuserschluchten und malten lange Schatten an die Wände.

Ela ließ sich Zeit. Sie betrachtete jedes Teil, ging Papierstapel durch, Bücher, schaute vorsichtig in die Schränke. Die Gedanken waren wie kleine Mosaiksteinchen, die in einem wilden Durcheinander in ihrem Kopf umherschwirrten und sich nach und nach zu einem Bild zusammensetzten. Aber kaum wollte sie es fassen, zerstoben sie. Bis sie wieder in der Küche ankam. In der gesamten Wohnung gab es keine Uhr, nur in der Küche am Herd. Und die ging falsch.

Gleich am nächsten Morgen rief Ela bei Nikos Eltern an.

»Sagen Sie, war Ihr Sohn etwas anarchistisch veranlagt?«

Ihr fiel nichts ein, was sie als rhetorisch akzeptable ablenkende Einleitung hätte nehmen können.

»Wieso wollen Sie das denn wissen?«

Nikos Mutter bekam erneut Tränen in die Augen.

»Ich möchte bloß behilflich sein, die Sache zu klären, weil, nun, ich habe Ihren Sohn schließlich gemocht.«

Das stimmte nicht, aber wenn es der Wahrheitsfindung half. Frau Neubach war gerührt und seufzte tief und ausführlich.

»Sie meinen, weil er immer schwarze Kleidung trug? Ganz unrecht haben Sie nicht. Er war schon gegen alles Mögliche gewesen, gegen Walfang, gegen land- und forstwirtschaftliche Monokulturen, gegen sauren Regen. Gegen Polizeigewalt. Gegen das Verbot des Besitzes von Haschisch. Gegen Diskriminierung.«

»Welche?«

»Oh, das weiß ich nicht, mehr so allgemein.«

»Und wie sah er das Thema Zeitumstellung?«

»Dagegen war er auch. Er hat das boykottiert.«

»Ha!«

brüllte ihr Matetus ins Ohr und schlug die Hände zusammen.

»Danke, das hat mir geholfen, nochmals mein Beileid.«

Schnell legte Ela den Telefonhörer auf.

»Ha!«

Auch sie war zufrieden.

»Gib mir ein High Five!«

»Was? Was soll das denn immer?«

Genauso schnell rief sie bei Winkler an. Matetus' erhobene Hand blieb allein in der Luft zurück.

»Mir ist etwas eingefallen.«

»Schießen Sie los!«

Das musste Winkler nun direkt mit Herrn und Frau Neubach klären. Sofort prüften Winkler und Pfeifer nochmals alle Notizen mit der Hypothese, dass Nikos Tod gegen 20.00 Uhr eingetreten war, und korrigierten ihre Tabellen. Dann kamen sie zum gleichen Schluss wie Ela. Während Dornkamp zur neuen Tatzeit eindeutig bei seinem Elternabend war, hatte Kaufmann kein Alibi mehr. Bei Janßen blieb die Lage unverändert.

Matetus begab sich recherchemäßig wieder auf den Weg. Mittlerweile war es Freitagmittag. Kurt saß mit Marlies zu Hause beim Kaffeetrinken, das musste verschoben werden. Also Janßen. Niemand da. Am Computer auf dem Schreibtisch blinkte ein rotes Licht, die Schubladen waren vollgestopft mit Dokumenten, Akten, Kontoauszügen, Verträgen. Aber insgesamt machte die Wohnung einen ordentlichen Eindruck. Janßen hatte viele Bücher, die Matetus alle einzeln durchkämmte in der Hoffnung, etwas Brauchbares zu finden, und viele Papierstöße in den Ablagekörben. Dann ging er auch in die Küche und zog die Schubladen auf, sah in den Schränken nach, sogar im Kühlschrank. Aus dem Fernsehen wusste er, dass Gangster ermittlungsrelevante Objekte gern im Gefrierfach aufbewahrten, aber hier lagen nur Erbsen und Broccoli. Ein weiteres beliebtes Versteck war der Spülkasten der Toilette, aber wieder nichts. Er ging den Spiegelschrank durch, schraubte Tuben auf, Döschen, heiliger Monopteros, der Mann nahm es mit dem Bodystyling aber wohl sehr ernst. Matetus musste grinsen. Feuchtcreme, Feuchttücher, Conditioner, Wattebäuschchen, Augenmakeup, echt jetzt? Er schüttelte alle Tablettenverpackungen, bis er schließlich in einer alten, abgelaufenen Schachtel mit Baldrian und Hopfen zur Beruhigung und zur Förderung eines gesunden Schlafes einen USB-Stick sah. Das war doch mal interessant. Matetus nahm den Stick und steckte ihn in den Computer. Er fand eine Datei mit Brief- und Mailverkehr zwischen Niko Neubach und Jürgen Janßen. Meist ging es um die Beziehung und um Gefühle. Niko war wohl nicht sehr zufrieden mit seinem Freund gewesen. Zum Schluss wurde der Ton ärgerlicher. Und in einem der letzten Dokumente warnte Niko seinen Freund, sie beide auffliegen zu lassen. Er wollte, dass Jürgen zu ihm stand, auch öffentlich. Janßen weigerte sich und drohte, Schluss zu machen. Dazu passte ein Brief im Papierkorb von Niko, in dem er ihm dringend davon abraten würde, er wüsste sich zu helfen.

Ein Schlüsselbund klimperte. Die Wohnungstür ging auf. Matetus hatte die Zimmertüre einen Spalt offengelassen. Hastig drückte er den Deckel auf den Stick und steckte ihn in den Mund, öffnete das Fenster und kletterte hinaus. Ein Windstoß wirbelte die Papiere auf dem Schreibtisch durcheinander, der Blumentopf auf der Fensterbank fiel zu Boden, und als Jürgen Janßen in sein Zimmer gestürzt kam, griff er auch schon zum Handy, um einen Einbruch zu melden. Die Stimme am anderen Ende versprach, zeitnah jemanden vorbeizuschicken.

Matetus hatte seine liebe Not, den Stick vor lauter Aufregung nicht zu sehr mit Spucke vollzulüllen. So schnell wie möglich ließ er ihn dann in seiner Hand verschwinden und lief nach Hause. Ein feiner Nieselregen setzte ein. Die Autos schoben feuchte Wölkchen vor sich her. Der Wind war kühl, und Matetus fröstelte.

***

Müller A und Müller BC schauten vier Stunden später vorbei, um sich ein Bild von der Situation zu machen. Die Erstaufnahme dauerte zehn Minuten, dann wollten sie wieder gehen. »Und jetzt? Was passiert jetzt?«

Jürgen Janßen hatte nicht mitbekommen, dass die beiden irgendetwas anderes getan hätten, als Sosos und Jajas zu murmeln.

»Was soll schon passieren, es ist doch nichts gestohlen worden, oder?«

Janßen schüttelte den Kopf.

»Sehen Sie! Trotzdem, bitte nichts verändern. Einen Schaden gibt es auch nicht, oder?«

Dies zu Müller BC.

»Ich weiß nicht. Die Staatsanwältin kommt mir irgendwie gefährlich vor. Vielleicht sollten wir doch die Spusi schicken?«

Aber Müller A saßen die Sparvorschriften im Nacken. Er überlegte ausführlich. Dann kam ihm ein Gedanke.

»Janßen, Janßen, da klingelt doch was. Genau! Sie sind doch im Zusammenhang mit diesen beiden Toten in der Seidengasse befragt worden, oder?«

»Ja, und?«

»Bertie, schreib das mal auf.«

»Wieso soll ich das aufschreiben, das weiß ich doch.«

»Wieso sagst du dann nichts?«

»Weil ich dachte, du weißt das auch.«

»Du sollst nicht denken, sondern schreiben«,

kommandierte Müller A.

»Warum?«

»Weil ich das sage. Schreib es auf!«

»Was? Dass er Janßen heißt oder dass er im Fall von Brauer und Neubach schon mit uns zu tun hat?«

»Beides.«

»Aber das ist doch dann doppelt.«

»Mensch, tu es einfach!«

Müller BC hatte heute keinen guten Tag gehabt. Im schlug der Stress mit den Leichen und den ständigen Hausdurchsuchungen und Befragungen derart auf den Magen. Und jetzt auch noch ein Einbruch, der keiner war. Wenn ihr mich fragt, hatte der doch bloß vergessen, das Fenster zuzumachen. Aber mich fragt ja keiner. Ich bin hier doch bloß der Fiffi. Er zog ein wehleidiges Gesicht. Müller BC hatte sich auf einen frühen Feierabend gefreut und war im Geiste schon beim Bier.

»Ich müsste mal auf die Toilette.«

Dann steckte er das Notizbuch weg.

»Ich mach jetzt nicht mehr mit. Das ist emotional übergriffig von dir. Wo ist das Klo?«

»Wieso dürfen Sie auf die Toilette, während ich hier nichts mehr anfassen darf?«

Nun stellte sich auch Jürgen Janßen quer.

»Gut, dann nicht. Dann geh ich jetzt eben. Feierabend. Tschüss.«

Müller BC stürmte aus der Wohnung. Sein Kollege ließ das Geschehene noch eine Weile sacken, dann ging er hinterher.

»Und ich? Was ist mit mir?«

rief Janßen.

»Morgen. Wir rufen Sie an. Vielleicht.«

Damit war auch für Müller A der Arbeitstag beendet.

***

Ela und Matetus hingen vor dem Bildschirm und sahen sich die Dateien an. Sie reichten bis ungefähr zwei Jahre zurück. Es waren fast alles Schreiben, die sich Niko und Jürgen geschickt hatten.

»Ich weiß was. Ich verstecke den Stick in Nikos Wohnung und du sagst dem Winkler Bescheid, dass du dich wieder an was erinnerst.«

»Und zwar?«

»Nein, noch besser, du hast durch die Badezimmerrohre gehört, wie er am Telefon mit dem Outen gedroht hat und dass er alles gespeichert hat, na?«

»Das stimmt doch gar nicht.«

»Willst du denn in die Wohnung und den Stick dort zufällig selbst finden?«

Das war Ela auch nicht recht. Also wieder schwindeln. Das neu erlernte Selbstbewusstseins-Programm, das auch mit neurokognitiven Stimulationstechniken arbeitete, erwies sich abermals als sehr effektiv. Sie kriegte das Telefonat mit der Polizei problemlos hin.

Kurze Zeit später durchsuchten die Kollegen von der Spurensicherung die Wohnungen von Jürgen Janßen und, nun zum dritten Mal, die von Niko Neubach. Irgendwann hörte man ein langgezogenes I, und ein Beamter erschien mit einem klebrigen, zuckerkrustigen USB-Stick.

»Schaut mal, was ich in der Zuckerdose gefunden habe.«

»Geht der noch?«

wollte Winkler wissen.

»Ich hoffe es«,

sagte der Spusi-Kollege und tütete ihn weg.

Wenig später holte die Polizei Jürgen Janßen auf das Revier. Dort zeigten sie ihm die Dateien und die Drohungen und teilten ihm mit, dass er ein handfestes Motiv hätte und vor allem kein Alibi.

Das zweite kleine Verhörzimmer war, wie auch das andere, mit einem Tisch ausgestattet, drei Stühlen auf der einen und einem einzelnen auf der gegenüberliegenden Seite. Durch das Fenster kam wenig Licht. Die Deckenlampe erhellte den Raum so, dass die Konturen auf den Gesichtern scharf zur Geltung kamen. Jürgen Janßen hatte nie besonders gute Nerven gehabt, deswegen gab er schon bald zögernd zu, dass er längst einen anderen Freund hatte, einen Kollegen von der Uni. Das durfte aber unter keinen Umständen an die Öffentlichkeit kommen, denn dieser Kollege war verheiratet. Er hatte es auch vor Niko geheim halten wollen, weil der versuchte hatte, ihn zu erpressen.

»Was wollen Sie uns damit sagen?«

»Dass wir uns oft am frühen Abend treffen und ich an dem Tag, an dem Niko starb, und an dem anderen Tag mit meinem Kollegen zusammen war.«

»Pfeifer, prüf das mal!«

Janßens Kollege bestätigte das Alibi. Janßen durfte gehen. Mittlerweile war es fast Mitternacht. Auch Pfeifer und Winkler wollten nach Hause, aber nicht ohne das Protokoll zu Ende geschrieben zu haben. Noch in der gleichen Nacht las Matetus enttäuscht, dass sie ihren Mörder immer noch nicht hatten.

»Ich gehe zu Kurt Kaufmann«,

verkündete Matetus, und weil Martin in Hörreichweite war, konnte ihn Ela auch nicht gleich davon abbringen. Sie stand auf und lief vorsichtig hinaus in den Flur.

»Was soll das denn jetzt? Es ist mitten in der Nacht, bleib doch einmal da! Woher willst du überhaupt wissen, dass Kurt Kaufmann nicht zu Hause ist?«

Derart ausgebremst gab Matetus schließlich zu, ebenfalls müde zu sein. Die Aktion wurde auf den Samstagvormittag verschoben.

SAMSTAG

Beim gemeinsamen Frühstück ließ sich Martin Zeit. Matetus hatte früh das Haus verlassen. Ela schob ungeduldig ihr Brot auf dem Teller herum und schaute ständig auf die Uhr, weil sie die Polizeiprotokolle noch lesen wollte und außerdem der Gleichstellungsinitiative versprochen hatte, vorbeizukommen.

Bis Martin endlich so weit war und in sein Büro ging, erstaunlicherweise an einem Samstag, schlug die Uhr des nahen Kirchturms elf.

***

Kurts Wohnung lag im obersten Stock eines großen Mehrfamilienhauses, und es war niemand da. Durch das Dachfenster drang wenig Licht. Wände und Decke benötigten einen neuen Anstrich, auf dem Boden lagen abgetretene Teppiche, an der einen Wand ein paar alte Fotos, das Bett gemacht. Im Kleiderschrank hing gewöhnliche Kleidung, nichts Aufregendes bis auf das Goblin-Kostüm. Die Zimmer wirkten ordentlich und aufgeräumt. Matetus durchsuchte die Regale, in denen ein paar Bücher standen, den Wohnzimmerschrank und den Schreibtisch. Ein alter Computer teilte sich den Platz mit Stiften, Papier und Briefumschlägen. Die einzige Schublade war abgesperrt, aber er bekam das Schloss schnell auf. Dort fand er Rechnungen, Kontoauszüge, ein Notizbuch, das aber ziemlich uninteressant war, Briefpapier und ein paar Stadtpläne. Hinter der rechten Schreibtischtür lagen Alben. Matetus blätterte sie alle einzeln durch, bis er hinten zwischen den letzten Seiten zusammengefaltete Zeitungsausschnitte entdeckte. Er holte sie heraus, breitete sie auf dem Boden aus und strich sie glatt. Ungläubig las er mehrere Passagen.

***

Martin überprüfte seine Mails. Es gab nur eine einzige neue mit einem Anhang. Langsam verlor sich sein Lächeln. Er runzelte konsterniert die Stirn. Die Augenbrauen näherten sich der Nasenwurzel. Das gibt Falten, dachte er und versuchte sich zu entspannen. Vergeblich. Nach und nach breitete sich

Entsetzen in seinem Gesicht aus. Er schüttelte entgeistert den Kopf und pfefferte die Tastatur auf den Tisch. Dann verließ er die Wohnung. Ela war sowieso nicht da.

Eine Stunde später kam Martin wieder nach Hause und knallte die Wohnungstür zu. Mit zornesrotem Gesicht erkundigte er sich nach dem Stand des Abendessens.

»Ich bin noch nicht so weit, ich war arbeiten.«

»Arbeiten, so ein Blödsinn, du sollst kochen. Du bist meine Frau.«

Ela konnte argumentativ nicht folgen, schwieg aber vorsichtshalber. Sinngemäß war es ja klar. Martin begann, über die Universität, die Menschheit und die Welt an sich zu schimpfen. Sie musste nur etwas warten und nutzte die Zeit für einen Salat.

»Ich esse keinen Salat.«

»Aber ich.«

Irgendwann ging Martin die Luft aus, er setzte sich zur ihr an den Tisch und nahm ein Stück Brot. Er legte es wieder hin, ohne abzubeißen. Dann stand er auf, kramte in seinem Aktenordner, holte ein Blatt Papier heraus und knallte es ihr auf den Tisch.

»Hier, sieh dir das an! Was glauben die eigentlich, mit wem sie es zu tun haben? Ich bin nicht irgendein, irgendein …«

Er wischte sich mit der Hand über die Stirn und sagte eine ganze Weile nichts mehr. Ela nahm das Blatt. Ein Schreiben der GeDIF. Sie überflog den Text. Plagiatsvorwürfe … um Stellungnahme wird gebeten …

»Und?«

Ela sah auf und ihren Mann an.

»Ist da etwas dran?«

Er sah bissig schweigend zurück. Aha, dachte sie nur. Alles klar.

»Was willst du jetzt tun?«

»Dementieren, was glaubst du denn? Sollen die mir erst einmal etwas beweisen. Und außerdem geht das gar nicht, von wegen Quellen schützen. Wahrscheinlich wissen die sowieso keinen Namen, und anonym ist feige.«

Dann zog er sich in sein Zimmer zurück, um einen feurigen Protestbrief zu formulieren. Den wollte er gleich morgen an die GeDIF schicken.

Noch am selben Abend erhielt Namrod von Matetus eine Rechercheaufgabe. Der Plugismonier verbrachte jede Nacht in den Bibliotheken der Universität auf der Suche nach einem Kommunikationsweg zum Heimatplaneten, freute sich aber über die Abwechslung.

S O N N T A G

Am Sonntag war die altehrwürdige Universität von und zu Fahrenzburg wie ausgestorben. Auch in den Bibliotheken hielt sich niemand auf. Namrod konnte in Ruhe arbeiten. Abends, als es bereits dunkel war, weil sie möglichst keine Leute treffen wollten, transportierten Matetus und Namrod einen Stapel Ausdrucke zu Ela.

M O N T A G

Martin machte sich am Montagmorgen schon früh auf den Weg zur Universität. Er hätte viel zu tun, so seine Begründung. Ela war es nur recht. Namrod hatte sorgfältig Kopien der Zeitungen von der Auftragsliste angefertigt. Dann hatte er noch geschaut, was sonst noch zu dem Thema zu finden war. Nun knieten er, Matetus und Ela am Boden und sortierten ihr Material. Berichte über einen Unfall, über ein Gerichtsverfahren, Bilder eines kleinen Mädchens, das bei dem Unfall verunglückte und starb. TODESFAHRERIN FREIGESPROCHEN! stand da. Die Ausschnitte, die Matetus in Kurts Wohnung gefunden hatte, waren zwanzig Jahre alt. Jetzt hatten sie die Kopien, die sie später der Polizei übergeben konnten.

***

Winkler las auf dem Display Elas Nummer.

»Lassen Sie mich raten. Ihnen ist etwas eingefallen.«

»Ja, aber das möchte ich persönlich mit Ihnen besprechen.«

Winkler und Pfeifer reagierten ähnlich sprachlos wie Ela anfangs. Allerdings nicht allein wegen des Materials. Winkler sah Ela aufmerksam an.

»Wie kommen Sie darauf?«

Sie versuchte, sich mit ihren besonderen analytischen Fähigkeiten herauszureden, aber Winkler nahm es ihr nicht so richtig ab, obwohl er zugeben musste, dass sie davon eine Menge hatte.

»Wie kommen Sie darauf?«

Winkler musterte sie nun schärfer. Ela aktivierte sämtliche Maßnahmen aus ihrem zwanzigtägigen Intensiv-Seminar mit dem vierstufigen Programm für ein verbessertes Selbstwertgefühl, Theorie und Praxis. Ein wesentliches Element der psychologischen Ausbildungsschiene lautete: Zeig keine Angst! Danach kamen Körperstraffung, Kinn nach oben undsoweiter.

»Es tut mir leid, Geschäftsgeheimnis. Über meine Methoden kann ich nicht sprechen. Punkt.«

Ela saß ganz gerade auf ihrem Stuhl und fixierte Winkler mit funkelnden Augen. Der Atem ging ruhig. Sie suchte ihre Mitte und fand sie. Da konnte er noch so grüffelig gucken, sie schwieg. Brummig nahm er zur Kenntnis, dass ihm Ela ein Motiv für den Mord an Barbara Brauer präsentierte.

Schlimmer noch, Ela forderte einen Gefallen bei ihm ein. Gern war sie bereit, auch in Zukunft behilflich zu sein, vorausgesetzt, er hinterfragte nicht ihre Vorgehensweise. Sprachlos verfolgte Pfeifer die Verhandlung. Winkler musste zugeben, dass er nun genug in der Hand hatte, um Kurt Kaufmann zu einem Verhör abzuholen.

***

An diesem Montagabend trafen sie Kurt Kaufmann erfreulicherweise zu Hause an. Sie klärten ihn über seine Rechte auf und nahmen ihn mit auf das Präsidium. Pfeifer und Winkler blätterten in ihren Unterlagen. Kurt hatte sich wortlos mitnehmen lassen und ebenso wortlos in sein weiteres Schicksal gefügt.
»Erzählen Sie uns etwas zu Ihrer Tochter«,
forderte Johannes Winkler ihn auf. Das Tonband lief, Pfeifer machte sich Notizen. Nach einiger Zeit wiederholte Winkler seine Frage, aber Kaufmann sah nur auf die Tischplatte hinunter, ohne irgendeine Regung zu zeigen. Sie ließen eine Viertelstunde verstreichen. Kurts Hände umklammerten die Tischkanten, die Knöchel weiß. Nach weiteren zehn Minuten brachen sie ab.
»Herr Kaufmann, wir verhaften Sie wegen des dringenden Verdachts, Barbara Brauer ermordet zu haben.«
Er wurde in eine Zelle gebracht. Pfeifer und Winkler kamen überein, dass sie ihn unter Druck setzen mussten, um den fehlenden Zusammenhang mit Niko Neubachs Tod herauszufinden. Winkler spekulierte darauf, lieber ein, zwei Tage länger zu warten, um vielleicht irgendeine Schwachstelle in Kurts Panzer erkennen zu können. Währenddessen fuhren sie zu Marlies Meier, die noch nichts von der Verhaftung ihres Freundes mitbekommen hatte.

»Sagen Sie, wie lange kennen Sie und Herr Kaufmann sich nun?«

»Naja, seit ungefähr einem halben Jahr.«

»Und Sie wollten zusammenziehen?«

»Ja, sicher.«

»Kannte Ihr Freund Barbara Brauer?«

»Nein, soviel ich weiß, nicht.«

»Kann es sein, dass Sie nicht alles von Ihrem Freund wissen?«

Marlies' Augen pendelten zwischen Philip Pfeifer und Johannes Winkler hin und her.

»Wie meinen Sie das? Worauf wollen Sie hinaus?«

»Wie lange waren Sie mit ihm am dritten Mai zusammen?«

»Na, bis ungefähr halb acht abends. Dann bin ich nach Hause.«

»Und Kurt?«

»Der wollte sich mit einem Kollegen treffen.«

»Und dieser Kollege heißt?«

Pfeifer notierte mit.

»Und was war am Montag, dem siebzehnten April?«

»Ich glaube, das habe ich Ihnen auch schon gesagt. Das war ein ganz normaler Tag.«

»Sie haben Ihren Freund nicht getroffen?«

»Nein, soweit ich mich erinnern kann, nicht. Warum?«

»Ist Ihnen in letzter Zeit irgendeine Veränderung bei Kurt aufgefallen? War er aggressiv, jähzornig, irgendwie anders?«

Marlies zuckte nur mit den Schultern. Philip Pfeifer suchte die richtige Stelle in seinen Notizen heraus.

»Sie hatten das letzte Mal ausgesagt, dass sie sich grad nicht so gut mit ihm verstanden, nicht wahr?«

»Ja, schon, er konnte etwas einengend werden, manchmal ein bisschen aufbrausend, ohne dass ich wusste, warum. Aber aggressiv würde ich das nicht nennen. Nein, aggressiv war er nicht, nicht zu mir.«

Sie überlegte.

»Das war aber erst seit ein paar Wochen, dass er manchmal auffuhr in der Nacht. Einmal sagte er, er hätte Herzrasen. Ich hatte den Eindruck, dass er oft traurig war. Ich habe ihn auch darauf angesprochen, aber er meinte, ich bilde mir das ein. Ich dachte manchmal, dass das vielleicht mit meinem Vater zusammenhängen könnte, weil er erst etwas schwieriger wurde, nachdem ich die beiden einander vorgestellt habe. Ich dachte, er ist vielleicht auf meinen Vater eifersüchtig, weil wir uns so gut verstehen. Aber, sehen Sie, genau weiß ich das nicht. Er hat nicht viel geredet.«

Winkler grübelte etwas vor sich hin.

»Sagen Sie, wie genau kannten Sie Niko Neubach?«

»Das haben Sie mich doch schon öfter gefragt.«

»Ich weiß, aber ich glaube Ihnen nicht so richtig. Sie kannten sich von diesen Events, oder?«

»Wie kommen Sie darauf? Nein.«

»Mochten Sie ihn?«

»Nein.«

Das kam schnell.

»Sie mochten ihn nicht, warum?«

Marlies sah zu Boden.

»Weil er sich immer heimlich an einen herangeschlichen hat, und immer irgendwo in der Nähe war, wie, um einen zu belauschen. Er hat auch immer so vielsagend gegrinst. Es war mehr ein Gefühl. Er war mir sehr unsympathisch.«

»Und irgendwelche Fakten? Was hat er getan?«

»Nichts, das irgendwie ungesetzlich gewesen wäre, glaube ich, aber er war viel zu neugierig. Und mir ist aufgefallen, dass die Leute im Flur immer aufgepasst haben, außer Hörweite zu bleiben. Die fühlten sich auch beobachtet.«

Die Beamten beendeten das Gespräch.

»Vielen Dank.«

Jetzt wurde es ernst. Was würde Herr Pfister sagen?

Clemens Pfister war ebenfalls Koch und kannte Kurt Kaufmann bereits seit einigen Jahren. Er bestätigte, dass er sich am Abend des dritten Mai mit seinem Freund getroffen hatte, aber erst gegen halb neun. Damit hatten sie ein Motiv für den ersten Mord und ein fehlendes Alibi für den zweiten. Sie beschlossen, mit dem Verhör in den nächsten Tagen fortzufahren.

DIENSTAG

Martin bestritt vehement alle Plagiatsvorwürfe. Schriftlich. Aber trotz allem bekam er am Dienstagmorgen einen Anruf von der Sekretärin des Dekans mit der Bitte um ein Gespräch.

»Tut mir leid, ich habe überhaupt keine Zeit.«

Die Sekretärin ging nicht darauf ein.

»Heute. 10.30 Uhr«,

sagte sie knapp und legte auf. Martin Lehmann scrollte noch einige Male durch sein Manuskript, konnte sich aber nicht konzentrieren. Dann ging er eben zu dem Gespräch, phh.

»Herr Professor.«

Der Dekan machte eine Pause, die für das beschämende Defizit stand.

»Lehmann. Ich habe hier ein Schreiben der GeDIF vorliegen, in dem Sie im Zusammenhang mit Plagiatsvorwürfen genannt werden. Was haben Sie dazu zu sagen?«

Lehmann musste nicht groß überlegen. Selbstbewusst legte er den Kopf in den Nacken. Ein feines Lächeln umspielte die Lippen. Er zupfte an der linken Augenbraue ein Härchen fort, schob eine blonde Locke beiseite und wirkte dabei wie immer lässig und unbeteiligt.

»Nichts. Ich brauche auch gar nichts zu sagen. Das kann nicht sein. Was soll ich denn, angeblich, gemacht haben, und wer behauptet das?«

Lehmann rückte elegant seine Brille zurecht, schnickte etwas die linke Hand unter dem Ärmel hervor und sah vielsagend auf seine Rolex.

»Es steht im Raum, Sie hätten in einem Ihrer kürzlich eingereichten Artikel Gedankengänge aus einem Antrag sowie aus einem Dissertationsexposee verwendet.«

»Sagt wer?«

»Sehr verehrter Herr Kollege, natürlich können wir die Quellen nicht offenlegen. An dieser Stelle möchte ich auch zunächst nur wissen, wie Sie dazu stehen.«

Wer hatte ihn da wohl denunziert, natürlich dieses Fräuleinchen mit der schicken Aufmachung. Klar, nichts im Hirn, das sah man doch gleich, aber mit dem Hintern einem in die Optik wackeln. Passt ja wohl wieder. Und Kollege Willoy? Unmöglich, der nutzt ja selbst die Anträge für seine Veröffentlichungen.

»Herr Dekan, ehrlich gesagt kann ich mir durchaus vorstellen, dass es da unlautere Behauptungen gegen mich gibt. Ich vermute, es handelt sich um ein gewisses Fräulein Cohnen.«

Der Dekan schwieg. Eine Uhr tickte. Am Fenster segelte eine Krähe vorbei. Die Sekunden dehnten sich.

»Sie sollten wissen, Sie hat mir eindeutige Avancen gemacht. EIN-deu-ti-ge. Selbstverständlich bin ich nicht darauf eingegangen. Ich bin ein verheirateter Mann. Was glauben Sie. Glücklich. Ich meine glücklich verheiratet. Aber sie hat die Zurückweisung wohl persönlich genommen. Typisch. Wir haben über ein mögliches Projekt gesprochen. Sie spielte mit dem Gedanken, bei mir zu promovieren. Aber das geht nun nicht mehr. Das Vertrauensverhältnis ist zerrüttet.«

Selbstgefällig und mit viel Würde strich er mit seiner linken Hand die Seidenkrawatte glatt.

»Aber es handelt sich keineswegs um fremdes Gedankengut, das in meinen Artikel eingeflossen ist, sondern um mein eigenes.«

»Nun, das ist aber noch nicht alles.«

»Ich bitte Sie, Herr O., denn um diesen Herrn dürfte es sich ja wohl drehen.«

Das war nicht weiter schwierig gewesen, denn Lehmann hatte in den letzten Jahren außer Herrn O. nur noch neuerdings Frau Cohnen und Herrn Janßen als Kandidaten gehabt und sonst keine Projekte besprochen, und das Thema von Janßen hatte er sowieso nie ganz verstanden. Der Dekan registrierte währenddessen genau, wie offensichtlich der Kollege wusste, worum es ging. Dilettant, dachte er nur.

»Aber Herr O. hat bei mir promoviert. Auch diese Dinge sind in gemeinsamen Gesprächen entwickelt worden. Er hat aber, das bedaure ich sehr, sein Dissertationsvorhaben aufgegeben.«

»Das stimmt wohl nicht. Er hat einen Antrag auf Förderung gestellt.«

»Ach.«

Martin Lehmann streckte sein rechtes Bein etwas aus, ein Stückchen Seidensocke kam zum Vorschein.

»Das wusste ich nicht. Tut mir leid. Ich würde sagen, Sie sind falsch informiert.«

»Die beiden haben Schriften vorgelegt, die Ihrem Artikel passagenweise stark ähneln.«

»Natürlich, die beiden schreiben doch mit, wenn wir Gedanken entwickeln. Wenn ICH Gedanken entwickle.«

Der Dekan war äußerst verstimmt. Er hatte zu viel zu tun, als dass er sich auch noch um solche Geschichten kümmern konnte. Das war weiß Gott überflüssig. Aber er musste schließlich an den Ruf der Universität denken, sonst riskierte er

Scherereien mit dem Präsidenten. Nach einer längeren Pause beendete er das Gespräch.

»Tja, dann steht wohl Aussage gegen Aussage.«

Martin warf den Kopf zurück. Dabei gerieten seine blonden Wellen etwas in Unordnung. Einem deutschen Professor, der verbeamtet ist, kann man nicht drohen. Es verstrichen wieder einige Sekunden.

»Übrigens, ich wäre Ihnen sehr verbunden, wenn Sie Ihre weitere Anwesenheit hier überdenken könnten.«

»Was? Wozu denn?«

»Gut, wenn Sie sie bitte kritisch hinterfragen würden, oder soll ich deutlicher werden?«

Martin war entlassen. Noch einmal gutgegangen. In der Welt der Universität gab es zwar zahllose Regeln, die aber im Wesentlichen nur für die Studenten galten. Für die anderen hieß es egal, aber nicht ertappen lassen. Trotzdem war ihm schleierhaft, wie das hatte rauskommen können. Der Sieg schmeckte schal. Sollte er den Artikel lieber zurückziehen? Nein, kam nicht in Frage. Nachdenklich ging er durch die Flure in der Hoffnung, eventuell auf Corinna Cohnen zu treffen. Dann machte er sich daran, seinen neuen Plan umzusetzen. Er fasste die wesentlichen Gedanken des Antrags zusammen und formulierte daraus einen neuen Artikel. Dann rief bei seinem Kollegen Marsie an.

»Du musst mir helfen.«

Er erklärte ihm die Sachlage. Marsie lächelte sein unbescheidenes Till-Schweiger-Lächeln.

»Klar, wird gemacht.«

Marsie rief seinen Kollegen beim *Journal of Historical Legacy* an, während Martin Lehmann den Artikel per Mail zur Begutachtung und mit der Bitte um freundliche Aufnahme in das Programm losschickte. Der Chefherausgeber wusste nun Bescheid, und der Text wurde umgehend an Marsie und einem anderen seiner Freunde zur Peer-Review weitergereicht. Noch in der gleichen Woche würde er akzeptiert werden. Zum Schluss schrieb Martin noch eine neue Stellungnahme an die GeDIF.

Der Dekan griff zum Telefon und wählte.

»Guten Tag Frau Cohnen. Leider muss ich Ihnen mitteilen, dass wir Ihre Beschwerde nicht weiterverfolgen können.«

»Warum denn nicht? Der Mann hat doch eindeutig aus meinen Aufzeichnungen kopiert.«

»Tut mir leid, aber nach seiner Darstellung stammen die Gedanken von ihm, nicht von Ihnen.«

»Das stimmt nicht, es sind meine Ideen.«

»Können Sie das beweisen? Nur eine Datei allein reicht leider nicht aus.«

»Und was ist mit dem Antragstext meines Verlobten?«

»Bei ihm liegt der Fall genauso. Er hat bei dem Kollegen seine Dissertation angefertigt, diese regelmäßig besprochen und die Vorschläge des Kollegen mitnotiert. Die Beweislage ist ebenso schlecht wie bei Ihnen.«

»Aber ich habe nichts mitnotiert. Er hat mein Konzept gestohlen. Es handelt sich um Plagiat, um Betrug.«

»Frau Cohnen, seien Sie vorsichtig mit solchen Behauptungen. Sie können es nicht beweisen. Zu einer Klage wird es nicht kommen.«

»Aber …«

»Nein, kein Aber.«

Der Dekan legte auf. Corinna setzte sich zu ihrem Lebensgefährten auf das Sofa und legte ihr Gesicht in die Hände, bevor sie tief seufzte.

Martin Lehmann hatte durchaus verstanden. Er ging nach Hause, im Aktenkoffer alle USB-Sticks und sonstige Materialien, auch die aus dem Projekt, und teilte seiner Frau mit, dass er etwas Wichtiges zu besprechen hatte. Sie gingen ins Wohnzimmer. Er machte eine Flasche Wein auf. Gab es etwas zu feiern? Martin holte tief Luft, dachte noch eine Weile nach, dann teilte er ihr seine aktuellen Pläne mit.

»Wir müssen zurück nach Untertriblingsbach.«

Ela war sprachlos und setzte sich erst einmal hin. Sie war gern hier. Gerade hatte sie angefangen, sich mit einigen der Nachbarn gut zu verstehen. Sie wollte sich demnächst bei der Pflege des Hofgartens aktiv einbringen. Sie hatte eine Arbeit, die ihr Spaß machte. Der Fall war noch nicht gelöst. Und Matetus? Der würde auch nicht wegwollen. Er hatte hier so viel mehr an Freiheiten als in dem einsamen Dorf. Und er hatte Namrod gefunden, das milderte das Heimweh etwas. Deswegen sagte sie ganz einfach:

»Nein.«

Nun wiederum war Martin sprachlos.

»Was soll das denn heißen?«

»Das heißt, ich bleibe hier, und du gehst zurück.«

Ein herablassendes Lächeln stahl sich auf sein Gesicht.

»Wenn ich zurückgehe, musst du mitkommen. Darüber wird nicht diskutiert. Du kannst dir das Leben hier ohne mich gar nicht leisten.«

Er lehnte sich entspannt zurück. Ein Weinglas kippte um und entleerte sich auf seine anthrazitgraue Kaschmirhose.

»Was? Wie? Hol mal einen Lappen!«

Ela blieb sitzen, die Hände gefaltet, die Ruhe selbst. Sie nahm einen Schluck aus ihrem Glas.

»Jetzt«,

sagte Martin. Ungläubig fixierte er seine Frau, die keine Anstalten machte, ihm zu helfen. Im Gegenteil, entdeckte er da nicht einen Anflug von Amüsement? Unfassbar.

»Heute noch.«

»Darf ich dich darauf aufmerksam machen, dass meine Tante MIR das Haus vererbt hat? Du zahlst natürlich Miete, wenn du wieder einziehst. Außerdem verdiene ich seit ein paar Tagen selbst. Außerdem hat mir meine Tante auch einiges an Geld hinterlassen, das ich angelegt habe.«

Ihre Stimme war fest, sie blickte ihrem Mann direkt in die Augen.

»Wie?«

»Aktien, Fonds, Festgeld, Wertpapiere.«

Das meinte er aber gar nicht. Vielmehr sollte diese Frage seine akute Wortfindungsstörung kaschieren. Das Telefon klingelte. Ela zögerte. Dann erhob sie sich, ging zum Telefon und nahm in angemessenen, würdevoll fließenden Bewegungen den Hörer ab. Matetus stand schon bereit, mit gezücktem Ohr sozusagen.

»Ja?«

»Ja? Ela? Ela Lehmann?«

»Ja.«

»Hallo, hier ist Jossy.«

»Oh.«

»Ich dachte, ich wollte Sie, ich wollte dich fragen, ob du eventuell einmal mit mir essen gehen würdest.«

Matetus grinste unverschämt.

»Ela? Hallo? Bist du noch da?«

»Ja. Gern. Heute?«

Jetzt erst recht. Matetus grinste noch mehr, wenn das überhaupt möglich war.

»Oh, das, ehm, ging aber schnell. Ja. Heute. Gegen 19.00 Uhr?«

»Ja, gern, kein Problem, wo?«

Da es schon fast 18.00 Uhr war, verschwand Ela im Bad, um sich zurechtzumachen und ohne auch nur einen weiteren Blick an ihren Mann gerichtet zu haben. Der saß mit nassem Schritt auf dem Sofa.

MITTWOCH

Nachdem Kurt Kaufmann nun seit Montagnacht in polizeili-
chem Gewahrsam weilte, erhofften sich die Beamten jetzt
einen Fortschritt. Aber auch bei diesem Anlauf verweigerte
der Verdächtige die Aussage. Nach einer halben Stunde gab
Winkler erneut auf. Er rief nach dem Kollegen, der Kurt Kaufmann abführen sollte. Als dieser aufstand, begann er zu
schwanken. Schwindel ergriff ihn, die Decke drehte sich. Er
glaubte, zu Boden stürzen zu müssen. Benommen suchte er
Halt am Tisch, an der Wand. Ihm war furchtbar übel. Die Bilder seiner Phantasie zwangen ihn mehr und mehr in die Knie.
Die leeren Nächte. Der Verlust. Der grenzenlose Schmerz. Er
versuchte tapfer, der Panikattacke zu widerstehen. Kurz darauf musste er sich übergeben, und es wurde ihm schwarz vor
Augen. Pfeifer rief nach einem Arzt.
Matetus und Namrod konnten Kurts Wohnung ungestört
noch einmal untersuchen.

DONNERSTAG

Kurt Kaufmann lag im Krankenhaus und durfte vorläufig
nicht weiter vernommen werden. Der Arzt hatte ihn unter-
sucht, die Patientenakten seiner Kollegen konsultiert und eine
posttraumatische Belastungsstörung diagnostiziert. Dazu gehörten emotionale Stumpfheit, Gleichgültigkeit, akute
Ausbrüche, Angst, Panik, Aggressionen. Das alles wird für gewöhnlich, so der Arzt, durch das plötzliche Erinnern eines
Traumas ausgelöst. Solche Menschen haben hinter der steiner-
nen Fassade oft ein brüchiges Selbstwertgefühl. Kurt
Kaufmann litt zudem schon viele Jahre unter Schlaflosigkeit
und Depressionen und hatte ohne Zweifel ein Faible für Alkohol. Auch die Polizei durchsuchte nun die Wohnung, mit

einem Tag Verspätung, da die richterliche Anordnung für einen Durchsuchungsbeschluss dauerte. Nach und nach setzten sie die Informationen zusammen.

SAMSTAG

Das Wochenende hatte begonnen. Matetus, Ela und Namrod sahen ihre Unterlagen durch.

»Warum sollte Kurt Kaufmann Barbara umbringen?«

Ela überlegte. Matetus kam ihr nicht besonders eifrig vor, wahrscheinlich hatte er doch wieder Heimweh. Marlies hat gesagt, dass Kurt anders war, seit sie ihm ihren Vater vorgestellt hat. Was ist mit Niko? Zwei Opfer ungefähr gleich alt, hat das etwas zu bedeuten? Und sonst, gleiches Vorgehen, in ein und demselben Haus. Also ein Täter. Hat Lutzo nicht gesagt, er hätte beide Male jemanden gesehen, der dunkel gekleidet gewesen wäre? Sie ging noch einmal die Gespräche mit den Nachbarn durch. Kurt war auch untertags in der Seidengasse gesehen worden. Offenbar hatte er als Koch die Aufgabe, die Zutaten für die Gerichte möglichst frisch zu besorgen. Seine Abwesenheit vom Arbeitsplatz war nicht ungewöhnlich. Oder vielleicht doch jemand ganz anderes?

»Ich finde es auffällig, dass wir so wenig über seine Vergangenheit gefunden haben.«

Während Matetus noch einmal die Wohnung durchgegangen war, hatte sich Namrod die Fotoalben angesehen. Zwei, ganze zwei. Auf dem Computer waren ein paar mehr Bilder gewesen, meist von den Fantasy-Veranstaltungen. Auf den letzten war auch Marlies zu sehen. Die Akte des Arztes, die Namrod zwischenzeitlich besorgt hatte, klang ebenfalls nicht uninteressant. Sie hatte es mehrfach poltern gehört. Der erste Mord schien geplant gewesen zu sein, der zweite war es auf alle

Fälle. Wegen dieser Fantasy-Sachen kannten sich Niko, Marlies und Kurt, aber war das wichtig? Ela war momentan wenig erfolgreich beim Sortieren ihres Gedankengutes.

Namrod stellte die relevanten Phasen einer Ermittlung zusammen für eine Standortbestimmung. Erhebung aller Informationen, Rekonstruktion des Tatherganges sowie eine objektive qualitative und quantitative Analyse von Strukturen, Handlungsabläufen, menschlichen Äußerungen und Abweichungen von Normerwartungen.

»Das führt schlussendlich zu einer Täterpersönlichkeit. Welches Bild haben wir von Kurt Kaufmann? Ist er erfolgreich? Wohl eher nicht.«

»Und was bringt uns das?«

Matetus kam aus dem Badezimmer. Namrod fuhr fort.

»Die Vorgehensweise deutet auf einen sehr intelligenten Täter hin. Was haben wir bisher? Die Aussage von Kurt Kaufmann bei der Beschuldigtenvernehmung in Sachen Tötungsdelikt zum Nachteil von Frau Barbara Brauer.«

»Aber wir haben doch nichts.«

»Eben. Er hat die Aussage verweigert.«

»Ja und?«

»Das macht ihn verdächtig. Ist er aber wirklich so intelligent? Sein beruflicher Werdegang passt nicht dazu. Der war wenig durchdacht, geradezu planlos, dilettantisch.«

Ela wusste nicht, was an einem Lebenslauf dilettantisch sein konnte.

»Dann ist Kurt gar nicht der Mörder? Kommen Sie doch endlich auf den Punkt!«

»Punkt? Wieso Punkt? Es gibt keinen Punkt. Die modernen Handbücher für die operative Fallanalyse sehen vor, dass alle, ich betone alle denkbaren Hypothesen zu prüfen sind. Dabei müssen wir auch die Widersprüche herausarbeiten.«

Matetus begann, Martins Pflegeutensilien hinter die Nudelpackungen zu stellen.

»Und wie lauten die Hypothesen? Matetus, lass das! Sonst glaubt Martin, ich wäre senil.«

»Lesin, nesil.«

Matetus' sprachliche Kreativität schwächelte, wohl aufgrund des Heimwehs, dachte Ela.

»Das ist nicht lustig.«

»Hypothese eins, Kurt Kaufmann ist der Mörder. Hypothese zwei, Kurt Kaufmann ist nicht der Mörder.«

Ela bemühte sich, ruhig zu atmen.

»Also, ich finde, Kurt war's.«

Matetus unterbrach sein aktuelles Projekt, Shampooflaschen und Cremetuben in der Wohnung zu verteilen.

»Das ist Intuition. Wir gehen aber empirisch vor,«
erklärte Namrod.

»Ist das nicht auch möglich? Ich meine theoretisch.«

Ela fühlte sich verbal in die Enge getrieben.

»Doch, das wäre die Individualanalyse. Sie steht der statistischen Analyse empirischer Daten diametral entgegen«,
sagte Namrod.

»Am besten, ich rede einmal mit Herrn Kaufmann.«

Ela sah die schwer erkämpfte Gelassenheit zerfließen.

»Der wird bewacht, die Polizei passt auf. Keiner darf zu ihm,«
sagte Matetus.

»Könntet ihr die Polizisten ablenken?«

Sie überlegten erneut. Zunächst, so Namrods Vorschlag, sollten die Wachen beobachtet und einer charakterlichen und verhaltenspsychologischen Prüfung unterzogen werden bezüglich Reaktionszeiten, präferierten Triggern, Auslösemechanismen und so weiter. Dann würde er das weitere Vorgehen darauf abstimmen. Aber Ela war dagegen. Stattdessen sollte, und dies war Matetus' Idee, Namrod Arztkittel und

Hose anziehen und als Kopfloser vorbeilaufen. Ela war wieder dagegen.

»Wir könnten in der Nähe ein paar Leute belästigen, die würden dann vielleicht Hilfe Polizei rufen. Pilfe Holizei, Pozilei, Hozilei. Dann müssen die Wachen dahin und du kannst rein in das Zimmer.«

»Das ist mir alles zu kompliziert.«

Ela besorgte sich einen Blumenstrauß und ging ins Krankenhaus. Kurt Kaufmann wurde gerade entlassen. Er sah nicht gut aus. Mit hängenden Armen saß er auf einem Stuhl und blickte mit hohlen Augen umher, ohne etwas zu registrieren. Ela lief ein Schauer über den Rücken. Er trug eine blaue Jeans und seine Lederjacke mit den vielen abgenutzten Stellen. Die beiden Polizisten, die auf ihn aufpassen sollten, rauchten draußen auf dem Balkon eine schnelle Zigarette und tranken Kaffee aus Plastikbechern. Eine Schwester versuchte, einige Toilettenartikel in eine Umhängetasche zu sortieren.

»Kann ich helfen?«

Ela nahm den Blumenstrauß in die linke Hand und hielt mit der anderen die Tasche auf.

»Ich bin eine alte Freundin der Familie. Lassen Sie gut sein, ich mach das schon.«

Erleichtert verließ die Schwester den Raum, gedanklich bereits mit dem nächsten Patienten beschäftigt. Kurt stand mittlerweile am Fenster und grüßte flüchtig.

»Wie geht es Ihnen?«

Ela hatte Mitleid mit dem Mann, der so elend und verloren vor ihr stand.

»Es ging um Ihre Tochter, nicht wahr? Frau Brauer war schuld.«

Sie wusste aus den Zeitungsausschnitten, dass vor ungefähr zwanzig Jahren eine Motorradfahrerin ein Kind angefahren hatte, das an der Hand des Vaters an einer Ampel über die

Straße lief. Das fünfjährige Mädchen wurde schwer verletzt in ein nahegelegenes Krankenhaus gebracht. Es erholte sich zunächst, aber kurz bevor es entlassen werden sollte, verschlechterte sich der Gesundheitszustand dramatisch. Die Kleine starb schließlich am Krankenhausvirus. Die Motorradfahrerin war gerade achtzehn geworden und hatte sich bisher nichts zuschulden kommen lassen. Außerdem hatte sie grün gehabt. Sie war mit einer Verwarnung und einer Bewährungsstrafe davongekommen, insofern stimmten die Überschriften in der Zeitung nicht. Die Motorradfahrerin war Barbara Brauer gewesen, der Vater des Kindes Kurt.

»Vielleicht ist es besser, Sie reden mit jemandem?«

Ela setzte sich auf das Bett. Das Laken war schon abgezogen. Kurt setzte sich neben sie. Das strähnige Haar fiel ihm in die Stirn, der Blick der stumpfen blauen Augen barg sein ganzes Unglück in sich, die traurige Vergangenheit, das zerrüttete Zuhause, ein Vater, der trank und prügelte, eine verstörte, depressive Mutter, die Armut, ein ausgezeichnetes Abitur trotz allem, aber dann zermürbende Jobs, Entlassungen, die Zeiten der Arbeitslosigkeit. Und die gescheiterten Beziehungen zu Frauen, Einsamkeit, Wut, Bitterkeit. Nach und nach erzählte er alles. Seine Tochter war sein Ein und Alles gewesen. Er hatte versucht zu vergessen, hatte viel gearbeitet, ja, und auch getrunken. Dann hatte er Marlies getroffen und einen Neuanfang gewagt. Ihm ging es immer besser, bis zu dem Tag, an dem sie Matthias Meier besucht hatten. Im Treppenhaus war er Barbara Brauer begegnet, und alles war wieder da. Sein Lächeln war ganz ohne Wärme, das Lächeln eines Mannes, der alles verloren hatte. Es war einmal voller Geheimnisse gewesen.

Die Polizisten kamen ins Zimmer. Einen blöderen Zeitpunkt konnten sie sich nicht aussuchen.

»Was machen Sie denn hier?«

Ela hielt den Blumenstrauß hoch.

»Krankenbesuch.«

»Sie sollten gehen, mit dem Mann darf niemand sprechen.«

»Oh, entschuldigen Sie, das wusste ich nicht. Darf ich ihm die Blumen geben?«

»Gehen Sie!«

Dann wurde sie hinauskomplimentiert, in der Hand immer noch den Blumenstrauß.

Ela lief zum Kommissariat. Sie wollte die Blumen nachreichen, aber die Ausrede war der Streifenpolizistin, die am Eingang saß, doch zu wenig subtil.

»Ich müsste aber einmal mit Herrn KOK Winkler reden.«

»Dann warten Sie!«

Winkler ließ sich Zeit. Die Blumen welkten vor sich hin. Matetus ging derweil auf dem Kommissariat spazieren. Namrod war zu Hause und schlief. Die letzten Tage waren anstrengend gewesen.

»Frau Lehmann, welch ein Zufall.«

Sichtlich in Eile kam Winkler um die Ecke gefegt. Sie stand auf.

»Ich dachte, ich erwähne noch, dass Herr Kaufmann vielleicht eine schwierige Kindheit gehabt haben könnte.«

»Und?«

»Und deswegen vielleicht labil war. Was meinen Sie?«

»Und?«

»Und dass der Verlust der Tochter ihm mehr zusetzte, als es bei anderen Menschen der Fall gewesen wäre.«

»Wäre, wäre, Fahrradkette«,

warf Müller A dazwischen, der mitnotieren musste, weil sein Kollege krankgemeldet war.

»Und?«

»Und dass er trotzdem so planvoll vorging. Ist das nicht auffällig? Liegt hier nicht – ehm, eine gewisse Diskrepanz vor?«

»Schreibt man das mit Zett oder mit Teezett?«

»Und?«

Ela wusste nicht weiter.

»Sie haben ja recht. Er ist in einem belasteten sozialen Umfeld aufgewachsen. Sein Vater war Alkoholiker und schlug seine Familie. Opfer von Gewalt sind aber in der Regel nicht besonders organisiert. Kurt hingegen ist ordentlich und zuverlässig. Das ist ungewöhnlich.«

Ela nickte bestätigend.

»Gibt er denn auch den Mord an Niko Neubach zu?«

Winkler antwortete nicht und ging. Ela ging ebenfalls.

»Phhh«,

sagte Matetus. Auf dem Weg zum Ausgang waren aus einigen der Zimmer laute Diskutiergeräusche zu hören. Ela sah ihn an.

»Was hast du gemacht?«

»Nichts.«

Offenbar war der Dokumentenschredder verstopft, weil jemand zu viel Papier hineingestopft hatte, während woanders ein als streng vertraulich eingestufter Bericht an das Ministerium gesucht wurde und jemand über Kaffee in der Zuckerdose schimpfte. Ela hatte es sehr eilig, das Gebäude zu verlassen.

»Und nun?«

Ela ging die Straße entlang. Dann blieb sie stehen. Sie erinnerte sich an etwas, das Gerlinde Müller einmal gesagt hatte. Dass Lundermeier meist mehr wusste, als es den Anschein hatte.

»Zu Lutzo!«

»Super. High Five?«

»Was schon wieder?«

»Na, Bingo!«

Matetus hob seine rechte Hand hoch über den Kopf.

Ela stand immer noch da, die Leute mussten um sie herumgehen.

»Du musst auch eine Hand heben und sie gegen meine schlagen.«

»Warum?«

»Das macht man so.«

Ela verdrückte sich vorsichtig in einen Hauseingang.

»Five für die Finger, nehme ich an.«

»Da nimmst du richtig.«

Ela hob die Hand.

»Und bei dir? Passt wohl nicht ganz.«

Matetus ließ die Hand wieder sinken.

»Du kannst manchmal echt schwierig sein.«

***

»Sagen Sie, Sie wohnen doch gegenüber von den Brauers.«

Lutzo versuchte, ihr die Türe vor der Nase zuzuknallen, aber aufgrund seiner sehr individuellen Reaktionsgeschwindigkeit gelang ihm das nicht.

»Haben Sie irgendetwas gehört? Haben sich Herr Neubach und Herr Kaufmann einmal unterhalten?«

Lutzos Augen wurden erst glasig. Dann stierte er wie hypnotisiert auf Ela.

»Ja.«

Ela hob beschwörerisch die Arme. Matetus nahm die Enden des Seidenschals, die an ihren Seiten hinunterhingen, und ließ sie sachte schweben.

Lutzo duckte sich.

»Ja, äh, der Neubach hat von Geld gesprochen, er wäre pleite und so, von Frau Brauer und von …«

Er stockte und schluckte. Matetus holte eine kleine Flasche Schnaps aus Elas Tasche. Ehrfürchtig verfolgte Lutzo die Flugbahn. Dann pflückte er die Flasche aus der Luft, schraubte sie auf und trank sie leer. Er rülpste. Ela trat einen Schritt zurück.

»Mir egal, wenn die streiten.«

»Haben die denn gestritten?«

»Ja.«

»Warum?«

»Ich glaube, er wollte etwas ablegen, und der andere wollte das nicht.«

Ela trat wieder einen Schritt vor.

»Etwas ablegen?«

»Ja, eine Bescheinigung.«

Ela wandte sich an Matetus.

»Weißt du, was das soll?«

Lutzo geriet ins Taumeln, als er versuchte herauszufinden, mit wem Ela sprach.

»Nein, keine Ahnung. Bescheinigung, Gutachten, pfff«, sagte Matetus. Namrod fuhr fort.

»Ablegen, aufgeben, abliefern.«

»Beleg, Urkunde, Quittung.«

»Hört doch auf mit dem Quark, ich kann gar nicht denken.«

»Quaak, quaak, die Menschen haben so tolle Wörter«, freute sich Matetus. Lutzo starrte Ela an und versuchte heimlich, die Türe zu schließen.

»Attest«, sagte Namrod.

»Schein«, sagte Matetus.

»Bestätigung.«

»Zertifikat.«

»Zett. Zett. Zeugnis.«

»Zeugnis«, rief Ela. Lutzo zuckte zurück.

»Zeugnis ablegen. Das hat Niko gesagt?«

Lutzo streckte fordernd die Hand aus. Namrod holte eine weitere Flasche aus der Tasche und ließ sie rüberschweben. Lutzo trank, wischte sich den Schweiß aus der Stirn und stützte sich mit einer Hand am Türrahmen ab.

»Niko hat etwas gesehen und wollte darüber reden.«

Aber Lutzo war ganz damit beschäftigt, sein Gleichgewicht zu halten.

»Reden Sie endlich, sonst …«

Ela hob wieder bedächtig die Arme.

Lutzo rülpste.

»Was?«

***

Es war ein weiterer herrlicher Sommertag. Die Temperaturen stiegen täglich, und der Wetterbericht prophezeite für die kommende Woche eine Hitzewelle. Herr O. las enttäuscht das Schreiben der GeDIF. Sein Antrag war abgelehnt, Grund: Plagiat. Er hatte angeblich aus zwei Artikeln eines nicht näher bezeichneten Wissenschaftlers Gedankengut übernommen, ohne es zu kennzeichnen. Darüber hinaus legte man ihm nahe, unter diesen Umständen von weiteren Anträgen bei der GeDIF abzusehen. Es war alles umsonst gewesen. Corinna, die ihren Master in Maschinenbau längst in der Tasche hatte, musste einsehen, dass ihre Aktion die wissenschaftliche Anerkennung ihres Freundes nicht hatte retten können. Nein, schlimmer, ganz ohne Förderung musste er nun sein Promotionsvorhaben aufgeben.

***

Ela rief sofort bei Johannes Winkler an, um ihm zu sagen, was ihr Gespräch mit Herrn Lundermeier ergeben hatte.

»Können Sie zu uns kommen?«

fragte er.

»Das geht leider nicht, ich bin verabredet.«

»Soso.«

»Ja, beim Italiener bei uns um die Ecke.«

»Geht es Ihnen gut?«

Er dachte allerdings mehr in Richtung »Sind Sie krank?«, aber er war zu höflich, das laut zu sagen.

»Ja, sehr, warum fragen Sie?«

***

Kurt Kaufmann saß wieder im Verhörraum, nachdem Pfeifer und Winkler Luzius Lundermeier einen weiteren Besuch abgestattet hatten.

»Es gibt einen Zeugen für den Mord an Nikolaus Neubach.«

Kurt sah auf. Seine Hände zitterten. Die Ärzte hatten in eine zeitlich begrenzte Vernehmung eingewilligt.

»Wir wissen, dass Sie ihn umgebracht haben. Sagen Sie uns noch, warum.«

Er seufzte und sah wieder die Dunkelheit, die lieblos eingerichtete Wohnung, die leeren Flaschen. Er dachte, den Geruch von Krankheit und Tod wahrnehmen zu können. Wieviel war doch geschehen. Es war alles verloren.

»Wir wissen auch, dass Sie Barbara Brauer getötet haben. Erzählen Sie es uns!«

Nach längerem Schweigen raffte sich Kurt Kaufmann auf.

»Ich war ab und zu tagsüber in der Seidengasse, auch, weil ich Marlies' Vater manchmal half, Getränkekisten hochzubringen. Dann bin ich einmal zu ihr, um mit ihr zu reden. Ich ging einfach rein, die Tür war ja nicht zu. Sie hatte schon eine Flasche Wein auf dem Tisch stehen, ein Glas in der Hand, und sah einfach durch mich hindurch. Sie wusste gar nicht, wer ich war, nur der neue Freund von Marlies. Sie hatte vergessen, dass sie ein Kind getötet hat. Mein Kind. Dann bin ich ins Bad, habe die

Tabletten gefunden, sie hatte zwei Dosen. Eine habe ich leergemacht und die Tabletten in die Weinflasche und in das Glas, das sie sich neu gefüllt hatte. Als sie auf der Toilette war, ziemlich lange. Sie hat getrunken, dann wurde sie bald müde. Und den Rest wissen Sie. Die andere Packung Tabletten habe ich mitgenommen, eigentlich für mich selbst.«

SAMSTAG

Eine Woche später. Der Abend war angenehm warm und friedlich. Der Verkehr rauschte sachte vorbei und bildete eine beruhigende akustische Kulisse. Ein sanfter Wind wehte durch die geöffnete Balkontür hinein und trug Düfte aus der Nachbarschaft in die Wohnung. Es roch nach Pizza, nach Oregano und nach etwas Gutem, Süßen. Vielleicht Crêpe? Der Tisch war mit Spielkarten übersät. Ela drehte zwei davon um.

»Vogel, Katze.«

Sie drehte sie wieder zurück. Dann war Matetus an der Reihe.

»Hund, Regenwurm.«

Nun wieder Ela.

»Pferd, Giraffe.«

Matetus.

»Pferd, Pferd, ha!«

Er durfte die Karten behalten und weitermachen.

»Giraffe, Giraffe, Huhn, Huhn, Katze, Katze, Elefant, Elefant, Zebra, Zebra.«

»Hey, kannst du durch die Karten hindurchsehen?«

»Nein, ich kalkuliere nur die Positionsprobabilitäten auf statistischer Basis.«

Der Tisch war leergeräumt.

»Und was heißt das? Dass du dir ausrechnen kannst, wo welche Karte liegt?«

»In der Tat.«

Matetus schaufelte seine fünfzig Kärtchen zusammen. Ela hatte gar keine.

»Ela, lass dich doch nicht von dem Kleinen veralbern. Er kann einfach gut mogeln.«

Namrod war sehr gut im Multitasking, das heißt, er sah Fernsehen, hörte Radio, recherchierte im Internet und verfolgte gleichzeitig die Diskussionen zwischen Matetus und Ela. Seit Martins Auszug hatte er das Sofa für sich entdeckt. Lang ausgestreckt lag er zwischen mehreren Kissen, vor ihm ein neuer Laptop, und sah eine Zoosendung. Auf dem Tischchen stapelten sich Bücher, die er nebenbei ebenfalls las. Er versuchte immer noch, den humanoiden Humor zu ergründen. Ela und er waren übereingekommen, sich zu duzen, etwa hundert Jahre zu früh, aber er musste sich den besonderen Gegebenheiten anpassen. Den dreien ging es ganz ausgezeichnet.

Das Telefon klingelte. Winkler.

»Ich bin Ihnen noch etwas schuldig.«

So kam Ela schließlich doch zu ihrem Abschlussbericht. Kurt Kaufmann wurde als Kind misshandelt und kämpfte Zeit seines Lebens mit den Folgen. Er war immer ein guter Schüler gewesen. Seine Intelligenz und sein exzellentes Gedächtnis halfen ihm dabei sehr. Allerdings verhinderte seine emotional instabile Persönlichkeit eine erfolgreiche Karriere. Etwas Halt bekam er durch seine damalige kleine Familie. Als die fünfjährige Tochter starb, brach für ihn eine Welt zusammen. Die aus seiner Sicht viel zu milde Strafe – Barbara kam mit Bewährung davon – löste in ihm ein weiteres Trauma aus. In der Folge wechselten sich Phasen mit massiven Selbstzweifeln und mit Selbstüberschätzung ab. Er hatte sich nicht immer unter Kontrolle. Es gab gewalttätige Aussetzer. Seine Frau trennte sich von ihm. Er hielt es immer nur noch zwei bis drei Jahre bei einer Arbeitsstelle aus, bis er dann auch wieder wegen seiner

Impulsivität und aggressiven Ausbrüche gehen musste. Über die Jahre legten sich die Probleme langsam. Er schaffte es, sein gespaltenes Selbstbild so weit unter Kontrolle zu halten, dass er ein weitgehend normales Leben führen konnte, vor allem mit Hilfe von Marlies Meier. Er hatte sich zu einem halbwegs funktionsfähigen Eigenbrötler entwickelt, wortkarg und mit tief verstecktem Ärger. Irgendwann musste es zur Explosion kommen. Als er Frau Brauer im Treppenhaus gegenüberstand, löste das Erinnerungen an den Verlust der Tochter aus und dies wiederum erneute Panikattacken und Aggressionen. Wie er der Polizei gegenüber mitteilte, wusste er, dass es schwer sei, jemanden zu töten, wenn man ihn erst besser kennengelernt hat. Deswegen brachte er sie so schnell wie möglich um. Bei seinem Treffen mit Barbara bekam er mit, dass sie die Wohnungstüre nicht abschloss. Während seiner Einkaufszeiten kam er ab und an in der Seidengasse vorbei und sah sich öfter bei ihr zu Hause um. Das Motiv für die erste Tat, die sehr planvoll durchgeführt worden war, war späte Rache. Leider hatte Nikolaus Neubach alles über die Rohre im Badezimmer akustisch mitverfolgen können und danach Kurt erpresst.

Kurt konnte sich dank seiner ausgezeichneten IT-Kenntnisse, die er in der Zeit nach dem Abitur erlangte, gut vorbereiten. Er hatte Zugang zu Fachliteratur und wusste daher, wie ein Selbstmord inszeniert werden musste. Er war ein sehr organisierter Mörder. Er wäre vielleicht auch damit durchgekommen, zumindest bei Barbara, bei der wirklich alles zu Selbstmord passte. Hätte Ela nicht so auf die Parallelen bestanden und mehrfach mit der Polizei telefoniert, wer weiß? Und hätte sie nicht die Zeitungen entdeckt, hätte die Polizei nicht einmal Indizien gegen ihn in der Hand gehabt. Und gut, dass sie auch bei ihrem Eindruck der Küchenausstattung so hartnäckig geblieben war.

Ela ging auf die Terrasse. Sie blickte umher, in die Nacht und in den kleinen Garten im Hof. Die Stadt war nie so richtig dunkel. Ein leises Rauschen strich durch die Bäume. Silbriges Mondlicht kroch an den Ästen und Blättern hinunter ins Gras. Zufrieden hörte sie Johannes Winkler zu.

»Ich verstehe. Ich habe es über mir ein paar Mal poltern hören. Wahrscheinlich suchte Herr Kaufmann nach Spuren von der gemeinsamen Vergangenheit und fand die Zeitungsausschnitte. Wahrscheinlich hat er auch gedacht, dass Niko etwas Materielles gegen ihn in der Hand hätte. Das wird mir alles jetzt erst klar.«

»Ihr Hinweis, dass Niko seine Uhr nicht auf Sommerzeit umgestellt hat, war wahrscheinlich ausschlaggebend gewesen. Haben Sie ein fotographisches Gedächtnis?«

»Nein, nur manchmal merke ich mir Dinge gut, aber sie fallen mir erst etwas spät wieder ein. Ist das eigentlich üblich, den Todeszeitpunkt über eine stehengebliebene Uhr zu bestimmen?«

»Nein, das ist nicht in Ordnung, aber für eine gezielte Untersuchung durch den Rechtsmediziner war es zu spät. Manche Ihrer Hinweise haben uns allerdings nicht geholfen.«

»Tut mir leid. Das mit Janßen hätte ja sein können. Aber Sie haben auch Beziehungen gesehen, wo keine waren.«

»Das war nicht ich, das war der Kollege.«

Die Verbindung zwischen Marlies, Kurt und Niko über das Drachenthema hatte ins Nichts geführt. Alle Beteiligten, hauptsächlich Tattoo-Piercing-Studio-Besitzer, versicherten, dass ein Zusammenhang zu weit hergeholt war.

»Trotz allem, Sie haben uns sehr geholfen, auch wenn ich immer noch nicht verstehe, wie Sie das geschafft haben.«

Winkler ließ das Thema nicht los.

»Gern geschehen. Es hat mir viel Spaß gemacht.«

Fast hätte sie *uns* gesagt.

»Ich stehe Ihnen jederzeit zur Verfügung«,
ergänzte sie.

»Ich würde mich freuen.«

»Aber Sie stellen keine unangenehmen Fragen!«

»Doch.«

»Aber ich werde sie nicht alle beantworten.«

»Das habe ich befürchtet. Was ich nicht ganz verstehe. Dieser USB-Stick. Die Kollegen von der Spurensicherung schwören steif und fest, dass der bei der ersten Durchsuchung nicht dagewesen war. Wie kann das sein?«

Matetus und Ela waren sich sicher, dass Niko den Stick mit den schriftlich fixierten homosexuellen Bekundungen in Janßens Wohnung versteckt hatte, um ihn auffliegen lassen zu können, falls er sich der Erpressung widersetzen und vielleicht heimlich Nikos Wohnung durchsuchen würde.

»Diese Frage gehört in die Kategorie unangenehm.«

Winkler kratzte sich am Kopf.

»Und was uns auch noch aufgefallen ist. Unsere IT-Leute hatten den Eindruck, dass Informationen aus dem Intranet hinausgelangt sein könnten.«

»Was Sie nicht sagen? Sind sie sicher?«

»Eben nicht.«

»Sehen Sie, da haben wir diesmal erst gar keine Frage.«

Johannes Winkler konnte nicht anders, er musste lächeln, Ela ebenfalls.

»Also, was ist jetzt? Haben wir einen Deal?«

»Ja.«

»High Five?«

Johannes Winkler lächelte immer noch. Er hob seine linke Hand hoch. In der anderen hielt er den Hörer.

»High Five!«

NACHWORT

Meinen herzlichsten Dank an Moni und Hans für das Testlesen und an Sabine, die das Cover gestaltet hat. Ein besonderes Dankeschön geht an Matetus für seine Tipps. Außerdem habe ich auch nützliche Hinweise aus folgenden Titeln erhalten:

Bohnert, M. et al. 2006. Homicides by sharp force. *Forensic Pathology Reviews* 4. 65-89.

Herbst, J. et al. 1999. Kriterien der Fremd- oder Selbstbeibringung bei Todesfällen durch scharfe Gewalt. *Rechtsmedizin* 10. 14-20.

Tsokos, M. 2010. *Der Totenleser*. Berlin.